# PASSIONE INFUOCATA

JESSA JAMES

**Passione infuocata:**
Copyright © 2020 di Jessa James

Tutti i diritti riservati. Nessuna parte di questo libro può essere riprodotta o trasmessa in alcuna forma con nessun mezzo elettronico, digitale o meccanico, incluse, ma non solo, attività quali fotocopie, registrazioni, scanner o qualsiasi altro tipo di raccolta di dati e sistema di reperimento di informazioni senza il permesso esplicito e scritto dell'autore.

Pubblicato da Jessa James,
James, Jessa

Passione infuocata

KSA Publishing Consultants, Inc.

Cover design copyright 2020 by Jessa James, Author
Design Credit: Cosmic Letterz

Nota dell'editore:
Questo libro è stato scritto per un pubblico adulto. Questo libro potrebbe contenere scene sessuali esplicite. Le attività sessuali incluse nel libro sono pure fantasie per adulti e ogni attività o rischio corso dai personaggi della finzione nella storia non è né approvato né incoraggiato dall'autore o dall'editore.

# PREFAZIONE
## CADE

Cade si godette ogni foglia che scricchiolava sotto le sue malandate Converse. I testi delle canzoni dei Fall Out Boy incisi sulle punte ormai erano svaniti quasi del tutto. "Scusa, amico," gli disse EJ. "Non ci posso credere che mio padre ci abbia costretti a fare da babysitter. E gratis, per giunta."

Lily gli lanciò un'occhiataccia. "Non essere cattivo," gli disse. "Oppure lo dico a papà." Tra le sue piccole mani da bambina di otto anni, Lily stringeva con forza il suo portapranzo di Lizzie McGuire che tintinnava ogni volta che veniva sbatacchiato.

Aiden cammina di fianco a Cade, standosene il più lontano possibile da Lily. Era l'ultimo anno delle elementari, per lui, e stava facendo di tutto per passare come uno delle medie, come Cade ed EJ. "Quindi," disse Aiden. "Come sono le ragazze alla Walker? Sono sexy?"

"Che ne sai tu di chi è sexy?" chiese EJ al suo fratellino. "Comunque sì, Cade pensa che ce ne sono alcune niente male," disse EJ dando di gomito a Cade. "Dico bene?"

"Chiudi il becco," gli disse Cade. Teneva gli occhi sul marciapiede, sull'esplosione arancio-dorata sotto ai suoi piedi.

"Che c'è? Ti ho visto che guardavi la rossa nell'aula dell'appello." Cade riusciva a sentire gli occhi di EJ che lo penetravano, ma si rifiutò di alzare lo sguardo. "Andiamo, è da quando avevamo i pannolini che siamo migliori amici. Pensi che non me ne sia accorto?"

"Non di fronte ai bambini," disse Cade usando la sua voce da adulto. Grazie a Dio questa volta non aveva vacillato, pensò.

"Io non sono un bambino!" disse Aiden. "Sono all'ultimo anno di..."

"Vai ancora alle elementari," gli ricordo EJ. "E hai bisogno che ti riaccompagnamo a casa!"

"Sì, va beh," mormorò Aiden.

"Beh, se non vuoi parlarmi della tua futura moglie, che ne dici di quella gita che ci ha accennato il signor Stroh? Che fai, ci vai?"

Cade sospiro. "Boh. Non so se i miei genitori adottivi mi firmeranno il permesso."

"Cosa? E perché non dovrebbero?" gli chiese EJ. "Sarà uno spasso. Tipo ci lasceranno dare da mangiare agli orsi! E, pensa, i rinoceronti potrebbero caricare l'autobus..."

"Lo sai come sono," disse Cade. Alzò gli occhi al cielo. "Pensano che possono trasformare ogni ragazzino in un testimone di Geova. Tu ti ritroverai impalato da qualche animale, e io probabilmente dovrò andarmene a bussare di porta in porta."

"Mi sembra abuso di minori, a me," disse EJ facendo una smorfia. "Dovresti chiamare i servizi sociali."

Cade scosse il capo. "I Parker sono brava gente, è solo che sono severi. Dopo i Carter, di certo non posso lamentarmi."

"Oh, quelli erano dei pazzi," disse EJ. "Ancora non ci credo che ti chiudevano a chiave in camera tua ogni santa notte! Che pensavano, che gli avresti rubato la porcellana?"

"Ma quella non era neanche la parte peggiore. Il brutto era che la mattina non c'era niente con cui fare colazione. Certo, non è che era sempre così, però..."

"Non lo so, amico, andare di porta in porta non mi sembra mica tanto meglio. Speriamo che presto ti assegnino a una famiglia come si deve."

"Onestamente, a me basterebbe restare nello stesso posto per più di un anno. Quindi devo comportarmi come si deve. Devo far sì che i Parker mi vedano come un 'bravo ragazzo' e tutto il resto."

EJ si mise a ridere. "Buona fortuna."

Il gruppo svoltò su Fairgrounds Road e Lily squittì non appena vide la caserma dei pompieri. "Facciamo un giro sul camion?" chiese.

"Non fare la stupida," le disse EJ. "Lo sai come la pensa papà."

"Non è un giocattolo," disse Lily con un sospiro.

"Esatto... ma la sai una cosa? Papà mi ha detto che c'è una sorpresa per tutti quanti." EJ rivolse un sorriso a Lily pensando che nessuno lo avesse visto, ma Cade se ne accorse. EJ si comportava sempre come se sua sorella non gli desse altro che fastidio, ma l'amore che provava per lei riusciva sempre a fare capolino.

"Veramente?"

"Sì. Ma solo se gli dico che vi siete comportati bene mentre tornavamo a casa."

Cade guardò un enorme omone apparire da dietro il camion luccicante dei pompieri. "Signor Hammond," gli disse salutandolo con un cenno del capo. "Grazie per avermi permesso di venire."

"Ma non c'è problema, Cade. Lo sai che per me sei come un figlio." Il signor Hammond tirò fuori un paio di guanti e li ficcò dentro una tasca dei pantaloni. Scompigliò i capelli di Cade. Cade si stizzì senza volerlo. Gli ci erano voluti anni prima di smettere di fare una smorfia ogni volta che il signor Hammond ripeteva quel gesto.

"Tutti marmocchi tuoi, Hammond?" gli chiese uno dei pompieri ultimi arrivati. "Ti dai da fare a casa, eh?"

Il signor Hammond si mise a ridere. "Una cosa del genere."

Cade salutò la squadra che l'aveva visto crescere anno dopo anno. Anche loro facevano parte della sua famiglia, in un certo modo, anche se, ovviamente, non erano consanguinei. *Forse è così che ci si dovrebbe sentire quando si è in affido*, pensò. Ma fino ad ora ne aveva avuto un'esperienza ben differente.

"Come va in terza elementare, fiorellino?" chiese il signor Hammond a Lily mentre lei gli abbracciava la gamba.

"È *estenuante*," disse lei. "Ogni settimana dobbiamo imparare a memoria una tabellina nuova. Ma insomma, a che serve? Quando le useremo?"

"Tu che ne pensi, Aiden? Sei d'accordo?" chiese il signor Hammon strizzando la spalla magra di Aiden.

Aiden tirò su con il naso. "Non è estenuante, è troppo facile. Forse farei meglio a passare alla classe successiva."

"Sta' attento a quel che desideri," gli disse il signor Hammond. "Le scuole medie non sono una passeggiata. Vero, EJ? Niente intervallo, niente cortile dove giocare..."

"Sì, ma si mangia *molto* meglio. E ci sono i distributori di merendine."

"Beh, allora, se ci sono i distributori di merendine..." Il signor Hammond si mise a ridere e abbracciò Aiden.

Nel vedere il suo amico che veniva abbracciato da suo padre, Cade provò la fin troppo familiare invidia. *Lui ha la vita facile, e sembra che non se ne rende nemmeno conto*, pensò Cade. *EJ ha tutto, una classica famiglia americana al completo.*

"Quindi? Qual è questa sorpresa?" chiese Aiden.

"Ah, non stai più nella pelle, eh? Vieni con me e te la faccio vedere."

Gli corsero dietro mentre il signor Hammond svoltava l'angolo dell'edificio per dirigersi verso il piccolo appezzamento di verde perfettamente curato.

"Gli aquiloni!" esclamò Lily. Sul prato c'erano quattro triangoli di stoffa colorati. "Questo qui è mio!" disse lei piazzandosi con aria trionfante di fianco all'aquilone di My Little Pony.

"Ah, poco ma sicuro," disse Aiden. "Questo è il mio." Si inginocchiò di fianco all'aquilone delle Tartarughe Ninja.

"L'Uomo Ragno?" chiese EJ a Cade. Cade annuì senza esitazione. *Sii grato di quello che hai*, pensò. Ma poi, vedendo EJ che stringeva tra le mani l'aquilone di Batman, provò la stessa invidia che aveva provato poco fa. *È il mio migliore amico, non lo sa che Batman è il mio supereroe preferito?*

"Va tutto bene, Cade? Questo è per te," gli disse il signor Hammond. Cade si accorse che non era corso ad accaparrarsi un aquilone così come avevano fatto gli altri.

"Ne è... ne è sicuro?" gli chiese. Ma certo, idiota. *Altrimenti perché ce ne sono quattro, di aquiloni?*

"Ma certo che sono serio! Vai, su," gli disse il signor Hammond.

Un sorriso attraversò il viso di Cade. Corse verso l'aquilone. *È proprio bello*, pensò ammirandolo.

"Dannazione, il tuo è a forma di pipistrello..." cominciò a dire EJ.

"Niente imprecazioni, EJ."

"Scusa. *Cavoli*."

"Grazie, signor..." cominciò a dire Cade, ma gli si tappò la bocca non appena vide il suo padre biologico dall'altra parte della strada. E tutto l'entusiasmo provato dal nuovo aquilone venne momentaneamente dimenticato.

*Forse potrò andare* finalmente *a casa.*

"Papà! Ehi, papà! Guarda cosa ci ha regalato il..."

Suo padre li raggiunse prima che Cade potesse finire la frase, ma il signor Hammond gli bloccò la strada.

"Bill, te ne devi andare," gli disse il signor Hammond con voce greve. "Lo sai che non ti è permesso di vedere Cade, e io non voglio problemi. Soprattutto qui."

"Non sta a te dirmi quello che posso fare," biascicò il padre di Cade. Cade riusciva a sentire la puzza di whiskey da due metri di distanza. Si sentì incredibilmente triste. "Non puoi impedirmi di vedere mio figlio! Cade, vie' qua..."

"Resta lì, Cade," disse il signor Hammond. Cade non avrebbe potuto muoversi neanche se l'avesse voluto. "Bill, devi andare a casa e farti passare la sbronza. Hai bisogno che ti chiami una macchina?"

"Non mi serve la tua cavolo di carità. Cade, sua... quella puttana di sua madre c'ha lasciati nel bel mezzo della notte. Di nuovo. Che cazzo di stronza."

"Ora te ne devi andare."

"Hammond? Hai bisogno di aiuto?" disse uno dei pompieri.

"Ho bisogno di aiuto?" chiese il signor Hammond al padre di Cade.

"Ah, lascia perdere," disse il padre di Cade. "Continuate pure a giocare a fare Capitan America, o quello che vi pare."

Cominciò a barcollare per andarsene. Cade era esterrefatto. *La mamma se n'è andata?*

"Cade, andiamo," disse suo padre girandosi di nuovo verso di lui.

"Bambini, andate dentro," disse il signor Hammond. EJ, Aiden e Lily corsero verso la caserma dei pompieri. Cade era combattuto.

*Ho bisogno di aiuto per trovare la mamma...*

Suo padre barcollò verso di lui, ma il signor Hammond lo afferrò. "Devo chiamare la polizia, se non te ne vai..."

D'improvviso il padre di Cade si lanciò in avanti e si liberò dalla presa del signor Hammond. Afferrò Cade e l'aquilone si spezzò a metà. La puzza di alcol lo stordì. "Va tutto bene, figlio mio. Sono qui," biascicò suo padre. "Ce ne andiamo a Santa Monica. Sulla... sulla spiaggia. Bello, no?"

In *California*? Cade si sentì in preda al panico. Non poteva lasciare gli Hammond. Per nulla al mondo. Non poteva non vedere più EJ...

"No!" gridò Cade. Il suo grido proveniva dal fondo del suo cuore.

Sentì il pugno del padre sulla propria mascella, ma lo shock attenuò il dolore. In lontananza, da qualche parte, riusciva a sentire il signor Hammond e gli altri vigili del fuoco che trascinavano via suo padre.

Cade si girò verso la caserma. Nella testa gli rimbombavano le grida e le minacce da ubriaco di suo padre.

"Stai sanguinando!" disse Lily vedendolo entrare nella caserma.

Cade non riusciva a parlare. Le lacrime che gli colavano lungo il viso lo avevano accecato, e i singhiozzi gli avevano occluso la gola.

"Non piangere," gli disse Lily. Cade sentì la mano calda di lei che gli avvolgeva la sua.

Si sentì pieno di vergogna, ma non avrebbe saputo dire perché. Le strinse la mano e pianse.

# PREFAZIONE
## CADE - II

"Ehi, a te cosa viene alla domanda ventidue?" gli chiese EJ.

"Cerchi ancora di copiare?" gli chiese Cade ridendo.

"Ah, voglio solo essere sicuro," rispose EJ. "Mica ce lo avevano detto che per fare le reclute ci volevano tutti questi *compiti*. Avrei dovuto concentrarmi sul baseball o sul football. Una roba del genere."

"Eh sì, un'opzione del tutto realistica," disse Cade. Rispose all'ultima domanda del quiz. EJ si sporse sul vecchio tavolo graffiato della caserma dei vigili del fuoco e fece tintinnare la lattina di birra contro quella di Cade. "Alla fine di un'altra giornata di addestramento."

"Cosa? Ci saresti potuto riuscire. Voglio dire, se mi hanno preso a fare il vigile del fuoco..."

"Sì, però penso che c'entri abbastanza il nepotismo," disse Cade facendogli l'occhiolino.

"Solo perché mio padre è il capo dei pompieri? Ma no, no. Se sono entrato è per puro merito. E anche perché di certo un bel pezzo di manzo come me non guasta per l'annuale calendario dei pompieri."

"Non penso che li facciano, a Salem," disse Cade.

"Non ancora, forse," disse EJ.

"Avete finito?" disse il signor Hammond dalla soglia della porta. "Dovete andare a pulire le cucine."

EJ gemette, ma poi entrambi si diressero senza troppe storie nell'enorme cucina e cominciarono a lavare le pentole usate per cucinare il *chili* per pranzo.

"Quindi, com'è andata ieri sera?" chiese EJ.

Cade sorrise. "Non sono cose da chiedere a un gentiluomo."

"Lo so. Appunto lo chiedo a *te*."

Cade si mise a ridere.

L'ho vista stamattina all'alba mentre sgattaiolava via. Suppongo che non fosse un innocente pigiama party, con i popcorn e i sacchi a pelo singoli."

"Si possono fare un sacco di cose con i popcorn," disse Cade sogghignando. "Specie con quelli col burro."

"Okay, signor Puttaniere."

"Senti, non usare questi nomignoli da liceo con me," disse Cade. "Siamo nel 2013. Le superiori sono finite da un pezzo."

"Beh, la ragazza che ho visto stamattina a piedi scalzi era una bruna. Che è capitato alla bionda che frequentavi a inizio settimana? E alle scarpe di quella poveretta?"

Cade fece spallucce. "Ha tre coinquiline. E probabilmente altre paia di scarpe."

"E quindi?"

"Quindi la bruna della notte scorsa è una delle sue coinquiline. Quindi... penso che la bionda non la vedrò mai più?"

EJ gemette.

"Ehi, forse mi sbaglio, chi lo sa? Dipende se è una tipa gelosa o no."

"Quale delle due?"

"Tutte e due."

"Devo dirtelo: non so se devo essere orgoglioso o disgustato nell'avere come migliore amico un puttaniere. Ah, e viviamo anche insieme."

"Io direi orgoglioso," disse Cade. Fece una pausa facendo finta di riflettere con lo sguardo assorto nel vuoto. "Come sta... ehm, Kelsey?"

"Si chiama *Courtney*. E sta sempre bene, come sta ormai da un mese a questa parte. Non è che siamo tutti come te, che cambi donna ogni tre giorni. Alcuni di noi ne hanno una e basta. Fa ancora quella cosa del dressage..."

"Sei ancora geloso di quell'addestratore di cavalli, eh? Un tipo sexy."

"Non sono geloso. È solo che... sai, no? Sono preoccupato per la sicurezza di Courtney."

"Oppure temi che potrebbe scivolare e cadergli sul cazzo? Succede, sai? Succede a un sacco di ragazze che conosco io, a dirla tutta."

"Lei non è così," disse EJ lanciandogli un'occhiataccia.

"Non lo so. La scorsa settimana, quando siamo andati al bar, devo dirti che non faceva altro che toccare tutti quanti."

"È del sud. Sono tutti così, là."

Cade annuì e strofinò la pentola. Non voleva dire niente, ma non riusciva a dimenticare tutte le volte che Courtney aveva allungato la mano sotto al tavolo del bar per toccargli il cazzo. E quando non lo toccava, se lo mangiava con gli occhi. Il messaggio era chiaro: *sono tua se mi vuoi*. Cade sapeva benissimo che non era il caso di dirlo a EJ. C'erano già passati. Alla fine, Cade sarebbe stato accusato ingiustamente, di qualcosa che non aveva fatto. *Tieni la bocca chiusa*, si disse.

"Ecco cosa mi piace vedere. Uomini che lavorano in cucina."

Cade si girò sentendo la voce di Lily e le sorrise.

"Ehi, Lily," disse Cade.

"Ciao. EJ, hai un minuto? Volevo chiederti una cosa riguardo a quelle borse di studio per l'università dell'Oregon..."

Mentre Lily metteva EJ sotto torchio, Cade continuava a guardarla di soppiatto.

*Cavoli se è sbocciata nell'ultimo anno*, pensò. *Una bomba sexy certificata*. La corta gonnellina e le Keds bianche erano una combinazione perfetta per mettere in bella mostra le sue lunghe gambe.

Cade sentì un improvviso dolore al braccio. "Ehi," disse. "Mi hai fatto male."

"Quella è mia sorella," gli disse EJ. Il suo tono era giocoso, ma un certo sottotono fece capire a Cade che era il caso di battere in ritirata.

Lily arrossì e si guardò i piedi.

"Ah, ma non dovrei nemmeno preoccuparmi," disse EJ. "Lily è troppo intelligente per invaghirsi di te, vecchio bastardo. Si sta risparmiando per il suo futuro marito. Vero, Lily?"

"Uhm, no," disse Lily. "Certo che voi siete strani. Ad ogni modo. Hai visto papà?"

"Probabilmente è nel suo ufficio," disse EJ.

Cade fece del suo meglio per non guardarla mentre se ne

andava, specie mentre EJ guardava lui. EJ lo colpì di nuovo, questa volta con più forza. "Perché non provi a pensare a quella bruna? Sai, quella con cui una possibilità ce l'hai – e che non ti farà finire ammazzato?"

"Innanzitutto, ormai dovresti saperlo che io sono irresistibile per tutte le donne, nessuna esclusa."

EJ ridacchiò. Presero gli stracci e li gettarono nel cesto del bucato.

# PREFAZIONE
## LILY

Lily era in piedi nel parcheggio del suo bar preferito, lasciando che la pioggia lavasse le sue lacrime.

*Ex bar preferito*, si ricordò. Era lì che Tim l'aveva portata per il loro primo appuntamento. E ora è tutto finito. *Chi esce con qualcuno per tre anni e poi la scarica così?*

Cercò le chiavi che tintinnarono sul fondo della borsa.

"Stronzo," disse ad alta voce.

Non riusciva a smettere di ripensare alla loro ultima conversazione. Quando erano ancora matricole e avevano appena cominciato a frequentarsi, Tim le aveva detto che per lui non era un problema che lei fosse vergine.

"Penso che sia una figata!" le aveva detto.

Tuttavia, negli ultimi tre anni, Lily aveva cominciato a pensare che la cosa che veramente lo entusiasmava era poter essere il primo a "cogliere il suo fiore", per così dire, e non la sua morale e i suoi valori.

"Voglio farlo. Prima o poi," gli aveva detto lei in più di un'occasione.

Ma non sapeva quando, e voleva esserne assolutamente sicura. Lily sapeva che essere vergini non era di certo sexy, specialmente quando ormai si è all'ultimo anno di college.

Ma a lei non era mai importato, e aveva sempre pensato che non importasse nemmeno a Tim. Non fino a quando lui l'aveva mollata nello stesso locale dove si era tenuto il loro primissimo appuntamento.

Ora Lily si ritrovava con il cuore a pezzi.

"Lily?" La voce la fece trasalire. Alzò lo sguardo e vide Cade di fronte a lei, bagnato fradicio. "Va tutto bene?"

Lei tirò su con il naso.

"Sì," disse. Lily sperò con tutta sé stessa che sembrasse semplicemente bagnata, e non in lacrime.

*Hai un aspetto patetico*, pensò.

"A me non sembra che tu stia bene," le disse lui.

"Il mio, uhm, il fidanzato mi ha appena scaricata," ammise lei, gli occhi bassi.

*Ovvio che dovevo imbattermi in Cade. L'uomo di cui sono invaghita da praticamente sempre.*

"Che idiota," disse Cade. "Andiamo, sali in macchina. Sei zuppa."

La strinse per un gomito e la condusse verso la sua Chevy vintage.

"Non riesci a trovare le chiavi?" le chiese accendendo il riscaldamento e sedendosi sul sedile di fianco a lei.

Lily scosse il capo. "Io non... non lo so..."

"Andiamo da me," disse lui. "EJ ha una copia delle tue chiavi, giusto? Ora non è a casa, ma sono sicuro che riusciremo a trovarle."

"Oh, uhm. Va bene," disse lei.

Arrivarono a casa di Cade in un battibaleno, senza scambiarsi neanche mezza parola.

"Eccoci qui," disse Cade entrando con lei nel minuscolo appartamento. Tirò fuori dal cesto dei panni puliti poggiato sul divano una maglietta e un paio di pantaloncini entrambi con lo stemma del Salem Fire Department.

"Grazie," disse lei accettandoli.

Lily andò cambiarsi nel bagno condiviso. Dovette arrotolarsi i pantaloncini diverse volte per farli stare su.

"Ehi, ti stanno bene i miei vestiti," le disse Cade facendole l'occhiolino. Qualcosa nel modo in cui lo disse la fece scoppiare a piangere. "Lily, scusa!" disse lui. "Non intendevo in quel senso."

Balzò in piedi e andò ad abbracciarla. "Ti va di parlarne?"

La fece sedere di fianco a sé sul divano e spostò il cesto con il bucato. Lily cominciò a mangiarsi le unghie smaltate di rosa.

"Lui..." cominciò a dire con un sospiro. "Non lo so. Erano tre anni che stavamo insieme, lo sai? Sin dal primo anno di università.

E pensavo che – ah, Dio solo sa cosa pensavo. Che forse ci saremmo sposati e tutto il resto. Non che ne abbiamo mai parlato..."

Riusciva a sentirsi mentre sbraitava, ma non riusciva a fermarsi.

"E poi... non lo so. C'erano delle piccole cose, penso, dei piccoli problemi, come dei campanelli d'allarme. Non lo so..."

Parte di lei voleva parlare a Cade della propria verginità, ma le sue difese erano troppo alzate. Lily moriva dalla voglia di bere un drink, un goccio di coraggio liquido per potersi togliere ogni peso dal cuore.

*Ma che cosa penserebbe se di punto in bianco gli chiedessi un bicchiere di vino? Con i suoi vestiti addosso?*

"È meglio che te lo sei tolto di torno," le disse Cade. La sua voce profonda fece irruzione nel suo tormento interiore.

"Tu credi?" le chiese. Lily lo guardò.

Gli occhi color nocciola di Cade erano incollati ai suoi. *Lo sa?* Era in grado di indovinare che lei era vergine?

"Ma certo," disse lui. "Quel tizio sembra un vero perdente. E, inoltre, tu sei abbastanza sexy da poter accalappiare chiunque tu voglia."

Lily si morse il labbro e abbassò di nuovo lo sguardo. *Pensa che sia sexy?*

"Tu credi?" gli chiese di nuovo.

"Assolutamente sì."

Si costringe di nuovo a guardarlo. Prima che potesse ripensarci, inclinò la testa verso di lui e chiuse gli occhi. Lily non sapeva chi fu ad avvicinarsi a chi, ma quando sentì le labbra di Cade sulle proprie, subito aprì la bocca.

Sentì le sue mani che le toccavano i fianchi, il calore dei suoi palmi sulla pelle tra i pantaloni e la maglietta. Lily emise un gemito e lui la sollevo senza difficoltà mettendola a cavalcioni su di sé.

Lily sentì il suo membro che si ingrossava premendo contro la stoffa sottile delle sue mutandine. Cade non dovette far molto per tirarle su la gonna corta. Lily sentì l'aria sulla pelle nuda della propria schiena, e le mani di lui che la toccavano e la stringevano.

Lei gli mise le mani sul petto. Sentì i muscoli gonfi, dono del duro allenamento da vigile del fuoco.

"È una vita che ti desidero," le sussurrò lui nell'orecchio mordicchiandole dolcemente il lobo.

*Dovrei dirglielo?*, si chiese lei, ma lui le aveva già strappato le mutandine di dosso.

Le sollevò la maglietta per scoprirle il reggiseno di pizzo. Lo tirò giù. Le baciò il collo, poi si spostò verso il basso, prendendo un capezzolo tra le labbra, e allora lei lanciò un gridolino. Sentì i propri umori bagnarle la gonna di jeans.

*E se non sono brava a farlo?*, si chiese, ma poi decise di ignorare quel pensiero.

Lily non riusciva a smettere di cavalcarlo. Quando sentì Cade che si sbottonava i pantaloni, ormai dentro di sé provava un senso di vuoto che aveva un bisogno disperato di essere riempito.

"Sei bagnata," le disse poggiando la punta del pene contro le sue grandi labbra.

Lily lo strinse a sé e sentì un leggero dolorino mentre lui la penetrava.

Si abbandonò. Cade continuò a baciarle e a succhiarle il collo, e a poco a poco lei sentì come un'onda che montava dentro di lei, un'onda che fino ad allora era riuscita a procurarsi solo da sola.

"Vieni per me," le mormorò lui all'orecchio, e lei non ebbe altra scelta. Obbedì.

In preda al climax, si sentì investita dal piacere. Il fiotto caldo di Cade la riempì con una soddisfazione che non aveva mai provato prima in vita sua.

Lui la sollevò gentilmente e lei subito si sentì sonnolenta, come fosse ubriaca, e il buio pomeriggio dell'Oregon d'improvviso assomigliò alla notte.

"EJ?" si chiese lei ad alta voce mentre il sonno prendeva il sopravvento.

"Non ti preoccupare," disse Cade stringendola a sé da dietro sul divano – quello stesso divano dove Lily si era seduta chissà quante volte nel corso degli anni. "Non tornerà prima di domani."

Lily si addormentò con il braccio muscoloso di Cade avvolto attorno al ventre.

A svegliarla fu la pioggia del mattino. L'ambiente circostante era familiare, ma solo fino a un certo punto.

"Cade?" chiese con voce assonnata mentre quanto era successo il giorno prima cominciava a riaffiorarle nella mente. Lily gemette e si mise a sedere sul divano.

"Cade?" disse di nuovo.

L'aria era immobile: Cade se n'era andato. Lily guardò il cellulare mezzo scarico. Erano le otto del mattino. Il dolore al cuore che l'aveva tormentata ieri tornò rincarando la dose.

*Ecco perché EJ e Aiden lo chiamavano signor Puttaniere*, pensò facendo una smorfia.

Il peso di ciò che aveva fatto, di quello che aveva permesso a Cade di farle – di tutto – cominciò a opprimerla.

*Ho una cotta per lui da chissà quanto, e ora?,* si chiese. *Un'altra tacca sulla cintura.*

"Beh," disse ad alta voce. "Cosa ti aspettavi sarebbe successo?" Nelle sue fantasie, questo era sempre e solo l'inizio. Non si era mai fermata a pensare a cosa sarebbe potuto accadere in seguito.

Lentamente, raccolse i propri vestiti, ormai asciutti, e si vestì. Avvertiva un leggero indolenzimento in mezzo alle gambe.

Chiamò un Uber.

Quello che veramente la tormentava era il fatto che questa sembrava decisamente una situazione patetica.

# PREFAZIONE
## CADE - III

Montana, USA, sei mesi fa

"Eccoci qua," disse Barron scivolando su uno dei sedili dell'elicottero. "Io scommetto sulle sigarette. Tu?"

Cade scosse il capo e sorrise. "Io con te non ci scommetto, dopo l'ultima volta. Come diavolo facevi a sapere che si trattava di una lampada di cherosene?"

Barron fece spallucce. "L'ho visto su Facebook prima di arrivare."

"Bastardo," disse Cade ridacchiando.

Dominguez e Fields guardarono il terreno sottostante.

"Io di fumo ancora non ne vedo. Forse è un falso allarme," disse Barron.

Era il più giovane della squadra. Aveva solo diciannove anni e veniva da un'accademia militare per soli uomini dove giurava di non aver visto nemmeno una ragazza per quattro anni filati.

"Ne dubito. In quindici anni di lavoro, sarebbe la prima volta," mormorò Fields.

L'elicottero si diresse verso nord e ben presto riuscirono a vedere il fumo e degli accenni di fiamme arancioni sparsi qui e là in mezzo agli alberi.

Proseguirono verso nord per circa dieci minuti, e Cade si fece sempre più preoccupato. Più andavano a nord, più passavano i minuti, e più le fiamme si facevano alte e numerose.

"Ma che diavolo," disse Cade a bassa voce. Chiamò il pilota

dell'elicottero. "Ehi, Sean, ma pensavo che il capitano avesse detto che questo era un allarme di livello due. Ma questo... cavolo, questo è un incendio boschivo in piena regola."

"Chiamo per informarli," disse Sean premendo un pulsante sulla radio. "Qui Sean, Capitano, mi riceve?"

La radio gracchiò, ma non ci fu risposta.

"Capitano, mi riceve' Questo non è un allarme di livello due. Mi riceve?" Sean chiuse la chiamata. "Cazzo, quest'affare non funziona."

"Va tutto bene," disse Cade buttando giù dall'elicottero la calata a doppia corda. "Dobbiamo andare in ogni caso. Torna il prima possibile, e dillo a tutti. L'altra squadra dov'è?"

Sean fece spallucce. Cade sospirò e aprì il portellone. L'elicottero, piuttosto piccolo, sembrava facesse fatica a star fermo. Dominguez e Fields saltarono fuori, le corde attaccate all'elicottero.

"Beh, diamoci da fare. Ragazzi, sapete quello che dovete fare. Barron, tu vieni con me."

"Ah, a cosa devo tanta fortuna?"

Cade saltò e precipitò in caduta libera, e per qualche secondo si sentì lo stomaco in gola. Poi la corda lo fece rallentare e così poté rapidamente calarsi al suolo. In meno di due minuti, lui e Barron erano pronti ad agire.

Il fuoco era *dappertutto*.

Cade avanzò per primo dirigendosi verso il grosso dell'incendio, sentendo l'attrezzatura pesante che si portava sulle spalle. Respirava senza pensarci. Era una cosa naturale. Il calore lo prese a schiaffi in faccia e, con la coda dell'occhio, riusciva a vedere Barron un passo dietro di lui. A circa quindici metri di distanza, Dominguez e Fields si separarono addentrandosi nel bosco.

Doveva trovare un punto adatto per la fascia tagliafuoco, una grossa trincea di terra che serviva in pratica a interrompere l'incendio impedendogli di allargarsi ulteriormente. Passò il terreno in rassegna.

*C'è qualcosa che non va*, pensò Cade. *Il fuoco è troppo caldo, brucia troppo in fretta.*

Si girò verso l'elicottero. Ormai era sparito. Sentì il terreno che gli si agitava sotto i piedi, e il cuore gli balzò in gola.

Pensò di sentire Barron che gridava: "Serpenti! Serpenti!". La radio stava facendo le bizze, il segnale andava e veniva. Quindi era molto, ma molto più difficile comunicare con gli altri, sperduti com'erano in mezzo al nulla.

Ma non erano i serpenti. Era una nidiata di conigli color castagna. La mamma però non c'era.

"Merda," disse Cade tra sé e sé. Quelle piccole palle di pelo agitarono le orecchie, incastrate in una tana dalla quale probabilmente non erano mai usciti.

"Ma porca troia," disse Cade. Sapeva di dover continuare, che doveva arginare il fuoco prima che si scatenasse l'inferno.

*Che differenza fanno due secondi?*

Si sporse in avanti e raccolse i tre piccoli coniglietti e li gettò dietro di sé. Su gambe tremanti e poco usate, i coniglietti scapparono lontani dal fuoco, ormai liberi dai rovi caduti che li bloccavano.

Cade non voleva nemmeno vedere che occhiataccia gli stesse rivolgendo Barron, e così si diede subito da fare per approntare la fascia tagliafuoco.

Ma quando raggiunse il punto in cui pensava di dover incontrare Barron, non lo trovò.

"Barron?" gridò alzando lo sguardo. Era da solo, e il fuoco si muova più velocemente di quanto non avrebbe dovuto. "Barron!"

In lontananza, a circa trenta metri di distanza, pensò di intravedere tre figure gialle in mezzo al fumo.

*Ma che diavolo?*

Prese il walkie-talkie.

"Barron? Ci sei? Dominguez, Fields?" Così come aveva fatto la radio di Sean, il suo walkie-talkie gracchiò, ma non gli diede alcuna risposta. "Merda."

*Come se Barron potesse essere andato avanti da solo. Che si crede di essere, un eroe?*

"Duke, mi ricevi? Cade, mi ricevi? Il fuoco si muove velocemente..." Era Fields.

Cade si guardò in giro, ma il fumo era così denso da non fargli vedere niente.

"10-4," disse Cade, grato. "Barron è con te?"

"Cade? Il fuoco viene verso di te. Cade?"

"10-4!" gridò Cade nel walkie-talkie.

"Merda, non penso di poter..." disse Fields, ma la trasmissione si interruppe di colpa.

Cade si allontanò dalla trincea guardandosi attorno con fare disperato. Il fumo si spostò e Cade individuò tre figure distinte nella gola sottostante.

*Ma che cavolo ci fanno laggiù?*

"Ehi!" disse, ma il fuoco lo circondò su due lati.

*Avanti o indietro*, si disse. *Ad ogni modo, è cinquanta e cinquanta.*

Cade balzò in avanti per allontanarsi dalle fiamme, ma il suo stivale venne agganciato dal bordo della stessa buca che aveva intrappolato i conigli. Rovinò a terra. Sapeva di essersi fratturato la caviglia.

Guardò dietro di sé. Sgranò gli occhi. In qualche modo, il fuoco lo aveva mancato. Lo vide squarciare l'erba, i cespugli e i detriti dietro di lui.

Cade provò a rimettersi in piedi, ma non poteva poggiare la caviglia a terra.

"Cade?" Era la voce di Barron. Era spaventato. "Se riesci a sentirmi, vattene. Il fuoco è vicino, il terrapieno non lo bloccherà."

Cade si trascinò fuori dalla piccola buca, verso il precipizio. Il terreno roccioso era l'unico luogo dove poteva andare a ripararsi. Inoltre, era l'unico luogo da cui poteva vedere con chiarezza la gola sottostante.

"Cade!" La voce di Dominguez proruppe dalla radio. Riusciva a sentirlo che tossiva e inviava le proprie preghiere verso il cielo.

*Cazzo!*, pensò. *Hanno bisogno di me. Ora.*

"Arrivo," disse Cade alla radio.

Si trascinò in avanti, ma anche dal punto più alto della cengia non riuscì a rotolare verso le fiamme. Il calore lo teneva a bada. In basso, vide il resto dei suoi uomini stretti l'uno al fianco dell'altro.

Ormai non stavano più provando a fuggire. Dominguez teneva il dito premuto sul walkie-talkie, e i rumori ruggivano come animali selvaggi.

Cade provò a chiamarli, ma il fumo gli riempì la gola e gli bruciò i polmoni.

"Dominguez, mi seni? Dominguez, mi ricevi? Barron? Fields?" Cade aveva a malapena abbastanza fiato da riuscire a parlare.

*Sto per morire.* Non era un pensiero del tutto sgradito.

Sentì la voce di Dominguez, intermittente e calma. "*... perdónanos nuestras deudas, así como nosotros perdonamos á nuestros deudores...*"

"No!" gridò Cade mentre il fumo lo accecava.

Guardò le fiamme circondare come un'amante giocosa i tre

uomini nella gola. Lambì i loro piedi, e nessuno di loro si mosse di mezzo centimetro. *Dovrei esserci io al loro posto.*

"No," disse Cade di nuovo mentre l'oscurità lo stringeva tra le proprie braccia.

"Amen," sentì infine la voce di Dominguez attraverso il walkie-talkie.

Cade lo guardò mentre lasciava cadere la trasmittente tra le fiamme. Mentre il fuoco risaliva lungo la gamba di Barron, i tre uomini sollevarono lo sguardo e guardarono Cade dritto negli occhi. Nella parte più oscura della sua anima.

Barron emise un lamento che non assomigliava a nulla che Cade avesse mai udito prima di allora. Gli penetrò nell'anima, andando a depositarvisi nel profondo.

*Mi dispiace.*

## 1

# LILY

Oggi

Ma cos'è questa storia che l'opportunità di una storia d'amore non colta, in retrospettiva, rende un uomo molto più attraente?

Lily si stava chiedendo esattamente ciò mentre lavorava nel retro della Wilde's Bakery, applicando con cura la glassa su alcuni petit four. Non stava pensando a nessuna persona in particolare, ma l'ombra di Cade Moore aleggiava lì nascosta da qualche parte. Cosa che, in fin dei conti, accadeva di continuo.

"Vedo che migliori, con i petit four."

Lily alzò lo sguardò e sorrise a Jean-Micheal mentre finiva di glassare una delle decorazioni a tema natalizio.

"Grazie," disse. Ormai era circa un anno che Lily lavorava alla Wilde's Bakery di Salem. L'avevano assunta subito dopo che si era diplomata a *Le Cordon Blue*, un famoso corso per pasticceri che si teneva a Portland. "Penso di averle finalmente domate, queste bestiole."

"Domate? No," disse Jean-Michel con il suo pesante accento parigino. "Accettabili per la vendita, forse."

"Wow, grazie, capo," disse lei alzando gli occhi al cielo.

"È un complimento," rispose lui. "Sai quanti ne assumo di pasticceri con una laurea in chimica?"

"Zero. Lo so, lo so," disse lei facendo scivolare il vassoio nella vetrina. "E lo sai che io non sono d'accordo con questa cosa. Cos'è la pasticceria, se non scienza?"

"La pasticceria è un'*arte, mon canard*," le disse lui. "Non dimenticare."

"Giusto. Quindi oggi faccio i macaron?"

"No," disse lui in modo schietto. "Per oggi fatto abbastanza pratica. Torna a lavorare dietro al bancone."

"Ma, Jean-Michel..."

"Gli ultimi macaron che hai fatto, troppo, troppo asciutti. Domani, forse, ti faccio vedere di nuovo, così ci riprovi."

"Va bene," disse lei, sconfitta.

"Comunque, hai scoperto qualche cosa su quel... come si dice, *grafiti*?"

"Graffiti," lo corresse lei. "E comunque no. Ho parlato di nuovo con la polizia, ma pensano si tratti di semplici ragazzini."

"Semplici ragazzini," ripeté Jean-Michel. "E perché imbrattare la mia pasticceria? Chi pensano che pagherà per pulire?"

"Forse dovresti smetterla di coprirli," disse Lily infilandosi in bocca uno dei macaron creati da Jean-Michel quella mattina. "Voglio dire, non si capisce nemmeno cosa dicano."

"È francese. O dovrebbe esserlo, almeno" disse lui.

"Ah, sì? E che cosa diceva l'ultimo che hanno fatto?"

"Smettila di mangiare. Vuoi che scompaia il tuo bel visino da francesina?"

"Va bene," disse lei cercando di toccarsi i fianchi senza farsi notare. "Ma solo se mi dice cosa c'era scritto."

"*Bâtard Français*. Bastardo francese. Ma l'hanno scritto male," disse sbuffando. "Giusto. Bastardo Francese. I ragazzini forse quelli che vanno in giro a fare baldoria per le strade, senza genitori... scusa," disse lui velocemente. "*Pardon*, non intendevo..."

"Va tutto bene. Non ti preoccupare," disse lei velocemente.

Lily odiava vedere come tutti ci andavano sempre cauti con lei. Sua mamma se la ricordava a malapena. Lily aveva sei anni quando lei morì in un incidente d'auto. Ma la morte di suo padre, avvenuta sei anni, quella sì che la faceva ancora soffrire. E mentre Jean-Michel si scusava, Lily sentì un leggero bruciore negli occhi.

Che cosa ti aspettavi? Il suo è uno dei lavori più pericolosi al mondo.

"Veramente, non ti preoccupare," disse forzando un sorriso. "Non era tua intenzione, lo so benissimo."

"Bada al bancone," ripeté Jean-Michel. "Io devo finire la torta per il matrimonio ridicolo. Ma ci credi? Una torta nuda, senza glassatura. Che moda ridicola..."

Lily sorrise e sentì Jean-Michel che imprecava elencando tutti i peccati delle torte nuziali dell'epoca moderna. Andò dietro al bancone e si scrollò di dosso la farina che le aveva imbrattato i jeans.

"Ehi, Lil."

Lily alzò lo sguardo sentendo la voce di Elijah accompagnata dallo gentile scampanellio della porta che si apriva. EJ, come chiamavano suo fratello, la salutò con uno schiaffetto.

"Ehi. Bella maglietta," disse lei rivolgendosi un sorriso stanco.

"Questo vecchio straccio?" EJ tirò l'attillata maglietta che promuoveva l'ultima raccolta fondi della caserma dei vigili del fuoco.

"Sì, molto casual. Almeno puoi star certo che nessuna ragazza in città mancherà di notare che sei un vigile del fuoco," gli disse lei.

"Finalmente qualcosa che mi aiuterà a sfilare le mutandine a questa città. Non che prima avessi dei problemi, certo..."

"Ew, la pianti?" gli chiese Lily facendo finta di essere attraversata da un brivido. "Io sono tua sorella, sai?"

"La pianto per ora, ma solo perché ho bisogno della mia solita razione," le disse EJ.

"Mi sono portata avanti." Lily cominciò a versare del caffè caldo in dei grandi contenitori e sistemò delle *eclair* nelle tipiche confezioni rosa di Jean-Michel. "Con tutti i pasticcini che vi mangiate, dovrete fare il doppio dell'esercizio per smaltire tutte le calorie accumulate."

"Perché, secondo te ho bisogno di sessioni extra di allentamento?" le chiese EJ. "Senti qua," le disse flettendo il braccio.

"Grazie, ne faccio volentieri a meno."

Il campanello suonò di nuovo, e Lily si appiccicò in faccia il suo sorriso da cliente. Cade entrò con indosso una maglietta identica a quella di EJ, e Lily si sentì assalire da una vampata di calore.

Era sempre lo stesso: grosso, forte e muscoloso. Possedeva ancora le spalle larghe e la vita stretta da atleta, ed era sempre ricoperto di tatuaggi, con spirali di inchiostro che gli ricoprivano entrambe le braccia fino all'altezza del polso.

Lily si morse il labbro. *E tu lo sai bene che aspetto hanno quei tatuaggi da vicino...*

*Cazzo*, pensò sentendo il cuore che le batteva all'impazzata. Era... quanto tempo era che non lo vedeva? *Tre anni*, si disse. Come se avesse bisogno di pensarci. *Sono passati quasi tre anni da quel giorno...*

"Ehi! Lily! Attenta," disse EJ. Si sporse oltre il bancone per tirarle via la mano da sotto il getto di caffè bollente.

"Non l'avrei fatto cadere!" disse lei. "Dio, Elijah James. Sei sempre così melodrammatico."

Si sistemò il grembiule e incespicò con la scatola piena di dolci.

"Sì, *Elijah James*, il melodrammatico," disse Cade avvicinandosi al bancone. "Ehi, Lily."

"Ciao." Lily andò nel panico, non sapeva cosa dire, ma, per fortuna, ci pensò la bocca enorme di EJ a salvarla.

"Cade! Pensavo tornassi lunedì!" disse EJ.

Cade fece spallucce. "Le cose cambiano."

"Ah, è bello averti qui," disse EJ dandogli una pacca sulle spalle. "Cavolo, non siamo in squadra insieme da un'eternità."

"Ehi, Lil, potrei avere un caffelatte grande?" le chiese Cade. Sentire il proprio nome sulle sue labbra le fece attraversare la spina dorsale da un brivido.

"Io, uh, sì, subito. Caffelatte grande," ripeté dandosi da fare.

Non riusciva a guardarlo direttamente. Era come guardare dritto in faccia al sole. Negli ultimi tre anni, sin da *quel* giorno, si erano visti molto di rado.

Immediatamente subito dopo che era successo, Cade aveva accettato di essere trasferito in Montana.

Lei odiava ammetterlo, ma lui le aveva spezzato il cuore. E ciò era in parte il motivo per cui aveva colto al volto l'offerta della scuola di cucina.

Ormai aveva perso la sua aria da ragazzo, fatto salvo per quel ghigno che la ossessionava quando era piccola.

*Non che prima non fosse sexy, ma cavoli*, pensò. *Che ci mettono nell'acqua del Montana?*

Era abbronzato, una rarità in Oregon, e la sua pelle scura creava un contrasto perfetto con i suoi capelli color nocciola, sempre tagliati corti. E il leggero perpetuo velo di barba era un aspro promemoria del fuoco che le aveva lasciato sul collo e sulle labbra circa tre anni fa.

Perché, che ciò le piacesse o meno, il suo tocco l'aveva cambiata...

Ma quello era il passato. Ora erano nel presente. Lily drizzò la schiena e adocchiò sfacciatamente il riflesso di Cade sull'acciaio della macchinetta del caffè.

*Ha messo su un bel po' di muscoli*, pensò. Si era giurata che, la prossima volta che l'avrebbe rivisto (se mai fosse capitato) ogni scampolo della cotta che aveva per lui sarebbe bello che scomparso.

*Dovrei essere contenta di aver donato la mia verginità a qualcuno che avevo sempre desiderato*, si disse.

Ma ora, vederlo così? Ecco che tutti quei sentimenti ritornarono a piena forza.

"Hai un ottimo aspetto," disse EJ squadrando il suo migliore amico dalla testa ai piedi. "In ottima forma. Ma mi dispiace per quello che è successo alla tua squadra..."

"Va tutto bene," disse Cade un po' troppo velocemente. Restarono lì, in silenzio, leggermente a disagio, e lei non riusciva a capire cosa avesse fatto scaturire questo cambio di atteggiamento.

"Beh, se hai bisogno di una botta di energia prima di andare in caserma, questo è il posto giusto," disse EJ. "Lily fa i caffè migliori della città."

Si girarono entrambi per guardarla mentre versava il latte fumante in cima al caffè. Quando lui la guardò negli occhi, Lily si fermò.

*Me lo sto immaginando*, pensò. In quei familiari occhi color nocciola, non scorse altro che puro desiderio animale.

"Tu, uh... hai fatto qualcosa ai capelli?" le chiese Cade.

Lily si toccò i capelli corti, imbarazzata. "Io, sì, uhm, li ho tagliati."

"Lo vedo," disse Cade.

"Lei dice che è un look da folletto," disse EJ arricciando il naso. "Io lo chiamo *look da ragazzo prepuberale*."

"EJ!" esclamò Lily, imbarazzata.

Sentì un'altra vampata di calore che le inondava la faccia, e d'improvviso si pentì di non avere più delle lunghe ciocche sotto cui nascondersi.

*L'ultima volta che mi ha vista, i capelli mi arrivavano quasi al sedere*, pensò. *Dio, Lily. Ottimo tempismo per questo drammatico cambio di look...*

"Io penso ti stiano bene," disse Cade.

"Veramente?" gli chiesero Lily ed EJ all'unisono.

"Sì. Sembri tipo Audrey Hepburn. Le assomigli un po', sai," disse Cade inclinando la testa da un lato.

"Veramente?" gli chiese di nuovo lei.

Parte di lei stava funzionando col pilota automatico. Gli consegnò il caffellatte senza neanche accorgersene. Lui afferrò il bicchiere sfiorandole le dita. Sembrò come venissero sparati dei fuochi d'artificio.

"Sì... non ci aveva mai fatto caso prima d'ora."

"Audrey Hepburn prima di Sabrina, forse," disse EJ mentre si faceva leggermente da parte per assistere allo scambio tra i due.

"EJ, che tu lo abbia detto è anche peggio del cosiddetto insulto che stai provando a rivolgerle," disse Cade. "Ma che razza di pompiere conosce tutti i look che ha attraversato Audrey Hepburn durante la propria carriera?"

"Ma tu non taci mai?" gli chiese EJ.

Mentre i due uomini bisticciavano, Lily non riuscì a smettere di ripensare all'ultima volta che era stata con Cade. Era accaduto lo stesso giorno in cui si era lasciata con il suo fidanzato del college. Pensava al modo in cui Cade l'aveva guardata mentre indossava i suoi pantaloncini e la sua maglietta nell'appartamento che lui condivideva con EJ, gli unici vestiti asciutti che Lily si era potuta mettere addosso dopo che i suoi erano stati infradiciati dalla pioggia.

*È lo stesso sguardo che mi sta lanciando adesso*, pensò. E poi pensò a quando si erano seduti sul divano, al modo in cui lui la baciò. *O a come io baciai lui...*

A come l'aveva fatta sedere sulle proprie ginocchia e aveva preso a baciarle il collo. A come lui l'aveva desiderata, e a quello che aveva provato quando lui le aveva strappato le mutandine e l'aveva penetrata...

*E poi era sparito*, si ricordò. Lily si era svegliata il mattino dopo, nuda e da sola sul divano. *Che gran bel modo di perdere la verginità.*

Dopo quell'episodio, le era capitato assai di rado di vederlo – e di ciò era grata. Almeno fino ad ora. Aveva vissuto cercando di scacciare via quel ricordo.

Ma ora? Ora era tornato.

"...tutto da sola," disse EJ. "Giusto, Lil?"

"Come dici scusa?" gli chiese Lily.

"Dio, Lily, ma dove hai la testa oggi? Stavo raccontando a Cade che questo posto lo teniamo in piedi noi della caserma, con tutto quello che ci spendiamo. Siamo fortunati che ci sia la nostra sorellina a gestirlo."

"Questo locale è tuo?" le chiese Cade, colpito.

"Uhm, beh, il proprietario è Jean-Michel..."

"Mi hai chiamato?" chiese Jean-Michel facendo capolino dal retro. Aveva il viso coperto da un velo di farina, e gli occhi gli si illuminarono vedendo chi c'era davanti al bancone. "Ah, i pompieri! Sieti tornati! Avete bisogno di energie, per salvare tutti quei gattini sugli alberi."

"Non è quello che facciamo..." cominciò a dire EJ, ma Cade gli diede una gomitata nelle costole.

"Lily, sbrigati con questi ragazzi. Hanno cose importanti da fare. E ho bisogno che mi aiuti a glassare i cupcake. Quantomeno i cupcake non sono mai nudi..." cominciò a dire lasciandosi chiudere la porta alle spalle.

"Cupcake nudi, eh?" chiese Cade sogghignando. Lily arrossì e abbassò lo sguardo e fece scivolare la scatola di *eclair* sul bancone.

EJ mise quaranta dollari sul bancone.

"Ciao ciao, Lillà!" disse. Lei si innervosì sentendo quel nomignolo. Era così che la chiamava il loro papà quando era piccola.

Li guardò passare davanti alle vetrate del negozio mentre scherzavano e si dirigevano verso la caserma dei vigili del fuoco.

*Non riesco a crederci. Cade è tornato. Ed è anche più sexy di prima.*

"Lily, vieni!" le disse Jean-Michel. "I cupcake, come si dice, non si glassano per da soli."

"Glassano da soli," disse lei.

"Quello che ho detto io. Chi è quello nuovo?"

"Eh?" chiese lei.

"Il nuovo pompiere." Jean-Michel aveva gli occhi fissi sui suoi cupcake.

"Oh. Mi spiace, Jean-Michel, ti dice male. È etero."

"Non è per questo che ho chiesto," disse. "Che ti pensi che sono? Un puttanaio?"

"Un puttaniere," disse lei ridendo. "E no, non era quello che intendevo."

"Etero, mi dici. Tutti gli americani pensando di essere etero." Sollevò un sopracciglio. "Interessata?"

Lily guardò un cupcake rosa accigliandosi. "No. È il migliore amico di EJ. E io ho già due fratelli maggiori iperprotettivi, quindi lui è super off-limits."

"Ed ecco si apre la diga," disse Jean-Miche. "Quante scuse che hai."

Lily sospirò. "In passato mi ero presa una bella cotta per lui, va bene? Ma non farei mai nulla al riguardo. Lo so che non gli interesso. E, inoltre, è un mezzo dongiovanni. I miei fratelli l'hanno sempre chiamato Puttaniere. Quindi mi dispiace, anche se tu non sei un puttaniere, quel titolo è già stato preso."

"Questo non è 'non sono interessata'. Questo è il motivo per cui non dovresti essere interessata," le disse Jean-Michel. "C'è differenza."

"Voi francesi non dovreste essere grandi fan dell'amore libero, o qualcosa del genere?"

"Amore libero?" Jean-Michel si mise a ridere. "L'amore non è mai libero. Il sesso, però... a volte lo è. A volte costa parecchio."

Lily alzò gli occhi al cielo e si mise al lavoro per glassare i cupcake. Ma ciò non le impedì di pensare a Cade...

*Che cosa ha combinato negli ultimi tre anni?*
*E come diavolo faceva ad essere più sexy che mai?*

## 2

## CADE

Con la testa tra le nuvole, Cade camminava dietro i suoi colleghi diretti verso la caserma dei pompieri. Non pensava che rivedere Lily potesse scombussolarlo a tal punto.

Tutto il tempo passato a ficcanasare nel suo profilo LinkedIn gli aveva detto che lavorava alla pasticceria Wilde. Era l'unico modo che aveva per tenersi informato su di lei senza che lei lo sapesse.

Ma aveva pensato che fare una puntata alla pasticceria sarebbe stato un modo innocente e simpatico per aggiungere un po' di pepe al suo ritorno a Salem. Non sapeva che ci avrebbe trovato anche Elijah. O che vedere Lily così, con la faccia arrossata dal calore dei forni sul retro, col seno prominente che metteva a dura prova la resistenza dei bottoni della sua camicetta inamidata, potesse farlo eccitare all'istante.

*Cavoli se era stato imbarazzante avere un'erezione mentre Elijah gli dava il bentornato.*

Cade era abituato alle ragazze delle università del Montana, alle modelle di Instagram che online sembravano delle perfette Bratz di plastica ma che, dal vero, apparivano smunte e macilente. Lily era diversa.

Questo lui l'aveva sempre saputo, ancora prima che tra loro succedesse qualcosa. Tuttavia, da quando lui se n'era andato, lei era veramente sbocciata.

Cade non riusciva a togliersela dalla testa. Senza un filo di trucco, in mezzo ai forni e alle macchinette del caffè, sembrava perfettamente a suo agio.

*E sexy da morire.*

Le lentiggini dell'estate passata le ornavano il naso, e quei suoi capelli scuri che si affusolavano in picchi fantasticamente imperfetti... quegli zigomi quasi indigeni che esaltavano il suo viso a forma di cuore, e quella bocca carnosa e perfetta che era quasi impossibile da guardare...

O quelle tette perfette, pensò Cade entrando nella caserma dei pompieri.

*Cazzo. Questa è Lily*, si ricordò. Si sentì investito da un senso di vergogna. *Se uno dei suoi fratelli sapesse a cosa sto pensando... diamine, se solo sospettassero anche che siamo stati insieme quell'unica volta, mi ammazzerebbero di botte.*

Cade ancora non riusciva a perdonarsi per quello che aveva fatto il mattino successivo al loro unico incontro. L'aveva guardata mentre dormiva, incredulo. Aveva scelto lui. Avrebbe potuto avere tutti gli uomini di questo mondo, e invece aveva scelto lui.

*E fu allora che mandasti tutto a puttane*, disse scuotendo il capo. *Nel giro di un secondo, hai distrutto qualunque possibilità avevate di poter stare insieme.*

Quello, e il fatto che Elijah e Aiden l'avrebbero lasciato mezzo morto bastò a farlo scappare a gambe levate. Guidando per andare in Montana, attraversando le colline dell'Oregon orientale, gli era stato impossibile andare abbastanza veloce per lasciarsi alle spalle il senso di colpa che lo stava inseguendo fin da casa.

Aveva pensato che tre anni sarebbero bastati. Ma si sbagliava. Dentro alla panetteria, aveva fatto fatica a trovare le parole. Delle parole qualsiasi, qualcosa per dirle che gli dispiaceva – ma gli si erano come bloccate in gola.

Cade scosse il capo biasimando il sé stesso passato e recuperò la propria attrezzatura.

*Se l'avessi saputo allora, quanto è preziosa la vita, forse sarei riuscito a smetterla per un minuto di pensare col cazzo e forse mi sarei trattenuto dall'andare a letto con lei. Oppure... oppure forse l'avrei fatta mia.*

Cade fece una pausa, una mano infilata nel proprio borsone. È questo quello che veramente voglio?

"Piantala," si disse ad alta voce.

Quando c'era Lily di mezzo, era impossibile riuscire a pensare. Era da quando se n'era andato che si trovava invischiato in un tunnel senza via d'uscita. E c'era qualcosa riguardo a quanto successo che lo tormentava. Non era semplicemente il fatto che lei ce l'avesse incredibilmente stretta, nonostante ciò gli facesse venire un'erezione ogni volta che ci pensava. In lei aveva scorso un'innata innocenza che, per un secondo, per poco non l'aveva fatto fermare.

*Ma era vergine?* No, impossibile. Si era appena lasciata con il suo fidanzato, erano stati insieme per tre anni. Inoltre, le feste che venivano organizzate nella sua università erano quasi leggendarie.

Quella vulnerabilità era dettata dalle circostanze, no?

*Sì... E ciò mi rende ancora di più uno stronzo.*

"Su, datti una controllata," sussurrò. Aveva bisogno di sgombrare la mente, aveva bisogno di una mente dove non c'era traccia di Lily, prima di andare al lavoro.

"Ti sei perso?" gli chiese Elijah entrando. "Lo so che sono passati un paio d'anni, ma ti ci sta volendo un sacco di tempo."

Cade fece spallucce. "L'incendio dov'è?" chiese.

"Ah, ah," disse Aiden.

Cade si guardò intorno. Erano passati sei mesi da quando il papà di Elijah e Aiden era morto cercando di combattere gli incendi boschivi che avevano devastato la Columbia. Cade pensava che ormai avessero tolto le sue foto ufficiali da Capitano, eppure erano ancora tutte appese alle pareti.

"Ti ci abituerai," gli disse Elijah. Gli si avvicinò e gli mise una mano sulla spalla.

"Non è solo quello," disse Cade.

C'era qualcosa in quella caserma che pensava sarebbe rimasta per sempre familiare. Erano gli stessi odori con i quali era cresciuto, quel prodotto per pulire che ormai gli era penetrato nell'ippocampo. Le stesse panche di legno usurate rese lisce da decenni e decenni di utilizzo. Ma ora sembrava più piccola. I soffitti sembravano più bassi.

*È così che funziona?*, si chiese.

Quando era un ragazzino e passava da una famiglia all'altra, diventare amico di Elijah era stato un bel colpo di fortuna. All'epoca non sapeva quanto fosse fortunato. L'intera famiglia di Elijah l'aveva accolto come fosse uno di loro.

Aveva poi bei ricordi d'infanzia, e uno di questi era quando si fermava qui in caserma dopo la scuola. A quel tempo il papà di Elijah non era ancora stato fatto Capitano, ma era chiaramente uno degli uomini più rispettati lì dentro. Era la cosa più vicina a una figura paterna che Cade avesse mai avuto.

"Ehm, com'è Crane come Capitano?" chiese Cade.

"Eldon?" Elijah si mise a ridere. "Vedrai. È un vecchiaccio, questo poco ma sicuro. Ha tipo sessant'anni! Ma a vederlo non lo diresti. Vieni, ti faccio vedere dov'è il tuo armadietto."

Cade seguì Elijah e provò a restare calmo. Tornare in quella caserma lo faceva sentire di nuovo bambino. Non sapeva perché. Dopotutto, lui e Elijah, subito dopo aver finito le superiori, avevano fatto le reclute qui. Ma non erano quelli i ricordi che gli si erano impressi nella memoria.

Quello che ricordava lui erano le infinite ore passate qui quando erano bambini. Si ricordava ancora delle storie che gli raccontavano tutti i vigili del fuoco che lavoravano qui a quel tempo. I salvataggi e tutto quello che facevano per far sì che la gente fosse al sicuro.

C'erano alcuni rimasugli di quegli anni ormai lontani, ma c'erano stati anche alcuni grossi cambiamenti.

"Ti sembra strano?" gli chiese Aiden sorprendendolo da dietro.

Cade per poco non fece un balzo per la paura.

"Sì..." disse.

"Papà rimodellò tutto quanto sei mesi prima di... beh, lo sai."

"Rimodellò?" chiese Cade. Poggiò il borsone su una delle panche mentre Elijah apriva un armadietto. "Dove ha trovato i soldi per farlo?"

"Papà si era messo a tampinare gli organi statali alla ricerca di un po' di fondi," disse Elijah. "Poi, ovviamente, qualche ragazzino idiota prende e dà fuoco all'intera Columbia, ed ecco che arrivano altri fondi di emergenza."

"Cavolo," disse Cade. "Sta messa bene. Ma, sai, no?, è... diversa. Dove sono tutti gli altri?"

"Addestramento speciale," disse Aiden.

"Ah, sì? E voi perché non siete lì?"

"Noi l'abbiamo fatto la settimana scorsa, somaro. Eravamo andati a prendere qualcosa da mangiare per loro, ma poi eccoti che spunti dal nulla," disse Elijah. "Oh, cazzo, le paste! Pensi che se la prenderanno se non gli portiamo il dessert?"

Aiden fece spallucce. "Penso che uno di loro abbia portato le ciambelle, stamattina," disse.

"Sì, ma lo sai che gli piacciono quelli che fa Lily..."

Un latrato assordante risuonò per tutta la caserma. Cade si girò e vide un'enorme dalmata che gli correva incontro. Il cane gli affondò il naso nella zona inquinale e cominciò a ispezionarlo. Elijah si mise a ridere.

"Ah, Sparky numero Sei," disse Aiden. "Oh, se vuoi, Sei e basta."

Cade porse la mano al cane per fargliela ispezionare. "I civili non vi fanno domande alla *Stranger Things*, se chiamate i cani così?"

"A volte," disse Elijah facendo spallucce.

"Quindi, Cinque, lei..."

"L'anno scorso," disse Aiden.

La voce gli tremò. Non avrebbero dovuto affezionarsi ai cani, ma Aiden aveva sempre fatto fatica a rispettare quella regola.

"Su, sbrighiamoci," disse Elijah sospirando. "Vieni, andiamo a incontrare il Capitano."

Non appena i tre imboccarono il corridoio verniciato di fresco, suonò l'allarme. Cade sentì una botta di adrenalina scorrergli nelle vene. Anche dopo tutti questi anni, c'era qualcosa in quell'allarme che gli ricordava perché faceva questo lavoro.

Accelerarono il passo e Cade sentì una voce non familiare che gracchiava attraverso gli altoparlanti. Il Capitano Crane annunciò con calma l'indirizzo, il tempo di risposta e l'attrezzatura necessaria a rispondere alla chiamata. Cade sentì gli altri membri della squadra mentre si precipitavano in caserma e il camion che si accendeva ruggendo.

Elijah e Aiden entrarono subito in modalità salvataggio.

"Che bel modo di iniziare un turno di lavoro," disse Aiden.

"Continuiamo quando torniamo," disse Elijah a Cade. "Dannazione, Commercial Street," disse quindi ad Aiden.

Cade sorrise vedendoli che si allontanavano.

*Cambiamenti o no, tornare qui è come tornare a casa*, pensò.

Salutò con un cenno del capo alcuni pompieri che gli passarono di fianco correndo. Si sentì investito da un'ondata di emozioni. Cade sbatté le palpebre per scacciare le lacrime, grato che, a causa della chiamata, nessuno gli avrebbe prestato attenzione.

Era stupido farsi commuovere da questa caserma, ma non poteva farci nulla. Sin da quando quegli incendi in Montana gli avevano portato via tre membri della sua squadra proprio davanti ai suoi occhi...

Cade si asciugò gli occhi con la manica.

"Posso aiutarti?" La voce profonda lo fece trasalire. Cade si girò verso il nuovo capitano, un uomo irsuto con dei penetranti occhi blu che erano in grado di scrutargli fin dentro l'anima.

"Capitano Crane, salve, signore," disse. "Io sono Cade..."

"Lo so chi sei."

Cade osservò l'uomo, ingrigito ma al massimo della condizione fisica. Il capitano gli offrì un sorriso contenuto ma gentile che gli fece comparire delle rughe attorno agli occhi e ammorbidì l'espressione che aveva in volto. "Vieni sul retro, abbiamo alcune scartoffie di cui dobbiamo occuparci."

Cade si sedette nella sedia di metallo davanti all'ampia scrivania di legno.

"Ho bisogno che mi confermi alcuni dettagli sulla tua compagnia in Montana," disse il capitano Crane.

"Certo, io..."

"È lì che sono morti tre pompieri, è corretto?" lo interruppe il capitano.

Cade annuì, un groppo in gola.

"Mi dispiace moltissimo. È una cosa terribile. Durante i miei venti anni di servizio, ho perso molti uomini valorosi," disse il Capitano scribacchiando qualcosa su una spessa pila di fogli.

Cade annuì di nuovo.

Il capitano contrasse le labbra e sollevò lo sguardo. "Non prenderla sul personale, ma devi farti dare un'occhiata dallo psicologo della compagnia."

"Cosa?"

"Da quando qui comando io, ogni uomo e ogni donna di questa squadra è sotto la mia responsabilità. Per essere sicuro che ognuno di voi sia in grado di svolgere il proprio lavoro, ho portato il dottor Hersh. A volte fa bene parlare con qualcuno, quando si vedono le cose che noi vediamo ogni giorno."

"Quindi invece di spegnere incendi devo andare a parlare con uno strizzacervelli?" Cade si accorse di aver assunto un tono giudicatorio, ma non poté farne a meno.

"Ehi. Datti una calmata," gli disse il capitano.

Cade chiuse il becco.

*Non dargli una ragione per mandarti in psichiatria*, si ammonì.

"A quanto ho capito, non sei stato in servizio attivo da quando sono morti i tuoi compagni. Voglio solo che tu domani vada a parlare con il dottor Hersh, prima che ti getti di nuovo nella mischia. Tutto qui."

Cade lo guardò in cagnesco, ma non disse nulla. I suoi compagni erano morti davanti ai suoi occhi, e non c'era assolutamente niente che potesse fare al riguardo.

*Ma che sia dannato se permetterò che accada di nuovo.*

Il capitano gli diede una risma di documenti. "Perché non cominci subito a darti da fare con questi?"

"Sì, capitano," disse alzandosi in piedi.

"Chiudi la porta quando esci," gli disse il capitano.

Cade se ne andò nella sala dove tutti si rilassavano durante la pausa. Sulla sua testa pendeva un nuvolone nero.

3

# LILY

Lily spingeva il proprio carrello attraverso le corsie del negozio di alimentari Milk & Honey e sorrideva al personale. Era andata alle superiori insieme ad alcuni di loro e, sebbene quando erano adolescenti si fossero a malapena rivolti la parola, il fatto che vivessero in una città così piccola imponeva loro di dimostrarsi sempre cortesi gli uni con gli altri.

Non appena raggiunse il reparto di frutta e verdura, cominciò a riempire il carrello di ortaggi di ogni tipo. Jean-Michel aveva ragione. Doveva darsi una regolata con la dieta.

Ma questa dieta con pochi carboidrati e molte verdure che stava seguendo non era per niente facile. Era stata quasi presa dalla tentazione di lasciar perdere, soprattutto dopo ieri sera, quando Jean-Michel l'aveva aiutata ad assemblare una *croquembouche*. Per fortuna, ci aveva pensato il suo oroscopo a tenerla sotto controllo.

*Bilancia: è tempo di dedicare un po' di tempo a voi stessi*, aveva letto sulla sua app per l'oroscopo subito dopo aver parcheggiato davanti al negozio. *Farete uno strano incontro, ma andrà alla grande.*

Aveva sospirato.

"Dodici ottobre, proprio in mezzo al mese della Bilancia," aveva detto ad alta voce. "Su, Lily, ce la puoi fare. Sono solo carboidrati. Non stai mica rinunciando all'ossigeno."

Se doveva dedicare un po' di cura a sé stessa, allora perché non cominciare dalla dieta? Sarebbe andata alla grande. Questa dieta sarebbe servita a far avverare entrambi messaggi dell'oroscopo in un colpo solo.

I carboidrati erano una cosa. Ma la sua dipendenza dalla caffeina? Col cavolo che ci rinunciava, a quella.

*E poi la caffeina non fa bene a chi vuole perdere peso?* Andò dritta nella corsia del caffè e, svoltando l'angolo, per poco non andò a sbattere contro un omone enorme.

"Wow," disse lui.

*Merda. Ovviamente dovevo imbattermi in Cade.*

"Uh..." Lily provò a pensare a qualcosa da dire mentre lo squadrava dalla testa ai piedi. Il suo viso era a pochissimi centimetri dal suo petto muscoloso, e riusciva a sentire l'odore muschiato della sua colonia. Era inebriante.

*Dio, spero di non star sbavando. Aspetta, è questo che intendeva il mio oroscopo quando parlava di cura personale, di strani incontri – e che sarebbe andato tutto alla grande?*

Le bastò vedere Cade per sentire come una morsa attorno allo stomaco. Avrebbe dovuto sapere, meglio di chiunque altro, che a trattare con Cade si finiva sempre con lo scottarsi. Quante ragazze gli aveva visto mollare nel corso degli anni?

Prima di partire, aveva una pessima reputazione qui a Salem. Alcune ragazze parlavano ancora oggi di lui, lamentandosi di non essere mai riuscite a farlo cambiare.

*È bello com'è ora, scommetto che già domani ricomincerà a far vittime.*

Lily si costrinse a smettere di guardarlo.

"Ciao," disse Cade. Sollevò un angolo della bocca.

*Ma che sa a cosa sto pensando?* Lily diventò rossa come un peperone.

"Scusa," disse. "Scusami, non volevo..."

*Dio, sembri un'idiota.* Ma una volta che cominciò a scusarsi, non riuscì più a smettere. Almeno ciò le dava qualcosa da dire.

Cade si mise a ridere.

"Per questa volta passi," disse.

"Volevo solo andare a comprare del caffè," disse lei, imbarazzata.

"Ti accompagno, se non ti spiace."

"Uhm, certo," disse lei. Era così nervosa che cominciò a sudare.

*Veramente attraente, Lily.*

Camminando l'uno di fianco all'altra lungo la corsia, Lily non riusciva a smettere di vedere nella propria mente il replay delle immagini di loro due insieme. Era come se potesse sentire di nuovo le sue labbra su di sé, i suoi denti che le mordicchiavano le orecchie, il suo cazzo che la penetrava con facilità. Bastò il semplice ricordo a farla bagnare – e a farla imbarazzare ancora di più.

Lily non era del tutto certa del perché si sentisse così nervosa.

*A parte il fatto che lui è letteralmente mozzafiato. La definizione stessa di cattivo ragazzo. Per non parlare del fatto che è anche il migliore amico di mio fratello*, ricordò a sé stessa.

Okay, quindi ce n'erano un sacco di motivi per essere nervosa. E un sacco di motivi per non parlargli, per dimenticarsi una volta per tutte della sua cotta.

*Eppure eccoti qui ora, a fare la spesa insieme a lui*, pensò.

Mentre camminavano verso la corsia del caffè, Lily notò che gli occhi delle donne all'interno del supermercato erano tutti per Cade. Non importava se fossero delle adolescenti o delle signore di mezz'età con dei pantaloni da yoga.

*Pensano che stiamo insieme*, pensò. Per un attimo gongolò. *Ha importanza che non sia così?*

Lily cercò qualcosa da dire, qualcosa di cui parlare, ma aveva la mente completamente vuota. Riusciva a pensare solo a quanto lui la facesse star bene.

"Ti vedo in gran forma," disse Cade.

"Come scusa?" squittì lei.

Sperò di poter scomparire. Sperò che il pavimento si aprisse e la inghiottisse. Per un secondo, fu esattamente questo che sperò.

*Questo sì che è uno strano incontro, eh?*

"Quindi, che hai combinato dall'ultima volta che ti ho visto?" gli chiese lei in un disperato tentativo di cambiare discorso.

Ovviamente, quando pronunciò "dall'ultima volta", arrossì ancora di più. Erano passati tre anni dall'ultima volta che aveva visto Cade, cinque anni da quando aveva preso ed era scomparso.

Un minuto eccola che lei si stava addormentando al suo fianco dopo che lui si era preso la sua verginità, e il minuto dopo eccola che si svegliava da sola, al freddo.

Si morse il labbro cercando di concentrarsi sulla risposta.

"Sono stato in Montana, niente di che. A combattere gli incendi e a prendermi cura di mia zia Mary."

"Ah, come sta?" gli chiese lei, contenta di poter affrontare un argomento più leggero.

Cade si scurì in volto. "È morta quasi un anno fa."

"Oh, mi dispiace tantissimo..."

Lily allungò una mano d'istinto e gli toccò il braccio. Per poco non la tirò via di colpo sentendo la corrente elettrica che li attraversò. Quando lui la guardò negli occhi, la mente di Lily si svuotò.

Persino sotto le forti luci del supermercato, sembrava che lì dentro ci fossero solo loro due. E la connessione tra di loro era palpabile.

Lily si leccò le labbra e sentì il proprio corpo che avanzava di un mezzo centimetro verso di lui. Non poté farne a meno. Ma la connessione fu infranta non appena due ragazzini attraversarono la corsia di corsa. Uno di loro sbatté contro il carrello e si mise a ridacchiare.

"Prego, eh?" disse mentre il suo amico rideva.

Cade cambiò atteggiamento. Si scrocchiò le nocche e si girò come un lampo verso i due ragazzini.

"Ehi!" gridò loro. Qualcosa nella sua voce li costrinse a fermarsi. "Tornate qui e scusatevi."

"Cade, smettila," gli disse lei sottovoce. "Non è mica un problema..."

"Sì che lo è," disse lui.

*Perché questa cosa lo fa arrabbiare tanto? La maggior parte della gente si limiterebbe ad alzare gli occhi al cielo.* Lily sentì il cuore che le batteva forte nel petto.

"Ma fai sul serio?" chiese il ragazzino che aveva urtato il carrello. La sua strafottenza da adolescente era scomparsa, sostituita da un pizzico di puro terrore.

"Scusati. Subito," gli disse Cade.

"Scusa," mormorò il ragazzino.

"Non c'è problema..." cominciò a dire Lily.

"Mi dispiace! Okay? Possiamo andare, ora?" chiese il ragazzino. Si guardò in giro in cerca di aiuto, ma non c'era nessuno.

"Se puoi andare?" ripeté Cade. "No, non te ne puoi andare. Pensi che puoi fare quello che cavolo ti pare, senza che ci siano conseguenze?"

"È stato un incidente, amico," disse l'altro ragazzino. Sollevò il mento come per darsi un'aria più da adulto.

"Non è stato un incidente," disse Cade. "Pensate che sarebbe successo se non ve ne andaste a correre in giro come due bambini dell'asilo? È così che credete che si comportino gli uomini?"

"Eravamo di fretta, tutto qui," disse il ragazzino che l'aveva urtata.

"E dove diamine dovete andare di così importante? Non dovreste essere a scuola a quest'ora?"

I ragazzini si guardarono e non risposero.

"Che dovete comprare?" chiese Cade.

"Niente," fece per dire uno di loro, ma l'altro gli lanciò un'occhiataccia.

"Che è quello?" chiese Cade.

Quello più silenzioso sollevò timidamente una scatola con sei uova.

"Delle uova?" chiese Cade. "Ma chi vi pensate di essere, Rocky?"

"Chi?" chiese il ragazzino con in mano le uova.

"Non importa. Andate a pagare quelle uova e smammate."

"Quindi ce ne possiamo andare?" chiese uno di loro, incerto. Guardò la porta del supermercato con fare speranzoso.

"Sì, certo," disse Cade. "Ma smettetela a fare gli stronzi, va bene?"

"Sissignore," disse il ragazzino senza nemmeno una punta di sarcasmo. "Noi... volevamo solo comprare delle uova."

*Ma che gli è preso?*, si chiese Lily. Certo, i ragazzini si erano comportati male, ma è così che si comportano i ragazzini.

Ma prima che Lily potesse dire qualcosa, ecco che comparve Aiden da dietro l'angolo.

"Ehi!" disse. "Finalmente. E hai trovato anche Lily."

"Non siamo venuti qui insieme," si affrettò a dire Lily.

Aiden le lanciò un'occhiata strana. "Non pensavo l'aveste fatto. Ma ho visto le vostre macchine nel parcheggio."

"Oh. Giusto," disse lei. "Le nostre macchine. Giusto."

"Quindi... che succede?" chiese Aiden.

"Che intendi?" chiese Lily sulla difensiva. "Sto facendo la spesa. Volevo del caffè..."

"Wow, calmati," le disse Aiden. "Voglio dire, sembra che stia succedendo qualcosa di strano. C'è una specie, non so, una specie di energia nell'aria."

"Che è, sei diventato uno sensitivo adesso?"

"Come no," rispose Aiden.

Guardo prima lei e poi lui. Lily si scervellò alla ricerca di qualcosa da dire.

*Sa qualcosa?* Forse ce l'aveva scritto in faccia. Forse lui ed Elijah erano stati sempre a conoscenza della sua cotta per Cade.

"Solo qualche somaro che scorrazza in giro per il negozio," disse Cade. "Seriamente, ma eravamo così scapestrati noi, quand'eravamo ragazzi? E che diavolo ci fanno in un supermercato?"

"Mah, forse dovranno comprare dell'acqua all'asparago," disse Aiden. "Guarda che al giorno d'oggi i ragazzini non mangiano più le schifezze che mangiavamo noi. Solo roba organica e artigianale."

"Sì, beh, non penso che faccia bene al loro atteggiamento," disse Cade. "Ehi, io ora devo andare, ma ci becchiamo presto, va bene?"

"Ma certo. Ci vediamo in caserma," disse Aiden.

"Verdure?" chiese esaminando il carrello di Lily.

Lei aveva gli occhi fissi sull'ampia schiena muscolosa di Cade che si allontanava.

*Sì, so esattamente cos'è quella "strana energia", e non ha niente a che fare con quei ragazzini*, pensò.

Era attrazione mischiata a un pizzico di disprezzo per sé stessi.

Se Elijah avesse scoperto che la sua sorellina era ossessionata dal suo migliore amico, avrebbe dato di matto. Su quello non c'erano dubbi. Aiden forse non si sarebbe incazzato poi più di tanto.

Oppure sì? Non era mai stato tanto protettivo quanto Elijah. Ma da quando il loro papà era morto, entrambi i fratelli avevano alzato leggermente la guardia.

"A che ti servono tutte queste verdure?" le chiese Aiden arricciando il naso.

"A te che importa?" sbottò lei. "Mica te le devi mangiare tu."

"Ah, su quello hai proprio ragione," disse lui.

## 4

## CADE

Gli ci volle una notevole dose di autocontrollo per non sbattere la porta mentre uscita. Il dottor Hersh era un tipo a posto, ma andava dritto al punto.

Quell'anziano uomo asiatico lo guardò attraverso un paio di occhiali da vista con la montatura a giorno e Cade ebbe come l'impressione che fosse in grado di leggergli l'anima e scorgere i suoi segreti più reconditi.

"Mi parli dell'incidente con la sua squadra in Montana," gli disse neanche due minuti dopo che si era seduto.

"Con i miei compagni," gli disse Cade.

"Giusto," rispose il dottor Hersh. Si appoggiò alla sua sedia color cammello e aveva aspettato.

Cade fece spallucce. "Non c'è molto da dire. Penso abbia i rapporti con tutto quello che è successo."

"Si, ce li ho," disse il dottore. "Ma voglio sapere cosa ha da dire lei al riguardo."

"Niente che non sia già scritto in quei rapporti." Cade guardò lo studio in cui si trovavano. Era clinico e sterile.

"Vuole parlarmi delle emozioni che provi ora quando ci ripensi?" gli chiese il dottore.

Cade gli rivolse uno sguardo severo. "Triste," gli disse.

"Triste," ripeté il dottore, guardandolo negli occhi e senza prendere appunti. "Qualcos'altro? Rabbia? Confusione? Senso di colpa?"

"Perché dovrei provare del senso di colpa?" sbottò Cade.

"Non so. Le sto semplicemente dando delle opzioni. Perché non parliamo per un po' di qualcos'altro?"

*Già, perché no?*

"C'è qualcosa di cui non le piace parlare in modo particolare?" gli chiese il dottor Hersh.

"No."

"Va bene. Che ne dice della sua vita sentimentale? Molte persone hanno delle forti opinioni, quando si tratta di questo genere di cose. C'è qualcuno di speciale nella sua vita?"

Cade si mise a ridere. "A malapena."

"La cosa sembra turbarla."

"Perché dovrebbe turbarmi?"

"Non lo so. Perché non me lo dice lei?"

Cade sospirò. "Ha appena cominciato a lavorare con i pompieri, eh?"

"Esatto."

"Ha mai avuto un pompiere come... paziente, prima d'ora?" gli chiese Cade. Odiava usare quella parola.

"Non prima del mio contratto con la caserma dei vigili del fuoco, no."

"Allora forse non lo sa, ma i pompieri non è che hanno molti problemi a trovarsi una donna."

"Capisco." Questa volta il dottore la scrisse, una nota.

Cade si mosse sulla sedia. Non era la risposta che si sarebbe aspettato. "Quindi... se mi sta chiedendo se sono alla ricerca disperata di un appuntamento galante, la risposta è no."

"Non è questo quello che le ho chiesto," disse il dottore. "Perché pensa che volessi intendere questo?"

"Non lo so," disse Cade, esasperato. Si mise a braccia conserte.

"Quindi sono portato a credere che lei abbia avuto una buona quantità di partner sessuali," disse il dottor Hersh.

"Sì."

"Pensa che l'intimità le faccia paura?"

Cade lo guardò in cagnesco. "Non le ho già detto che ho dormito con un sacco di donne?"

"Non è quello che ti ho chiesto. Il sesso e l'intimità possono escludersi a vicenda. E a quanto ho capito tu pendi decisamente per i rapporti che includono esclusivamente il sesso."

Al di sotto della superficie, Cade era furibondo, ma strinse i denti e si rifiutò di dire altro.

"Le interesserebbe tornare a parlarmi della morte della sua squadra in Montana?"

"No," disse Cade freddamente. Questa volta non si prese il disturbo di correggerlo.

"Va bene. Signor Charles, la mia intenzione è di raccomandare un congedo medico per lei." Il dottor Hersh cominciò velocemente a scribacchiare qualcosa sul proprio taccuino.

"Congedo medico? Cosa? Ma non nemmeno cominciato a lavorare qui!"

"Signor Charles, mi lasci essere franco. Può continuare a vedermi, oppure può ripensare alla sua posizione all'interno della compagnia. La scelta è sua."

"Pensa veramente che mi pagheranno per starmene seduto a rigirarmi i pollici e a parlare con uno strizzacervelli di come mi sento?"

"A dire il vero, questo è esattamente quello che il capitano mi ha detto di voler fare. E io preferisco il termine psichiatra."

Cade sospirò e se ne andò, chiudendosi cautamente la porta alle spalle. "Signor Charles?" gli chiese la receptionist. "Vuole che le fissi ora il prossimo appuntamento o..."

"Vi chiamo io," disse afferrando il proprio giubbino. Dentro di sé sentiva un tumulto che si faceva sempre più sconquassante.

Chiuse la portiera della macchina con forza e cominciò a pensare al suo nuovo, minuscolo appartamento, e proprio in quel momento intravide Lily dall'altra parte della strada che si trascinava dietro tre buste della spesa. Vederla lo mise di buono umore. Lily per poco non cadde inciampando sul marciapiede. Si fermò e guardò il terreno.

"Ehi, come va?" chiese lui accostando di fianco a lei.

Lei fece una smorfia. "Mi si è rotta la macchina, di nuovo. E quindi devo camminare fino a casa."

"Camminare? Con quelli?" chiese lui fissando le sue scarpe col tacco.

"Oh, sì," disse lei. "C'era un evento speciale oggi alla panetteria, e li conosci i francesi. 'Una donna dovrebbe sempre indossare le scarpe col tacco'. Quantomeno quando stanno rappresentando i croissant di Jean-Michel."

"A dire il vero non è che i francesi li conosca così bene. Ma posso darti un passaggio, se vuoi."

Lei assunse un'aria scettica e spostò il peso sull'altro piede.

"Andiamo," le disse. "Sei di strada."

Lily sospirò e annuì. Cade si sporse per aprirle le sportello e notò che il primo bottone della camicetta le si era aperto mentre trasportava le borse. Sotto la camicetta ben stirata riuscì a intravedere un accenno del suo reggiseno di pizzo rosa.

*Simile a quello che indossava quando l'abbiamo fatto*, pensò.

Riusciva ancora a vedere chiaramente l'immagine dei suoi capezzoli rosa, riusciva ancora a ricordare come si erano inturgiditi all'istante non appena li aveva avvolti con le sue labbra.

Cade le prese le borse della spesa e li sistemò sul sedile posteriore. Risalendo in macchina, fece del suo meglio per evitare di guardare le sue lunghe gambe che spuntavano dalla gonna nera e attillata.

Lily lo guardò e si accorse, imbarazzata, che parte della sua camicetta era aperta, e così provò discretamente a riabbottonarla mentre si metteva la cintura di sicurezza.

Cade aveva lo sguardo fisso dritto davanti a sé e stringeva il volante con forza.

"Dove?" le chiese.

"Oh. Giusto. Non sai più dove vivo. Southeast Hoyt," disse.

"Elegante."

"Non proprio," disse. "Vedrai."

Lily parlò con far nervoso mentre Cade guidò verso la fine del quartiere di Richmond. Gli parlò degli eventi che si sarebbero tenuti alla panetteria, dell'ossessione di Jean-Michel con la pulizia dei graffiti sull'edificio, dei piani per un brunch con gli amici per la mattina di Pasqua – ma Cade proprio non riusciva a trovare un modo per contribuire alla conversazione.

"Beh, ci siamo," disse lei.

"Vivi nel garage di un meccanico?" le chiese lui.

"No! Nell'appartamento di sopra."

"Oh. È rumoroso?"

"Durante il giorno, probabilmente. Ma quando torno a casa è tutto finito."

Cade prese le borse dal sedile posteriore, incerto se dovesse offrirsi di aiutarla a portarle o no. Sarebbe stata la cosa più cortese da fare, ma se Lily avesse pensato che dietro quel gesto c'erano secondi fini?

"Ti va di salire?" gli chiese lei con una tale velocità che sembrò avesse pronunciato un'unica parola.

"Cosa?"

"Stavo per ordinare del cinese da asporto. Quindi..."

"Non hai appena fatto la spesa?"

"Non proprio. Questa è tutta roba che mi serve per esercitarmi con la pasticceria a casa."

"E cos'è successo a quella dieta a base di caffè e verdure che stavi seguendo?"

Lily arrossì leggermente. "Oggi posso sgarrare."

Cade era esitante. "Non lo so..."

"Oh, andiamo," disse lei, d'improvviso insistente. "Possiamo ordinare da quel posto che ti piaceva tanto. Yan Yan, giusto?"

*Se lo ricorda?*

"Okay," disse lui. "Lo sai che non posso dir di no a Yan Yan."

*In ogni caso, nel tuo appartamento ti aspetterebbe una cena preparata al microonde, quindi...*

Cade seguì Lily su per le scale strette. Nell'aria c'era puzza di olio per motori. Salì le scale con il culo di Lily in faccia che ondeggiava ritmicamente da destra a sinistra. Quando Cade si accorse che aveva cominciato a fissarlo con fare insistente, si costrinse ad abbassare lo sguardo e a guardarsi le scarpe.

Poi Lily aprì la porta rivelando un appartamento accogliente e caloroso, anni luce da quella scalinata buia. Ed era completamente suo.

Mise un po' a posto e lo mandò in cucina.

"Non è molto," disse. "C'è solo una camera."

"È fantastico," disse lui mettendo le borse della spesa sul pavimento. Era serio.

La zona principale era composta da cucina, soggiorno e sala da pranzo, con un ornato tavolo rotondo dipinto di bianco. Un lampadario improvvisato pendeva dal soffitto, un cerchio di cristalli falsi che avvolgevano la lampadina nuda.

"Creativo," disse Cade.

"Jean-Michel lo chiama 'chic trasandato alla francese'," rispose lei togliendosi le scarpe.

"Voi due siete molto uniti, eh?" le chiese. Cade provò un pizzico di gelosia.

"Sì, penso di sì," disse lei. "Voglio dire, mi sta insegnando come fare a creare prodotti da forno come un vero chef francese."

"Non ti sei esercitata abbastanza nella scuola di cucina? Sei andata a Portland, giusto?"

"Ugh, niente a che vedere con le cose che sa lui."

Con la coda dell'occhio, Cade riusciva a vedere la sua camera da letto. Il letto a baldacchino era coperto da trapunte morbide e bianche, che a loro volta erano ricoperte da copertine rosa chiaro gettate qui e là.

"Vuoi che controlli il menu e li chiami?" le chiese.

Qualsiasi cosa pur di smettere di pensare a cosa avrebbe potuto succedere in quella stanza a solo pochi metri di distanza.

"Certo. Io vado a cambiarmi. Torno subito," disse lei sparendo nella camera da letto.

Cade prese il menu, contento di constatare che la sua combo preferita era ancora disponibile.

"Ehi, Lily? Lo sai già quello che vuoi?" le chiese.

Lily fece capolino dalla porta della camera da letto. "Uh. Dei noodle piccanti con i gamberi, o una cosa del genere," disse.

"Okay."

Lily riemerse un attimo dopo che Cade aveva finito di ordinare. Indosso aveva un'enorme felpa di *Le Cordon Blue* e un paio di pantaloncini così corti che sembravano delle mutande.

"Come la chiami questa mise?" le chiese lui. Dovette sforzarsi per deglutire il groppo che gli si era formato in gola.

"Tenuta da casa," disse lei. "Provaci tu a lavorare tutto il giorno con una camicetta inamidata e un paio di tacchi alti così. Un po' di vino?"

"Uhm... certo."

La guardò cercare una bottiglia nella credenza. Sollevandosi in punta di piedi, i pantaloncini risalirono ancora più in alto. Cade riuscì a vedere la parte inferiore delle sue natiche che facevano capolino da sotto il bordo dei pantaloncini.

"Ho sia rosso che bianco. Ma il bianco non è freddo."

"Uno vale l'altro," disse lui. "Non importa."

Lily aprì il rosso e ne verso due bicchieri.

"Quanto ti devo per la cena?" chiese bevendo una generosa sorsata di vino.

"Cosa? Ma niente, per piacere."

"Oh, andiamo, mi hai già dato uno strappo a casa."

"Lily, è del cinese da asporto. Non è mica una cena da Joel Palmer House."

Lily arricciò il naso. "Io non sono mica una damigella in pericolo, sai? Lo so che tu sei abituato a salvare le donne indifese dai balconi o che ne so io, ma..."

"Ehi, siediti e comportati come si deve. Altrimenti lo cancello l'ordine."

"Va bene," disse lei fingendo di sbuffare. Si sedette sul divano.

Sedevano di fianco a fianco sulla causeuse, l'unica opzione oltre alle due sedie intorno al tavolo per la cena. Lei se ne stava in silenzio, ma i suoi occhi brillavano di sfida.

Cade si sentiva attratto da quell'aria ribelle più di quanto non volesse ammettere. "Quindi, dimmi. Che cosa ha fatto Lily Hammond dal 2015 in poi?"

Lily si infilò una ciocca di capelli dietro l'orecchio e bevve un altro sorso di fino. "Ha finito con la Oregon State, è andata alla scuola di cucina e quindi è tornata. Tutto qui."

"Perché sei tornata? Portland non ti piaceva?"

"Onestamente? Mi mancavano Elijah e Aiden."

"Veramente?"

Lily si mise a ridere. "Lo so, eh?"

"Scommetto che almeno le feste qui si siano ravvivate. O quantomeno lo spero."

"Lo chiedi alla persona sbagliata," disse lei.

"Le feste solo al college?"

"Certo," disse lei ridendo. "Ma no, se devo essere onesta, non è che la mia vita sociale sia granché."

"Già... nemmeno la mia," ammise lui.

"Sì, come no."

"Sono serio!"

"Okay, signor Putt– non importa."

"Lo so cosa stavi per dire, non c'è problema. Quindi. Niente fidanzato?"

Lily arrossì. "Ne avevo uno, ma..."

Cade si sporse verso di lei. "Ah, sì?"

"Sì. Ma è finita. Anzi, a dire il vero è stato lui a mollarmi non appena ha... uhm..."

"Ha cosa?"

"Non importa. Lascia stare."

"Importa, invece. Me lo devi dire. Non puoi lasciarmi così col dubbio."

"Beh, diciamo che io... mi sono rifiutata di andare a letto con lui? E non appena l'ho fatto, lui mi ha lasciata. E – Dio, ma perché te lo sto dicendo? Ad ogni modo, tipo due giorni dopo l'ho visto con un'altra."

"Beh, bello schifo," disse Cade. "E quello è uno stronzo. Se vuoi vado e lo prendo a calci."

Lily si mise a ridere. "No! È successo tempo fa. E... da allora non c'è stato niente di serio."

"No? Nessuno?

"Nessuno," ripeté lei, gli occhi fissi nel bicchiere.

Qualcuno busso alla porta.

Lily trascinò il tavolino da caffè verso di sé mentre Cade si alzava per andare ad aprire. Prese il cibo, le diede un paio di bacchette e cominciarono a mangiare.

"Quindi," disse Lily dedicandosi ai propri *lo mein*, "tu come stai messo?"

"Come sto messo?"

Lei arrossì. "Con gli appuntamenti."

Cade sentì un certo calore che gli stringeva il petto.

*È ancora interessata a quest'argomento?* Guardò di soppiatto le sue meravigliose gambe, sode e snelle.

"Beh, è una vita che non c'è niente di serio."

"Ah, che peccato."

Cade riusciva a sentire gli occhi di Lily su di sé, e nei suoi occhi scorse il proprio desiderio riflesso.

*Come sarebbe prenderla e farle avvolgere le gambe attorno alla mia vita? Premerla contro il muro, baciarle il collo?*

Si sarebbe messa a gemere, a pronunciare il suo nome? E se avesse toccato quei pantaloncini, li avrebbe trovati bagnati?

Cade tornò bruscamente alla realtà. No, non poteva succedere. Non poteva succedere per moltissime ragioni. I suoi fratelli l'avrebbero riempito di botte, e la loro amicizia sarebbe finita per sempre. Cade si schiarì la gola.

"Hai dell'acqua?"

Lily balzò in piedi e andò a prendergliela. Si piegò in avanti per cercarla nel frigo, e Cade non poté fare a meno di guardarla. Poi ritornò col bicchiere e lui lo afferrò con un po' troppa fretta. Dell'acqua fredda gli si verso sulla camicia.

"O mio Dio, mi dispiace!" disse lei. "Aspetta, ti vado a prendere un asciugamano.

Corse in cucina e tornò e cominciò a tamponargli il petto. Era un gesto innocente, ma il suo tocco era troppo per lui. Cade si sporse in avanti e la baciò.

Lei non se lo aspettava, ma il suo corpo rispose all'istante. E non appena cominciò a spalancare la bocca, si immobilizzò e fece un passo indietro.

"Cosa stai facendo?" gli chiese.

"Io... merda, mi dispiace," disse. "Devo andare.

Lily sembrava esterrefatta mentre Cade balzava in piedi e correva verso la porta.

Accese il motore del furgone e prese a rimproverarsi.

*Che cazzo di idiota! Ora lei lo dirà ai suoi fratelli... Dio, e se gli dice tutto? Ci sono un sacco di cose da dire...*

Non era nemmeno una settimana che era tornato e già aveva combinato un casino. Imprecò, si immise in strada e guidò a tutta velocità verso casa.

## 5

# LILY

"Cosa volete? Manzo o agnello?" chiese Lily dalla cucina.

Elijah rispose manzo e Aiden agnello, e Lily alzò gli occhi al cielo. "Okay, decido io. E agnello sia."

"L'agnello è disgustoso," gridò Elijah.

"Sì, beh, non te lo mangiare," gli rispose Lily.

"Ehi, Lil?" la chiamò Aiden. Apparve sulla soglia non appena Lily cominciò a sistemare gli strati di lasagna. "Cade mi ha appena scritto che sta venendo. Basta per quattro?"

Sentendo il nome di Cade, Lily arrossì e indicò la pietanza con un cenno del capo.

Erano passati soltanto un paio di giorni dal bacio, e lei riusciva ancora a sentire il suo sapore sulle labbra. Lily infilò la lasagna nel forno della striminzita cucina dell'appartamento di Elijah e Aiden, e impostò il timer.

*Forse quel bacio era completamente inaspettato*, pensò mentre metteva a posto gli ingredienti. *Ma non posso negare di averlo desiderato fin da quando l'ho rivisto in panetteria.*

Diamine, era da quando aveva tredici anni che lo voleva, sin da quando aveva cominciato ad avere una cotta per lui.

Fino a quando lui aveva dato di matto, certo. Non poteva non negare lo sguardo imbarazzato che gli aveva attraversato il viso. Cade se n'era andato alla velocità della luce.

*Avresti dovuto dire qualcosa*, pensò caricando la lavastoviglie. Ma era successo tutto troppo in fretta, e non le era venuto niente da dire.

Lily sospirò e si gettò sul divano con una manciata di pezzetti di parmigiano in mano. Lentamente, si infilò i pezzi in bocca, sentendo il sapore acuto e ricco su tutta la lingua.

Di fianco a lei c'era Elijah, gli occhi incollati alla televisione. Aiden, seduto sulla vecchia sedia a dondolo della loro mamma, stava cincischiando col proprio cellulare.

"Non possiamo guardare qualcos'altro?" gemette Lily guardando la lentissima partita di cricket trasmessa alla televisione. "Non sei nemmeno indiano o inglese."

"Vattene a casa se vuoi guardare qualcos'altro," le disse Elijah, sebbene fosse una risposta automatica.

Lei lo sapeva che lui stava scherzando, ma sapere che stava per arrivare Cade la innervosiva. "Ho appena cucinato per tutti!" sbottò.

"Ma che problemi hai?" le chiese Elijah staccando finalmente gli occhi dalla televisione. "Va bene, se proprio ci tieni tanto, metti il *Great Britain Baking Show*, o quello che ti pare.

"Nessuno, scusa," mormorò lei.

"Grazie per il pranzo," disse Elijah, il suo modo per scusarsi. "Anche se c'hai messo quello schifo di agnello. Ma mi fa piacere che non hai nessun problema."

Lei si mise a ridere e gli tirò un pezzetto di parmigiano. "Io ce l'ho con *te*, un problema," disse.

Per sua fortuna, Cade arrivò solo quando lei poté andare a rintanarsi in cucina per approntare il pranzo. Lo sentì entrare, sentì le pacche sulle spalle che si scambiarono gli uomini tra di loro per salutarsi.

Persino il suono della sua voce, profonda e calma, la eccitava. Cominciò a impiattare la lasagna e si sorprese a dedicare delle attenzioni extra alla presentazione. Le lasagne sono un po' disordinate di natura, e così le ci volle un po' di attenzione in più. Ma ne valse la pena.

*Il cibo bello ha un sapore migliore*, era quello che le diceva sempre Jean-Michel.

"Ah, che buon odore." Alzò lo sguardo e vide Cade che faceva capolino in cucina.

Lily gli offrì un sorriso, ma poi subito si voltò dall'altra parte.

"Ehi, Lil? Mangiamo fuori. Una giornata calda a marzo: mai vista una cosa del genere in Oregon," le disse Aiden.

"Va bene," gridò lei in risposta.

"Aspetta, ti aiuto," disse Cade.

Prima che lei potesse dire qualcosa, Cade prese due piatti e li portò fuori.

Lily si imbacuccò con una sciarpa e tutti si riunirono attorno al tavolo in ferro battuto sul balcone.

"Brindiamo," disse Elijah non appena Lily sollevò la forchetta.

La mise giù, acutamente conscia del rumore che fece tintinnando contro il ferro del tavolo.

"A cosa?" chiese Aiden prendendo un bicchiere di vino rosso.

"A tutti noi insieme nello stesso posto."

"Salute, salute," disse Cade facendo cin-cin con gli altri.

Lily bevve un sorso di vino, sempre continuando a guardare di soppiatto Cade. Lui la sorprese e la guardò negli occhi.

Ma mi stava fissando? Si sentì arrossire e inclinò la testa verso il basso per concentrarsi sul cibo.

"Quindi, Cade, ho sentito che ti hanno sospeso fino a nuovo ordine dello strizzacervelli," disse Elijah.

*Sempre schietto, eh?*, pensò Lily. Ma la notizia catturò la sua attenzione. *Sospeso? Per cosa?*

"Congedo medico. È diverso dalla sospensione," disse Cade.

"Non lo so... ti ricordi di quanto ti sospesero in seconda superiore? Per cosa? Perché ti beccarono mentre sditalinavi quella cheerleader nel bagno degli handicappati?"

"Elijah, per la miseria," disse Aiden. "Ottimo argomento di conversazione per la tavola."

"È un pranzo tra di noi. È una cosa informale," disse Elijah. "E poi è questo quello che successe."

"Sì, beh... non è quello che è successo questa volta," disse Cade.

"Beh, congedo medico o sospensione o quello che ti pare, penso che sia una stronzata," disse Elijah.

Cade si accigliò e scosse il capo.

"Io voglio solo fare il mio lavoro," disse. "Non so perché quello stronzo di Eldon Crane non me lo lascia fare."

"Crane è un tipo a posto," disse Elijah ficcando la forchetta nella sua lasagna.

*Mi fa piacere vedere che l'agnello non gli dà fastidio*, pensò Lily.

"Ma, sì, non so perché si stia comportando così. Voglio dire, perché assumerti e farti venire fin qui se non ha nemmeno intenzione di farti fare nulla? Tipo non ti vuole nemmeno far stare dietro a una scrivania, giusto?"

"No," disse Cade mettendosi in bocca un generoso boccone di lasagna. "Uh, questa lasagna è ottima. Lily, l'hai fatta tutta da sola?"

"Che, veramente pensi che l'abbiamo aiutata?" chiese Aiden ridendo.

Prima che Lily potesse rispondere, si sentì l'urlo di una donna.

"Ma che diamine..." cominciò a dire Elijah, ma tutti e quattro si erano già alzati ed erano scattati verso la porta.

Lily sentì l'odore del fuoco ancora prima di vederlo. A un isolato di distanza, un piccolo condominio era avvolto dalle fiamme. Vi corsero incontro mentre delle persone emergevano dalla porta principale. Alcuni scesero arrampicandosi dalle finestre del primo piano.

"O mio Dio," disse Lily. "Che cosa facciamo? Che cosa..."

Si accorse che Elijah e Aiden si erano già cambiati.

*Modalità He-Man*, pensò. Cade le mise una mano sull'avambraccio e la fermò. Aprì la bocca, lo sguardo preoccupato.

"Non pensare a me," disse. "I-io, io resterò qui. Vai. Vai a fare quello che devi fare," lo spronò,

Cade si strappò la maglietta di dosso rivelando una canottiera attillata che gli fasciava il torace muscoloso. Le lanciò la maglietta. Tratteneva ancora il calore della sua pelle.

Le ci volle tutta la sua forza di volontà per non portarsela al naso e inspirare il suo odore. Lily si accontentò di guardare il suo corpo perfetto mentre correva per raggiungere Elijah e Aiden.

*Mi ricorderò di quest'immagine per tutta la vita*, pensò.

La silhouette di Cade, il suo corpo muscoloso che va dritto spedito verso il palazzo in fiamme. *Cavoli se è sexy.*

Lily fremette e si concentrò sulla preoccupazione che provava per tutti e tre loro. Cade si fermò per un secondo, una minima esitazione prima di imboccare la scalinata ed entrare nell'edificio.

"Sta bene?" chiese Lily a un uomo di mezz'età in preda a un violento attacco di tosse. "Posso portarle un po' d'acqua?"

L'uomo, con le lacrime agli occhi, la guardò e annuì.

Accompagnò l'uomo verso un tubo dell'acqua mentre le sirene ululavano in distanza.

*Almeno stanno arrivando i rinforzi a dar manforte a Elijah, Aiden e Cade.*

Aprì l'acqua e aiutò l'uomo a bere e vide Elijah e Aiden riuscire dall'edificio. Elijah in qualche modo stava portando sottobraccio due enormi cani, uno per braccio. Aiden teneva stretto tra le mani un enorme gatto che non faceva altro che graffiarlo.

Lily tirò un sospiro di sollievo.

Almeno sono tutti salvi.

Cade apparve subito dopo. Portava in braccio quello che sembrava un Rottweiler ferito. Li guardò da una certa distanza. Vide i tre uomini continuare a fare dentro e fuori dall'edificio alla ricerca di animali da salvare.

Una donna cominciò a gridare disperata: "Il mio Zuccherino! Il mio Zuccherino!" La sua voce era piena di dolore, e Lily ebbe come una fitta al cuore.

Chiuse il rubinetto dell'acqua e si diresse verso la folla che si era radunata, e proprio in quel momento vide Cade emergere dall'edificio trasportando una gabbia enorme. Un pappagallo urlava terrorizzato.

"Zuccherino!" gridò la donna correndo verso l'uccello.

Quello è Zuccherino?, pensò Lily mentre arrivavano i camion dei pompieri. Degli uomini corsero verso l'edificio, tutti bardati con la loro attrezzatura, gli idranti stretti tra le mani.

Elijah, Aiden e Cade si fecero da parte e cominciarono a prestare il primo soccorso. Lily non riusciva a vedere nessun ferito grave, ma c'erano alcuni inquilini che si erano fatti male cadendo.

Sentì qualcuno dire "incendio di classe B" e "caldo e veloce", ma sembrava anche che l'incendio fosse ben contenuto. Nel giro di trenta minuti, ormai non si vedevano più fiamme, ma era chiaro che i danni causati dal fumo e dall'acqua erano stati ingenti.

L'ultima vittima – una donna piuttosto anziana – venne caricata sull'ambulanza, nonostante continuasse a dire che "stava completamente bene" e che non voleva "pagare per l'ambulanza".

I ragazzi andarono incontro a Lily. Elijah alzò gli occhi al cielo udendo le proteste della donna.

"Vedi che abilità spegni-incendi?" chiese Elijah a Lily.

"È il termine tecnico?" chiese lei ridendo e abbracciando i suoi fratelli. D'impulso, subito dopo aver lasciato andare i propri fratelli, abbracciò anche Cade.

Lui la lasciò fare, e lei sentì la sua mano accarezzarle i capelli.

*È una bella sensazione*, si accorse lei. Lasciarsi toccare da lui così.

Eppure, sembrò che durasse un po' troppo a lungo, e Lily si sentì addosso gli sguardi dei suoi fratelli.

Si ritrasse arricciando il naso.

"Puzzate come un falò," disse.

Cade si mise a ridere ed Elijah e Aiden si incamminarono verso l'appartamento. Lily fece una pausa.

Non dovrei dirgli qualcos'altro?, si chiese. Provare a dargli una spiegazione per l'altro giorno?

Cade le rivolse uno sguardo incuriosito, scosse leggermente il capo e seguì i suoi amici. Lily non sapeva cosa fare. Voleva che lui le parlasse. Diamine, voleva che lui la baciasse di nuovo.

*Ma forse è destino che non accada.*

## 6
# CADE

Cade era conscio di star scuotendo il ginocchio – qualcosa che faceva solo quando era estremamente nervoso – ma non poteva farne a meno. Gli bastava trovarsi nell'ufficio del dottor Hersh per sentirsi a disagio, anche quando sapeva che non gli avrebbe posto nessuna domanda.

*Un interrogatorio, santo cielo*, pensò.

Era sempre strano entrare in quell'ufficio. Era intonso, moderno, quasi sterile, in netto contrasto con la sala d'attesa, dove c'erano due goffi divani e dei cuscini ricamati a mano con delle frasi motivazionali infiorettate che li attraversavano.

Era chiaro che i due spazi erano stati decorati da due persone molto differenti tra loro. Cade pensava che l'ufficio si addicesse perfettamente allo stile del dottor Hersh.

*Sterile e poco accogliente, proprio come lui.*

"Ha intenzione di continuare a fissarmi per tutto il tempo?" gli abbaiò contro Cade a un certo punto.

"Potrei, sebbene non sia esattamente ciò che voglio," rispose il dottor Hersh.

Sì. Potrei farlo anche io, se il mio lavoro fosse rubare i soldi allo stato.

Cade si guardò gli stivali, leggermente bruciacchiati dall'incendio nel condominio.

Non era stato facile entrare in quel palazzo in fiamme. Sapendo che i suoi migliori amici erano lì dentro, era stato molto, molto difficile.

*E se avessi perso anche loro?*

A ogni passo gli era sembrato di avere le scarpe piombate. Ora era quasi anche peggio: ora si rendeva conto di che i suoi istinti erano andati a farsi bene dire.

*Beh, non è del tutto così*, si corresse.

I suoi istinti, a dire il vero, erano tornati alla normalità. Una delle cose più importanti che gli erano state insegnate quando era una recluta era come fare per spegnere i suoi normali istinti da essere umano. L'istinto di sopravvivenza. Non era normale correre verso un incendio, ma era esattamente questo quello che facevano i pompieri.

*E io sono sempre stato maledettamente bravo a farlo*, si disse. Anche combattendo contro gli incendi della peggior specie, era sempre riuscito a zittire il suo istinto di sopravvivenza, la sua paura. *Sì, e sono anche riuscito a far morire tre uomini, nel frattempo.*

Il dottor Hersh si mosse sulla sua sedia dal design moderno e che sembrava uscita dritta da una navicella spaziale.

"Se non le va di parlare dell'incidente del condominio, per oggi va bene," disse. "Ma ci aiuterebbe entrambi, se parlassimo di qualcosa."

"Questo ufficio l'ha arredato lei?" gli chiese Cade.

Non voleva parlare con il dottore, ma era curioso e aveva bisogno di togliersi questo dubbio.

"Io? No," disse il dottor Hersh ridendo. "Mia nuora. Fa l'arredatrice di interni. Ha fatto tutto lei."

"E la sala d'attesa?"

"Non lo so, era già così quando sono arrivato. Tecnicamente è uno spazio condiviso, quindi non ci è permesso toccarlo."

*Quindi dovresti sapere cosa si prova a restare bloccati in un posto dove non puoi essere te stesso*, pensò Cade. Cade si zittì di nuovo ma, ogni volta che non si distraeva di proposito, l'unica cosa a cui riusciva a pensare era l'incendio in quel condominio. Quando si era avvicinato alla soglia, e ogni cellula del suo corpo gli aveva urlato di scappare a gambe levate.

"A cosa sta pensando in questo momento?" gli chiese il dottor Hersh.

"A niente," disse velocemente, automaticamente.

*Ogni pompiere del mondo probabilmente ha storie come la mia, pensò. È solo che nessuno ne parla mai. Allora perché io sono bloccato qui, quando tutti gli altri sono là fuori a lavorare?*

"Niente," ripeté il dottor Hersh. "Dubito che stia pensando all'arredamento di interni. Senti, Cade, lo so che non vuoi essere qui..."

"È così ovvio, eh?"

Il signor Hersh lo ignorò. "Ma devi farlo. Potrei dirti tutti i motivi per cui devi stare qui. Tuttavia, sono curioso di sapere perché *tu* pensi di essere qui."

Cade aprì la bocca proprio mentre una risposta sagace stava prendendo forma.

"E non voglio sentire niente scuse del genere 'è il capitano che mi costringe'."

Cade chiuse la bocca con uno scatto e lanciò un'occhiataccia al dottor Hersh, il quale non fece una piega.

*Dannazione, sembra proprio che potrebbe starsene seduto lì per sempre.*

"Non lo so," disse infine.

"Cosa non sai?"

"Non lo perché sono qui."

Il dottore continuò a fissarlo. *Ma le sbatte mai le palpebre?*

"Voglio dire, penso di essere qui perché... sa, ho perduto tre compagni in un incendio. E penso che quella cosa mi abbia incasinato il cervello, o qualcosa del genere."

"Correggimi se sbaglio, ma non eri lì? Non li hai persi e basta. Stavi provando a raggiungerli, giusto?"

"Beh, sì."

"Ma non c'eri solo tu tra le fiamme. C'erano anche altri pompieri, giusto?"

"Sì, non mandano solo quattro persone a occuparsi degli incendi di Lodgepole Complex."

"Non mi ero reso conto che ti trovassi lì," disse il dottor Hersh spingendo i propri occhiali verso l'alto.

"Si pensava fosse un incendio contenuto. All'inizio. Voglio dire, almeno quando cominciò... era un allarme 2.

"Allarme 2?"

"Unità molteplici da compagnie differenti," disse Cade sospirando.

"Ti va di dirmi di più?"

"Oh, perché no? È chiaro che non ha intenzione di arrendersi."

"Mi hanno detto più volte che sono un tipo persistente."

Cade incrociò le braccia sul petto e si stravaccò sulla sedia. "È mai stato a Square Butte in autunno?"

"No."

"Fa un freddo cane. Più freddo dell'Oregon in primavera. Non era una stagione piena di impegni e, beh, dopo che duecentosettanta acri bruciarono durante l'estate, tutti quanti si dimenticarono di questo qui."

"Tranne te."

Cade deglutì.

"Noi non... ancora non sappiamo perché ci scappò di mano così velocemente," disse. "Voglio dire: noi quattro avevamo lavorato insieme per circa tre anni. Avevamo visto situazioni peggiori. O quantomeno così pensavamo. Ma quando l'elicottero si avvicinò all'incendio – una cosa mai vista. Era come atterrare dritti all'inferno."

"Quindi nessuno dei presenti sulla scena era preparato alla velocità con cui l'incendio si sarebbe propagato."

Cade scosse il capo.

"Pensiamo che forse all'inizio si fosse trattato di un falò sfuggito di mano. O della sigaretta di qualcuno. Io, uhm, me ne sono andato prima dell'arrivo del rapporto ufficiale, e non mi sono mai preso la briga di leggerlo."

*Non volevi farlo, intendi dire.* Deglutì e si costrinse a proseguire.

"Ma da come se n'è parlato in seguito, sembra che, a prescindere da come iniziò, a un certo punto trovò un accelerante."

Il dottor Hersh scarabocchiò qualche appunto sul proprio taccuino e non disse nulla.

"Ad ogni modo. Loro tre. Si trovavano in una gola. Ci eravamo separati, ma all'inizio non mi ero preoccupato."

"E questa era la procedura standard?" chiese il dottor Hersh. "Separarvi, intendo."

"Sì," rispose Cade. Anche il solo insinuare che i suoi compagni potessero essere responsabili delle proprie morti lo fece innervosire.

"Era una semplice domanda," disse il dottor Hersh. "Sono cose che sto ancora imparando."

"Beh, no," ammise Cade.

"Non era lo standard?"

Cade scosse il capo.

"E perché?"

La voce del dottore non tratteneva nessun giudizio, e così Cade proseguì.

"Era la procedura standard per due di loro," disse Cade lentamente. "Ma – e sto tirando a indovinare – ma penso che il terzo, Thom Barron, forse avrà sentito uno di loro tramite i walkie-talkie? O per qualche ragione ha pensato che avessero bisogno di aiuto e ha infranto il protocollo."

"E dove avrebbe dovuto trovarsi il signor Barron?"

"Con me," disse Cade.

"E tu cosa facesti? Quando lui andò verso di loro?"

"Io, uhm... niente."

"Niente?" Il dottore sollevo un sopracciglio. "Trovo difficile crederlo."

"Non ho fatto niente perché non mi ero reso conto fin da subito che se ne fosse andato."

"Capisco. E sa per caso per quanto tempo si allontanò?"

"Io non..." Cade chiuse gli occhi e provò a ricordarlo.

Quella era la parte della giornata che non riusciva mai a ricordarsi. Si ricordava il calore, la luce. E in mezzo alle fiamme, in ogni caso, sarebbe stato quasi impossibile riuscire a sentire gli altri membri della sua squadra.

*Ma avresti dovuto controllare*, pensò. *Per quanto tempo l'hai perso di vista? Trenta secondi? Un minuto? Tre minuti, cinque?*

Tutto era possibile. Ma Cade non lo sapeva.

"È successo tutto troppo in fretta," disse debolmente.

"Capita spesso. La concezione del tempo è sfalsata durante le situazioni di forte stress. Persino per i professionisti che lavoravano regolarmente in ambienti traumatici," disse il dottor Hersh. "Ma quello che devi ricordarti è che non sei tu che hai infranto il protocollo."

"Avrei dovuto assicurarmi che era lì," disse Cade.

"E lui sarebbe rimasto con te se avesse potuto," disse il dottor Hersh. "Non sto dicendo che ha fatto qualcosa di moralmente o eticamente sbagliato, specie se ha infranto il protocollo per aiutare gli altri uomini della sua squadra. Ma quello che hai fatto tu non era né moralmente, né eticamente, né *tecnicamente* sbagliato."

"Lei non capisce," disse Cade.

"Capisco più di quanto tu non pensi. Forse non le circostanze specifiche del suo caso, ma abbiamo tutti le nostre storie."

Abbiamo tutti le nostre storie.

"E sei in grado di dirmi cos'è accaduto in seguito, da quello che ricordi?"

"Io... è tutto così confuso. Non lo so. Mi accorsi che era scomparso, ma non so per quanto tempo. E quando mi sono reso conto di dove si trovava..."

"Sì?"

"Sentii così tante urla."

"Di?"

"Le *loro*," disse Cade. Chiuse gli occhi con forza. Le voci, tutte quante, gli echeggiarono nella testa. "Dio, riesco ancora a sentirli. Sa, quando di solito si sente qualcuno che urla, di solito è in un film, qualcuno che sta recitando. O se è di persona, di solito stanno sempre recitando – tipo su un carro di carnevale, o roba del genere. Ma non si sente mai veramente una persona che urla nella vita reale. Non per davvero. Fino a quando non lo fanno per davvero."

Il signor Hersh annuì e scrisse qualcosa sul taccuino. "E tu sapevi, senza ombra di dubbio, in quel momento, che tutti e tre si trovavano nella gola?"

Cade annuì.

"Lo sai e basta," disse. "Lavori con qualcuno, vivi con loro per la maggior parte del tempo, e quindi lo sai e basta." Alzò lo sguardo e guardò il dottor Hersh negli occhi. "Lo capisci quando qualcuno a cui tieni sta urlando perché teme per la propria vita."

"Dimmi di più."

"Si trovavano... forse a circa venti metri da me? Mi trovavo su un punto rialzato, ma avevo la caviglia fratturata, non potevo camminare. All'inizio non potevo vederli. Erano solo i rumori... ma tutto stava crollando. Stavo provando a farmi sentire, a gridare. A dire loro che andava tutto bene. Non riuscivano a sentirmi tramite i walkie-talkie. Ma poi il fumo si diradò per un minuto, ed ecco che riuscii di nuovo a vederli."

"Li vedesti?"

"Sì," disse Cade. "Li ho visti morire."

"Non era difficile vedere chiaramente? Mi immagino con tutto quel fumo, e le fiamme..."

"Li ho visti morire," ripeté Cade. "Ho visto i loro volti. Mi stavano guardando, tutti e tre. Gridavano il mio nome mentre morivano."

"Okay."

"Sa, la maggior parte delle persone pensano che siano le fiamme che ti uccidono. Di solito non è così. Di solito è il fumo. Muori soffocato prima di poter morire bruciato. Ma loro non furono così fortunati. Ci provai a raggiungerli."

"Ti credo."

"Ma... non sono stato forte abbastanza."

"Che cosa vuoi dire?"

"Ci ho provato, ma il fuoco... era così caldo, cazzo."

"Che cosa provasti a fare?"

"Provai... provai semplicemente a farmi strada. Sa, no? Pensavo che se solo fossi riuscito a raggiungerli, a smuovere la terra e gli alberi così da permettergli di indietreggiare... ma il mio corpo non me lo permise."

"Gli esseri umani possiedono un innato istinto di sopravvivenza. È ciò che nella maggior parte dei casi ci impedisce di commettere il suicidio, o di ripetere degli errori pericolosi, ancora e ancora."

"Non noi."

"Cosa?"

"Noi pompieri siamo in grado di ignorarli, questi istinti."

Il dottor Hersh scrisse furiosamente sul proprio taccuino. "E tu come sei uscito da lì?"

"Mi portarono via."

"Come, scusa?"

"Io... svenni a causa del fumo. O fu così mi dissero, e quindi non me lo ricordo. L'ultima cosa che mi ricordo sono le loro facce. Quello sguardo nei loro occhi, non me lo dimenticherò mai. E poi mi svegliai in un'ambulanza."

"Quindi saresti morto provando a salvarli, se non fossi svenuto."

"Sarei dovuto morire provando a salvarli."

Si fermò subito prima di dire che, in quegli ultimi momenti prima del buio, aveva accolto quelle fiamme.

*Non c'era niente per cui vivere in ogni caso.*

Cade sentì qualcosa di caldo che gli formicolava sulla guancia. Tirò subito su un braccio per asciugarsi la lacrima e provò a far sembrare che si trattasse di un graffio.

"Cade..."

Chiuse il pugno e lo sbatté sul tavolo. Il pezzo di legno tremò sotto all'impatto.

"Perché loro?" chiese. "Perché loro? Tre bravi uomini, due con una famiglia, una recluta appena arrivata... perché loro e non me?"

"Cade, io penso che..."

"Lasci stare, me ne devo andare." Prima che il dottore potesse interromperlo, Cade balzò in piedi e si affrettò verso la porta.

Era troppo agitato per poter guidare. Allora decise di camminare verso casa. Erano solo cinque chilometri. O quantomeno così aveva pensato. Era guidato dal pilota automatico, e i suoi piedi lo condussero fino alla panetteria.

*Devo vedere qualcosa di bello. Qualcuno che è contento che io sia sopravvissuto.*

Vide Lily attraverso la vetrata della pasticceria, un grembiule decorato legato attorno alla vita.

*Dio, com'è bella*, pensò. *Bella e brava. Troppo brava per uno come me.*

La vide di schiena mentre parlava con qualcuno che non riusciva a vedere.

*Che aspetto avrebbe avuto con un bambino tra le braccia?*, pensò improvvisamente, senza sapere da dove fosse uscito un pensiero del genere.

Ma vedendola così, in piedi, col peso poggiato tutto su una gamba, non era troppo difficile immaginarlo.

"Ecco papà!" avrebbe detto vedendolo e coccolando il bambino. "Digli ciao! Lo sai dire 'ciao'?"

"Sei ridicolo, cazzo," sussurrò a sé stesso.

Lui non li voleva nemmeno, i bambini, non necessariamente. *Ma forse, con lei...*

La possibilità lo affascinava ma, immediatamente si rimproverò. C'erano così tante ragioni perché ciò non poteva accadere.

Lily si girò, lo intravide dietro il vetro e gli sorrise. Cade riuscì a percepire l'elettricità persino da così lontano. Anche se Lily non fosse stata la sorellina del suo migliore amico, lui non si meritava una come lei. Diamine, era andato a letto con mezza Salem prima di rendersene conto.

*Non avresti mai dovuto andarci a letto. Non avresti mai dovuto assecondarla. Non devi ricominciare questa storia.*

Si girò e se ne andò a casa.

7

# LILY

"Mi fa il pieno? Grazie," disse all'addetto della pompa di benzina mentre gli consegnava la carta di credito.
Lily spense il motore e aprì l'app dell'oroscopo.
*Bilancia: oggi potresti incontrare alcune difficoltà. Siate cauti.*
"Bel modo di dirlo," si disse.
Sentì l'addetto far fatica ad aprire il tappo del serbatoio, come al solito. Lily lanciò un'occhiataccia al volante. Le piaceva che la sua macchina fosse una Mercedes verde acqua. Ma era anche del 1979.
Era una bestia costosa da mantenere – con la benzina premium e i cinquecento dollari che aveva dovuto pagare per poterla rimettere in strada.
*E io che mi pensavo che sarebbe bastato vivere sopra all'officina di un meccanico per aggiustarla come per magia.*
Un Hummer nero parcheggiò davanti alla pompa di fronte alla sua Tim Criss balzò fuori dalla macchina e diede la carta all'addetto. Lily sprofondò il più possibile nel sedile. Non vedeva il suo ragazzo del college sin da quando lui l'aveva mollata in quel caffè, tre anni fa.
*E che diavolo ci fa qui a Salem?*
Si erano incontrati all'università dell'Oregon, ma Tim veniva da Medford e aveva sempre parlato male della città in cui lei era nata. Ogni anno si lamentava che lei lo "trascinava" qui per le vacanze.
Lily si infilò gli occhiali da sole e fece finta di essere tutta presa

dal proprio cellulare. Ma non poté far altro che leggere sempre la stessa frase, ancora e ancora.

*Bilancia: oggi potreste incontrare alcune difficoltà.*

"Ehi! Ehi, piccola."

Tim si sporse verso di lei. Usava ancora la stessa acqua di colonia che aveva usato per tutto il college e così, in un istante, Lily si ritrovò catapultata nel passato. Tornò a sentirsi una studentessa, ingenuamente orgogliosa di avere qualcuno come Tim Criss come fidanzato.

Lily si scostò da lui meglio che poté e tenne gli occhi incollati sul telefono.

"Ah, che frigidona, okay, okay," disse lui ridendo. "Sei in ottima forma. Sono qui per incontrare un investitore. Ti avrei scritto."

Lily sospirò e si tolse gli occhiali da sole. "Tim, che vuoi?"

Lui si morse il labbro e le rivolse un'occhiata sfacciata. Lily sapeva che la camicetta che indossava al lavoro le fasciava il petto, ma si rifiutò di mostrarsi imbarazzata o di provare a sistemarla.

"Ci siamo lasciati, d'accordo, ma ciò non vuol dire che non possiamo più vederci. Che fai stasera?"

"Lavoro." Doveva ammetterlo: Tim era sempre bello. Non più muscoloso come in passato, e i capelli rossi avevano cominciato a diradarsi, ma era ancora in grado di attirarsi gli sguardi delle fanciulle.

"Dove lavori?"

"In una panetteria."

"A che ora chiudono le panetterie? Io sarò impegnato fino alle dieci o alle undici in ogni caso. Ci facciamo un bicchierino, dopo?"

Non era solo il suo invito a farla infuriare, ma anche il fatto che lui avesse presupposto che lei avrebbe accettato una sveltina tre anni dopo che lui l'aveva lasciata in quel modo.

"No."

Tim si guardò a destra e a sinistra e poi le si avvicinò.

"Sei ancora arrabbiata che ti ho scaricata?" le disse. "Non è colpa mia se la tua personalità non era abbastanza da tenere vivo il mio interesse – o quello di qualsiasi altro ragazzo. Lo so cosa hai fatto."

Lily si girò di scatto. "Di cosa stai parlando?"

Lui sogghignò. "Sei diventata una zoccoletta non appena hai potuto. Non volevi che tutti al campus sapessero che razza di sgualdrina fossi, eh? Con me giocavi a fare la brava ragazza, e intanto te la spassavi con mezza città..."

"Signorina? La sua ricevuta?" L'addetto comparve, incerto, dietro le spalle di Tim.

Allungò il braccio per afferrare la ricevuta. Si sentiva arrabbiata, e si vergognava.

*Non può saperlo. Come potrebbe? Cade non l'ha detto a nessuno, ed è impossibile che sia arrivato alle sue orecchie. Giusto?*

"Oh, su, non ti arrabbiare!" disse Tim. "Anche io sono fatto così, mi spiace però che ci siano due pesi e due misure, con le ragazze. Quindi, per stasera, piccola..."

Per una volta tanto la Mercedes si accese senza alcun problema. Tim si drizzò e si piazzò davanti alla macchina. Lily sgasò per avvertirlo, ma lui incrociò le braccia e le sorrise.

Frustrata, ingranò la retromarcia e si sentì enormemente soddisfatta lasciando la stazione di benzina.

Se ne stava tornando a casa dopo aver aperto la panetteria questa mattina e aver lavorato per tutto il giorno, ma ora sentiva decisamente il bisogno di un drink. Di qualcosa più forte di un semplice bicchiere di vino.

Lily non partecipava alla movida di Salem da... beh, da una vita, si accorse. Ma aveva sentito Jean-Michel che parlava di un certo Archive Coffee & Bar, dove, subito dopo l'happy hour, i drink si facevano leggermente più forti. Svoltò verso Liberty Street e parcheggiò.

Erano solo le cinque del pomeriggio, ma l'Archive era già entrato in modalità bar. Lily sprofondò su una delle loro sedie di ferro all'aperto e prese la lista dei cocktail.

C'era un'abbondante lista di cocktail a base di caffè, dal caffè spagnolo servito flambé, a drink decisamente più complicati di cui non aveva mai sentito parlare. Strizzò gli occhi e provò a raccapezzarsi tra tutte quelle lunghe descrizioni.

"Questa sedia è libera?" le chiese una voce profonda.

*Cazzo, mi ha seguita?*

"Senti, stronzo..." Lily sollevò lo sguardo e si trovò davanti un Cade a dir poco sorpreso. "Scusa... pensavo... pensavo fossi qualcun altro."

"Beh, odierei essere chiunque pensavi che io fossi. Quindi. È questo il posto che frequenti di solito?"

Lily poggiò il menu. "Oh! Uhm, no, non di solito. Ma avevo bisogno di qualcosa da bere."

"Ti spiace se mi siedo con te per un minuto?"

"Ma no, no, certo."

Cade si sedette di fronte a lei e lei gli passò il menu con i cocktail. Cade lo passò velocemente in rassegna.

"Pare sofisticato. Tu che prendi?"

"Non lo so. Avevo appena cominciato a leggerlo."

"Mhmm. Che tipo di liquore ti piace?"

"Se voglio bere qualcosa di forte, di solito vodka o gin."

"E se ordinassi io per te?"

Lily arrossì. "Certo," rispose poi.

"Che cosa vi porto?" disse la cameriera comparendo un sorriso. Lily notò i suoi occhiali da vista con la montatura spessa e i tatuaggi che le ricoprivano l'avambraccio lasciati scoperti dalle maniche arrotolate.

"Un Moscow Mule e uno spritz con champagne," disse Cade poggiando il menu sul tavolino.

"Torno subito."

"Quindi. Com'è stata la tua giornata?" le chiese Cade.

Lily fece una smorfia. "Buona. Almeno fino a..."

"Fino a quando non è arrivato un qualche stronzo a rovinartela?"

Lily rise. "Fino a quando non ho incontrato Tim."

"Chi è Tim?"

"Sai, no... il tipo con cui uscivo..."

"Veramente?"

"Sì. Un incontro a dir poco spiacevole."

"In che senso?"

"Ugh. Non mi va di parlarne."

I drink arrivarono giusto in quel momento. Lily sapeva che Cade, con ogni probabilità, non aveva capito che Tim era stato sia il suo fidanzato del college *sia* il ragazzo con cui era uscita per ultimo.

*Non deve sapere tutto. Non deve sapere che non sono uscita con nessuno dopo che siamo andati a letto insieme tre anni fa.*

"Qual è il mio?" chiese lei.

"Provali entrambi e vedi quale ti piace di più."

Lily sorseggiò entrambi i cocktail, sorpresa che, nonostante fossero così diversi, le piacessero entrambi.

"Lo spritz," disse.

"Non sei una fan del Mule, quindi."

"Il bicchiere però è bello. Mi piace il rame. Ed è buono, ma penso che mi piaccia di più lo champagne." Sospirò. L'alcol stava già facendo il proprio dovere. Si appoggiò allo schienale della sedia. "Quindi è questa la tua mossa segreta? Ordini due drink e lasci che sia la ragazza a scegliere?"

"No, a dire il vero è la prima volta che lo faccio. Perché, funziona secondo te?"

Lily arrossì. "Uhm, no."

"Buono a sapersi. Beh, alla salute di questa città. Non avrei mai pensato di rivederla ma, devo ammetterlo, non è poi così male. Comincia a piacermi."

"Dove pensi che saresti, altrimenti?" gli chiese bevendo un lungo sorso di champagne.

"Non lo so. Forse... a vivere nelle terre selvagge del Montana, a costruire una baita con le mie mani. Sopravvivendo con quello che riesco a coltivare, a cacciare..."

"Volevi stare da solo." Si rese conto che sembrava più un'affermazione che una domanda.

"No. Beh, forse. La conosci la reputazione che ho con le donne..."

"Sembra orribile. Come potresti incontrare qualcuno?"

"Eh, quello non è necessario."

"E l'intimità?"

"Come sopra: non necessaria."

"Capisco. Quindi è così che la preferisci, eh? La tua vita sentimentale, intendo."

"Non ho esattamente una vita sentimentale," ammise Cade. "Sono un casino totale, con la morte della zia Mary e... la morte dei miei compagni. Nessuno vuole una roba del genere. E io non voglio farlo gravare su nessuno."

"Come fai a saperlo? Se non ci provi..."

Cade alzò gli occhi al cielo e fece un cenno alla cameriera. Lily guardò i bicchieri, sorpresa nel constatare che fossero già vuoti.

"Quindi, mostrami le tue mosse," disse sentendosi finalmente invasa di coraggio liquido.

"Come scusa?"

"Fa' finta che io sia una ragazza che hai appena incontrato in un bar. E stai cercando di rimorchiarmi."

"Perché?"

"Beh, per... fare sesso."

"Intendo dire perché dovrai far finta di farlo," disse lui sorridendo. "Sei carina."

Lily si sentì arrossire, ma persistette. "Su, andiamo, ho avuto una pessima giornata. Accontentami."

"Va bene. Ma, come prima cosa, dovresti sapere che di mosse da inizio appuntamento non ne ho. Ne ho un sacco per la *fine*, dell'appuntamento. Mi assicuro che la ragazza, scusa, voglio che tu ti sia divertita. Un sacco di drink, se ti piacciono. E poi mi avvicino." Cade spostò la sedia vicino alla sua con una tale velocità e una tale naturalezza che Lily quasi non si accorse del movimento.

"Secondo round," disse la cameriera poggiando i drink sul tavolo.

Cade non smise di guardare Lily negli occhi.

"E poi ti chiedo di farmi assaggiare il tuo drink, così." Abbassò la voce e la guardò così a fondo negli occhi che Lily pensò che fosse in grado di scorgere i suoi segreti più reconditi. "Posso assaggiare il tuo drink?"

Lily cominciò a sentire le farfalle nello stomaco. "Certo, fa' pure."

Cade provò il suo spritz. Lei guardò la sua gola muoversi mentre degluttiva.

*Goditelo*, si disse. *Lascia che sia reale, giusto per un istante. Non c'è niente di male, no?*

Cade poggiò il bicchiere e la guardò negli occhi. Lily riusciva a percepire il fuoco che lo animava crepitando proprio al di sotto della superficie. Era un fuoco uguale a quello che aveva dentro di sé. Cade le posò gli occhi sulle labbra, che subito si fecero roventi illuminate da quello sguardo bollente.

Cade le si avvicinò, e lei non riusciva a muoversi. Sollevò la mano e le accarezzò la guancia con il pollice. Le avvolse la mano dietro la nuca e lei subito spalancò le labbra.

Già sapeva che sapore avessero le sue labbra. Le baciò dapprima dolcemente, e il suo corpo rispose e sentì l'intensificarsi di una passione senza precedenti.

Lily emise un gemito e lui si ritrasse.

"Lily," disse Cade a bassa voce. "Tu mi piaci. Non mi fraintendere. Ma... ci sono così tanti motivi per cui non possiamo farlo.

Elijah, e..." Cade lasciò che le parole perissero nel nulla e scostò la sedia.

"Non si tratta sempre di te," disse lei di botto, irritata. "E se io avessi le mie ragioni per non volerti?"

"Buon per te, allora," disse Cade. Si alzò e lanciò dei contanti sul tavolo. "Quindi siamo d'accordo?"

Lily si mise a braccia conserte e scosse il capo. Se avesse parlato, temeva di scoppiare a piangere.

Cade si diresse verso il parcheggio senza girarsi a guardarla nemmeno una volta.

*Sono giorni che non faccio altro che guardarlo mentre se ne va,* pensò.

8

## LILY

"Ehi, Jean-Michel, ti va di andare in gita alle Silver Falls?" chiese Lily mentre Jean-Michel le sfrecciò davanti dirigendosi in cucina.

Arricciò il naso. "Non mi piace l'aria aperta. Perché non chiedi a tua amica, l'americana con il nome francese?"

"Renee è ancora in Italia," disse Lily sospirando. "Non solo lei è l'unica che fa queste cose con me, ma è anche la mia *unica* amica. Non è deprimente?"

"Quando vai?" le chiese lui.

"Beh, speravo che tu volessi venire con me, dal momento che oggi chiudiamo prima."

Jean-Michel fece spallucce. "Quei ragazzi che vengono sempre qui a parlare con te? Va chiedere a loro."

*Effettivamente non è una cattiva idea*, pensò.

Forse Aiden o Elijah sarebbero andati con lei. Lasciò Jean-Michel a finire di chiudere il negozio e montò sulla sua Mercedes. Sul sedile posteriore c'era già il suo zaino con tutto il necessario per andare in montagna.

Bisogna sfruttare al massimo ogni giorno di sole in Oregon.

Lily parcheggiò davanti all'appartamento dei suoi fratelli e sorrise vedendo che il furgone di Elijah era lì. Dei suoi due fratelli, lui era quello più propenso ad accettare.

"Ehi!" disse aprendo la porta con la chiave di riserva. "Elijah, vuoi venire a Silver Falls?"

Elijah emerse dal corridoio con indosso la sua maglietta da pompiere.

"Cavoli, vorrei tanto," disse. "Ma sto per andare a lavoro. Stavo uscendo proprio ora. Forse ci viene Cade."

"Cade?" chiese lei.

"Sì?"

Sentì la porta del bagno che si apriva. Lily arrossì. Non sapeva che Cade fosse lì.

"Lily cerca qualcuno per andare a fare un'escursione."

"Ah, sì?" chiese Cade. Lily percepì la trepidazione condivisa nella sua voce.

"Non è che gli permettano di lavorare," le ricordò Elijah. "E non fa altro che piagnucolare dicendo che si annoia a morte."

"È vero," ammise Cade facendo spallucce.

"Uhm, va bene. Era solo un'idea. Forse faccio meglio ad andare a casa e ad esercitarmi con i bignè..."

"Per piacere, tutti e due," disse Elijah alzando gli occhi al cielo e infilandosi il giubbino. "Cade, lo so che ami la montagna. Non tieni tutto il necessario in macchina?"

Cade guardò Lily. "Beh, sì..."

"E allora vai," disse Elijah. "Mentre noi ce ne stiamo a lavorare, tu sfrutta questa rara quanto bella domenica di sole."

"Beh, mi farebbe piacere farmi una bella escursione..." disse Cade lentamente. Cercò con lo sguardo il permesso di Lily.

"Ma certo!" disse lei, ben conscia di quanto fasullo risultasse il proprio entusiasmo. "Va bene."

"Divertitevi anche per me," disse Elijah uscendo dalla porta.

Non appena Lily non sentì più i suoi passi, si girò verso Cade. "Ovviamente non mi aspetto che tu venga con me," gli disse.

"Senti, per quello che è successo l'altro giorno... mi dispiace. È tutta colpa mia. Che ne dici se facciamo finta che non sia successo?"

"Beh... okay..." disse Lily spostando il peso da un piede all'altro.

"Veramente. Possiamo essere amici, no?"

"Uh, certo?"

"Bene. Tuo fratello ha ragione. Ho tutto l'occorrente nel cofano della macchina. Dove volevi andare?"

"Beh..." Lily eliminò Silver Falls dalla lista. Era troppo lontano, l'escursione sarebbe durata troppo tempo, ed era un posto dannatamente romantico. "Stavo pensando a Hendricks Park. È vicino," aggiunse.

"Ottimo. Vado a prendere gli scarponi e il resto e possiamo andare."

"Ti spiace se guidi tu?" gli chiese Lily.

Cade la guardò divertito. "Certo, non c'è problema. La tua macchina continua a fare le bizze?"

"Sì, e poi non è bella quanto la tua."

"A dire il vero, ne ho presa una nuova..."

"Lo so, me lo ha detto Elijah. Ieri, no? Una nuova Mustang?"

"Ah, quello sì che ha la bocca larga. Sì, una decappottabile."

*Grazie che non ho visto il suo furgone nel parcheggio.*

"E con la Chevy che ci farai?"

"L'ho venduta. Non per molto, ma tutto fa brodo."

Lily prese il proprio zaino. "Mi vado a cambiare e poi ce ne andiamo."

Brevemente, mentre si cambiava nella camera di Elijah, sperò di aver portato qualcosa di più carino da mettersi. Invece dovette infilarsi gli stessi pantaloni da yoga che ormai aveva da quattro anni.

Gemette accorgendosi della maglia a maniche lunghe che si era portata. C'era il disegno di quattro danzatrici di burlesque e un volgare doppio senso sui pasticcini. Sia lei che Jean-Michel la trovavano adorabile.

E nessun altro, probabilmente. Lily chiuse il giubbino della Nike fin su alla gola.

"Pronta," disse seguendo Cade verso la sua Mustang nuova fiammante. Non appena accese la macchina, partì la musica dei Warrant. "È una vita che non sento questa canzone!" esclamò sentendo le prime note di *Cherry Pie*.

"Vuoi che cambi?"

"No, mi piace."

Cade fece manovra per immettersi in strada e lei si giro verso di lui. "Quindi... con quante ragazze sei andato a letto?"

Lui era chiaramente esterrefatto, ma fece del suo meglio per non darlo a vedere. "Non ne sono sicuro. Non sono mai stato bravo in matematica."

"Ma il numero è, tipo, un sacco? Giusto?"

"Un sacco è soggettivo, non credi?" le chiese facendole l'occhiolino.

"Okay, diciamo più di cento?"

"Ma perché me lo chiedi?" disse lui fermandosi a un semaforo rosso.

"Non lo so, giusto per fare conversazione."

"Tu è così che fai conversazione? Sai, mi hai detto che non hai una grande vita sociale. Beh, forse è questo il motivo. Le tue abilità di conversatrice hanno bisogno di una bella oliata."

"Io invece penso che tu stia semplicemente evitando di rispondermi."

"Ma certo che sto evitando di risponderti!"

"Perché? Che ti cambia se lo so?" gli chiese.

Cade fece una pausa. "Hai ragione, penso non faccia molta differenza. Quindi, okay, la mia risposta è *un sacco*."

"Un sacco," ripete lei annuendo. "Qual è la tua definizione di *un sacco*?"

"Probabilmente è molto simile alla tua."

*Quindi almeno un centinaio*, pensò lei.

*Ma che diamine? Veramente ci sono oltre cento ragazze che potrebbero piacergli, qui a Salem? Voglio dire, sottraendo quelle impegnate e tutto.*

"Ma nessuna dopo... beh, lo sai. Quello che è successo in Montana.

"Aspetta," disse Lily. Si girò verso di lui. "Veramente? Nemmeno una?"

"No, nemmeno una," disse Cade. "Penso... sai, no?, che quella cosa mi abbia incasinato a dovere."

"Ma... il Montana. È successo *un bel po'* di tempo fa."

Cade la guardò, conscio che stava per partire un altro interrogatorio. "Che ne dici se cambiamo argomento?"

"Di che vuoi parlare?"

Lily si sentiva leggermente imbarazzata per averlo torchiato, ma era tutta la vita che si interrogava su quel numero. E avere ora la risposta non era stato molto convalidante. Lo stesso, però, si sorprese di non provare alcuna gelosia.

*Ma io ho fatto la lista?*, si chiese. *Li conto, io?*

"Vediamo," disse Cade. "Chi pensi che sia il più bello tra quelli con cui andavi alle superiori?"

Lily si mise a ridere.

*Non è bravo a transitare con nonchalance da un argomento all'altro.* Ma aveva ragione, lei lo aveva torchiato più che a sufficienza.

"Onestamente, quelli con cui andavo alle superiori non è che li veda più. Penso che la maggior parte abbiano lasciato la città."

"Ma su Instagram, o quello che è?"

Lily fece spallucce. "Non uso molto i social. Penso di avere Instagram. E forse Twitter? Ma non li uso mai."

"Sì, lo so," disse lui.

"Che intendi dire?"

Per un secondo, Lily pensò di vederlo arrossire.

"Voglio dire che non ricordo di avertici vista spesso. Non che io li usi più di te, eh."

*Bugiardo*, pensò lei sorridendo.

Lily non stava sempre lì a postare o a condividere, ma lo aveva sempre controllato. E le cose erano addirittura peggiorate dopo che erano andati a letto insieme tre anni fa.

Aveva creato un account anonimo per controllare le sue foto, e su Instagram c'erano dozzine e dozzine di ragazze che mettevano Mi piace alle sue foto e lasciavano un commento.

Poi, lentamente, aveva smesso di sorvegliarlo. Si era resa conto che non serviva a niente. Se voleva che la sua cotta svanisse, doveva smettere di nutrirla giorno dopo giorno. Non aveva mai chiuso quegli account, li aveva abbandonati e basta.

"E tu?" gli chiese lei. "Chi pensi che sia la più bella ora tra le ragazze della tua scuola?"

"Non lo so. Sono come te, non ci bado a queste cose. Tu sei piuttosto bella," disse facendole l'occhiolino.

Lei gli diede una spintarella. "Piantala. Non cercavo facili adulazioni."

"Ah, non era quello che pensavo. Ma ti posso dire chi invece bello non è."

"Chi?"

"Il signor Stroh."

"Oddio, mi ero dimenticata di lui. Come se averlo alle scuole medie non bastasse. No, doveva diventare pure preside del liceo."

"Un po' mi dispiace per lui," disse Cade.

"E perché?"

"Tutte le ragazze non facevano altro di parlare di come lui le squadrasse dalla testa ai piedi, e lo chiamavano pervertito e cose del genere."

"Pensi... pensi che abbia fatto qualcosa? Tipo, pensi che ci abbia provato con qualcuna di loro?" chiese Lily. Non lo aveva mai avuto come insegnante, ma non si ricordava di queste dicerie.

"Non saprei," disse Cade facendo spallucce. "Io so solo che non ho mai sentito nessuno dire che avesse fatto effettivamente qualcosa. Ma, sai com'è, chi lo sa? Era un tipo strano. Con quel parrucchino."

"Sì, quello me lo ricordo," disse lei. "Beh, se non ha mai fatto nulla, è proprio una cosa triste. Gli adolescenti sono così crudeli."

Parcheggiarono di fianco a una macchina piena di bambini con indosso maglioni dei South Salem.

"Parli del diavolo," disse indicandoli con un cenno del capo.

Lei gli sorride. "Andiamo."

# 9

## CADE

Dopo aver camminato per neanche cinquecento metri, Cade riusciva già a sentire il sudore che gli inzuppava la maglietta.

*E non fa nemmeno così caldo*, pensò.

Ma Cade sapeva quale fosse il motivo: Lily, giusto qualche passo davanti a lui. E ora il suo culo ondeggiava con un movimento ipnotico. Non riusciva a staccarle gli occhi di dosso, e lei lo aveva già sorpreso una volta.

O almeno lui pensava fosse così. Quando si era girata per chiedergli se voleva prendere la strada più corta o quella lunga, lui non era riuscito a vedere i suoi occhi dietro gli occhiali da sole.

"La più lunga," aveva detto lui senza esitare.

*Guardare non è la fine del mondo, giusto?* Riusciva a sentire un flebile tremore nella propria voce, ma lei gli aveva sorriso apparentemente senza accorgersene.

"...specie in questo periodo dell'anno," disse Lily senza voltarsi.

"Scusa, come?" chiese lui. *Datti una controllata.*

"Ho detto che sono felice che abbiamo potuto sfruttare una di queste rare giornate di sole," disse lei.

"Oh, sì, è fantastico," disse lui.

Cade non poteva farci niente. I suoi occhi vagavano spostandosi dal suo culo a malapena contenuto dai leggings neri e attillati, alle sue cosce formose.

*Tanto valeva venire nuda.* Quei vestiti lasciavano poco all'immaginazione.

In alcuni punti, il materiale elastico lasciava intravedere un lembo di pelle delle natiche o dei fianchi. Cade cercò di intravedere i bordi di una mutanda, ma non li trovò.

*Quelle bellissime gambe*, pensò. *Attaccate a un corpo bellissimo, e a un volto bellissimo.*

"...non pensi?" La sua voce irruppe nelle sue orecchie, e lui si rese conto che lei si era girata di nuovo verso di lui.

Cade si schiarì la gola, imbarazzato.

"Sì," disse. Non sapeva a cosa avesse detto sì, ma lei sorrise di nuovo.

*Risposta giusta. Ti ha detto bene*, si rimproverò. *Non ce la fai a controllarti per un'ora?*

Il sentiero si allargò e Lily si spostò verso il bordo per far spazio a Cade. Camminando di fianco a fianco, era un po' più facile evitare le distrazioni. Ma così riusciva a sentire il suo odore, il profumo familiare di sapone che lei aveva addosso anche quell'unica volta in cui erano stati insieme.

"Lo so che vengo da qui e tutto il resto, ma questo posto non cessa mai di stupirmi, tant'è bello."

"Il parco?"

"L'Oregon!" disse lei ridendo. "Ma sì, anche questo sentiero nello specifico. È pazzesco, no? Guarda com'è verde, anche dopo l'inverno."

"Sempreverde," disse lui. "È questo il bello del nordovest del Pacifico. Tutti i pini. È simile al Montana, ma la vegetazione è diversa."

Si accorse di star blaterando, ma era meglio che farsi beccare mentre continuava a guardarle il culo o le gambe.

*Va bene se la vuoi*, si disse. *Diamine, va bene pure se lei sa che tu la trovi sexy. Ma non oltrepassare quella linea*, si ricordò.

E riuscirci sembrava abbastanza semplice. Ma se è così facile, che ci faccio qui nei boschi da solo con lei?

"Peccato che EJ non sia potuto venire," disse Lily.

"Perché? Io non ti basto?" le chiese.

*Cavoli, EJ. Se EJ ci scoprisse, o se scoprisse cosa penso di lei...*

"Beh, le tue abilità di conversatore potrebbero beneficiare di una bella oliata, oggi," disse lei sogghignando. "Ma lascerò stare, dato che questa cosa ti è tipo piombata addosso. Grazie per essere venuto, però," aggiunse velocemente. "Non voglio che pensi che la tua compagnia sia tipo un premio di consolazione."

"Non ti preoccupare. Sono grato mi sia piombata addosso. Ma a proposito di EJ: come pensi se la passi?" le chiese.

"Che penso io?" Lily lo guardo. "Penso se la passi bene. Voglio dire, ognuno di noi sta reagendo a proprio modo alla morte di papà, ma lui mi sembra che stia bene, proprio come mi aspettavo."

"Ottimo," disse Cade. "E, sai, della sua vita romantica, che mi dici…"

"Pensavo ne sapessi più tu di me," disse lei facendo spallucce. "Voglio dire, discorsi da maschi, no? Non è che mi sieda a far paragoni con i miei fratelli."

"Non intendevo quello?" disse lui velocemente. "Qualche anno fa usciva con questa ragazza…"

"Intendi dire Courtney?" chiese li. "Sì, beh, era una vera… beh, di sicuro gli ha spezzato il cuore. Mettiamola così."

"Cavolo, questo lui non me l'ha mai detto," disse Cade. "Rimasero insieme per un bel po'. E poi io sono partito per il Montana e, quantomeno sui social, un giorno tutte le foto che lui aveva di lei scomparvero. Avrei dovuto telefonargli."

"Non avresti dovuto," disse Lily. "La prese male, è stato piuttosto incasinato per un bel po', ma lo sai com'è fatto. Passò tre ore in palestra ogni giorno per qualche settimana, e poi fu tutto finito. Anzi, la rottura non fu nemmeno la parte peggiore."

"Che intendi dire?"

Raggiunsero la cresta di una collinetta e si addentrarono in uno slargo illuminato dal sole che filtrava attraverso la canopia sopra le loro teste.

"Beh, non è che Aiden sia mai stato un angelo. Ha cominciato a darsi da fare dopo che te ne andasti tu. Forse stava cercando di accaparrarsi il tuo titolo, che so…" disse lei.

Lui la guardò con fare colpevole, ma lei gli diede un buffetto giocoso. "Sto scherzando. E per quanto riguarda quel titolo, lui, nel giro di tre giorni, pensò di aver messo incinta due ragazze."

"Ma sei seria? Non me l'ha mai detto!"

"Beh, eri in Montana," disse lei con una scrollata di spalle. "E non è che andasse in giro a vantarsene. Lo stress gli fece perdere un mucchio di capelli."

"E nessuna di loro due era…"

"Incinta? No," rispose Lily. Le circostanze furono buffe, a dirla tutta. Era difficile non ridergli dietro."

"E perché?" Cade sentì i ramoscelli che si spezzavano sotto ai loro piedi mentre le felci accarezzavano i loro polpacci.

*È veramente bellissimo qui*, pensò.

Ma non riusciva a capire se fosse grazie a Lily che se n'era reso conto, o se era il semplice fatto di trovarsi qui insieme a lei che lo rendeva conscio della bellezza che aveva tutt'attorno a sé.

"Beh, una delle ragazze *era* incinta. Di cinque mesi."

"*Cosa?* Aspetta, quindi Aiden..."

"No," disse lei. "Non è il padre. La ragazza non sembrava affatto incinta, e a quanto pare non lo sapeva nemmeno, di essere incinta. Aiden la frequentava solo da circa sei settimane."

"E quindi di chi era il bambino?"

"Non ne ho la più pallida idea," disse lei facendo spallucce. "Ma lui era contento che non fosse il suo."

"Cavoli."

"Ma quella faccenda gli fece dare una calmata. Sia lui che Elijah si ritirarono dal mercato per circa un anno. E fu un'ottima cosa, a dirla tutta," disse lei. Lily sollevò la testa verso il cielo e si lasciò investire dai raggi del sole. "Passammo un sacco di tempo insieme. E tutto questo accadeva due anni fa."

"E penso che la morte di tuo padre non abbia avuto un effetto positivo sulle loro vite amorose."

"No," disse lei. "Di certo non era quella la priorità."

Cade pensò che lei fosse arrossita, ma non era in grado di dirlo con certezza.

"Non mi riferivo a te."

"Lo so," disse lei con un sorrisetto. "Ma sembra come che dedicarsi agli appuntamenti non sia una cosa che fa per noi. Anche se ho visto Aiden insieme a una ragazza qualche giorno fa, e sono sicura che Elijah abbia ricominciato a frequentare qualcuno. Quindi forse sono tornati all'attacco."

Si tirò su lo zaino e appoggiò le mani sulle cinghie.

"Perché dici così?"

"Perché a casa non c'è mai. E quando lo chiamo, nove volte su dieci sembra come che... parli sottovoce. Capisci che intendo?"

"Uh," disse Cade. Né Elijah né Aiden avevano detto niente al riguardo.

*Non che tu glielo abbia chiesto*, si ricordò.

Era stato così preso dalla propria situazione – dal farsi incastrare da uno strizzacervelli invece di andare a combattere gli incendi – che aveva dato per scontato il supporto dei suoi amici. Ripensò alle ultime due settimane e si sentì improvvisamente imbarazzato.

*Perché ho pensato di poter tornare e ritrovare tutto come lo lasciai?*
Percorsero il sentiero in silenzio, poi Cade sentì un leggero scroscio.

"Ehi, lo senti?"

"Oh! Siamo quasi arrivati alla mia cascata preferita," disse Lily. Accelerò il passo. "Non ero sicura che ci fosse l'acqua. La primavera è stata così secca. Andiamo!"

Lo prese per mano e lo trascinò via dal percorso principale per imboccare un sentiero laterale. Cade trattenne il fiato e si costrinse a non pensare alla pelle di lei che lo toccava. O a come ciò avesse fatto sì che il suo cuore cominciasse a battere all'impazzata.

Lily si fermò sul bordo e inspirò. Poggiò le mani su una piccola parete di pietra che sembrava fosse rimasta immacolata per decenni.

"Guarda," gli sussurrò. Quindici metri più in basso c'era un'insenatura ricoperta di muschio. L'acqua vi si riversava dentro passando per rocce e tronchi abbattuti, raccogliendosi e formando così una piscina naturale.

"Non è che hai paura di bagnarti, vero?" gli chiese Lily sogghignando.

"Aspetta, cosa?" le chiese lui. "Ma sei pazza? È..."

"Non fare il bambino," disse lei sfilandosi lo zaino di dosso. Lo poggiò per terra e cominciò a scendere lentamente tenendo una mano poggiata sul bordo.

Cade si tolse lo zaino e la seguì. Gli spruzzi d'acqua sul suo viso gli ricordarono di tenere gli occhi aperti e di vedere dove metteva i piedi – invece di tenerli incollati sul corpo di Lily, ancor più facile da ammirare ora che si era tolta lo zaino.

"Cristo," disse sentendo un piede che gli scivolava. Si rimise in piedi e ritrovò l'equilibrio.

*Ma lei come ci riesce?*

Una dozzina di passi dopo raggiunse il fondo, ma Lily era sparita.

"Lily?" la chiamò. "Vieni, su. Non è divertente."

"Sono qui," disse lei, e lui strizzò gli occhi. Dentro la nicchia, la silhouette del suo corpo era a malapena visibile.

"Che cos'è?" chiese lui.

Dentro era sorprendentemente asciutto. Pittoresco, quasi. In fondo alla parete rocciosa c'era una panca dove potevano sedersi forse quattro persone.

"Il mio posto segreto," disse lei sorridendo. Si passò le mani tra i capelli bagnati, ma le sue corte ciocche avevano già cominciato ad asciugarsi. Gli fece cenno di andare a sedersi di fianco a lei. "Forte, no?"

Cade si sedette e si accorse che la maglietta bianca di Lily era diventata quasi trasparente. Sotto il reggiseno rosa, aveva i capezzoli turgidi.

"Oh," disse lei incrociando le braccia sul petto con fare imbarazzato.

"Scusa, io no..."

"Questa maglietta la comprò Jean-Michel per scherzo qualche tempo fa. È stupida."

"Va bene," disse lui con un sorriso. Non aveva letto quello che diceva la maglietta, ma almeno lei non si era accorta di quello che lui stava *veramente* guardando. "E sì, questo posto è fantastico."

Lei si mise a ridere e si rilassò. Lily si spostò verso di Cade e lui drizzò la schiena.

"Vedi lì?" gli chiese indicando l'uscita della caverna. "D'estate si vede..."

Cade provò ad ascoltarla, ma riusciva a concentrarsi solo su di lei. A quanto fosse vicina, alla sua pelle umida che brillava. Al fatto che profumasse di fragola, e come una ciocca di capelli puntasse verso l'alto in modo adorabile.

Prima che potesse impedirselo, allungò una mano e le toccò i capelli. Lily si zittì, ma non si scostò.

*Che male può fare, un semplice assaggio?*

Cade si sporse in avanti e lei sollevò la propria bocca verso la sua, come un'offerta. Gli avvolse le braccia attorno alla vita e lo strinse a sé.

Lo strinse con una tale forza che lui sentì i suoi seni che gli premevano contro il petto, e i capezzoli turgidi che si strusciavano contro di lui. Gli venne subito duro, e un ruggito gli scappò dalla gola.

Le avvolse la mano dietro la nuca e le poggiò l'altra sui fianchi.

La maglietta bagnata le si era appiccicata sulla pelle. Cade vi infilò le dita sotto e rimase stupito nel sentire quanto calda fosse la sua pelle. Mosse la mano verso l'alto, verso i suoi seni, e passò il pollice sul capezzolo.

"Una cazzo di cascata, amico." Le voci degli escursionisti che si stavano avvicinando li fecero bloccare di colpo.

Nel buio della grotta, non riusciva a capire se lo sguardo negli occhi di Lily fosse di paura, imbarazzo o intrigo.

*Forse tutte e tre le cose.*

"Merda," disse lei tirandosi giù la maglietta.

Si diede una sistemata per far finta che non fosse successo nulla. Cade, nel frattempo, non riusciva a capire se quegli escursionisti avessero rovinato il momento o l'avessero salvato dal compiere un errore madornale.

*Un altro errore madornale*, si ricordò.

*Ma che razza di problema ho?* Di solito, dopo aver posseduto una ragazza, perdeva ogni interesse. *Quindi che succede? Perché lei non riesco a dimenticarla?*

Lily lo condusse fuori dalla grotta e lui strizzò gli occhi accecato dal sole. Passarono di fianco agli escursionisti – un gruppo di adolescenti – e Cade rivolse un saluto sbrigativo a quello che lo guardò negli occhi.

Il silenzio durò per quindici minuti prima che Lily dicesse: "Quindi, per quanto riguarda quello che è successo..."

"Non ci pensare," disse lui zittendola.

Qualcosa nella sua voce dovette avvertirla di obbedire. Tornarono alla macchina senza dire una parola.

## 10

# LILY

Lily aprì le porte della pasticceria Europea e venne accolta dal profumo familiare dei dolci.

"Lily!" la chiamò Renee. Era seduta a un tavolino vicino alla finestra.

"O mio Dio come sei abbronzata!" disse Lily stringendola a sé.

Renee sembrava più snella, più tesa. Portava su di sé la luminosità dell'Italia. Il sole straniero le aveva imbiondito i peli del braccio.

"Non riesco a credere che tu sia tornata," disse lasciando andare Renee.

"Beh, in un certo senso," disse Renee sorridendo.

"Che intendi dire?"

"I due strudel," disse la cameriera poggiando i piatti sul loro tavolo.

"Intendo dire..." disse Renee mentre si sedevano a spiegavano i tovaglioli per poggiarseli sulle cosce, "che ci torno."

"Ma pensavo che fosse solo per un semestre," disse Lily.

Si infilò un boccone di strudel in bocca e per poco non emise un gemito. Jean-Michel si rifiutava di vendere qualsiasi cosa che non fosse un dolce tipico francese.

Incontrarsi per mangiare una fetta di strudel era la loro tradizione (sua e di Renee), e anche dopo mesi passati senza averne mangiato nemmeno uno, era chiaro che quel dessert non avesse la minima intenzione di uscirle dalla testa.

"Era così," disse Renee. "Ma ho conosciuto una persona."

"Cosa? Ma sei seria?" disse Lily sporgendosi in avanti. "Chi? Qualcuno del programma? O..."

"Puah, no," disse Renee. "Un tipo del posto, ma *acqua in bocca*,[1] okay?"

"E che significa?"

"Tienitelo per te. Non ho intenzione di dirlo a nessuno."

"E perché no?"

"Non voglio tutti i soliti pettegolezzi." Renee poggiò la forchetta dopo aver mangiato due bocconi di strudel e bevve un sorso del proprio espresso.

"Da quando in qua bevi l'espresso?" le chiese Lily. Notò che Renee per lei aveva ordinato il solito latte di mandorla.

Renee fece spallucce. "Il latte è grasso."

"È latte di mandorla."

"Sì, però... comunque, il caffè qui è terribile. Non me ne ero mai accorta prima di andare in Italia."

"Qui in questo negozio? O a Salem?"

"Qui in America," disse Renee. "Dovresti viaggiare, Lily. Ti apre gli occhi."

"Mi piace pensare di avere un palato più che decente," disse Lily, sulla difensiva. "Dopotutto, sono andata alla scuola di cucina."

"Sì, in Portland," disse Renee. "Uno dei ragazzi con cui sono uscita in Italia? Ha imparato a fare la pasta a casa di sua *nonna*[2] a Ravenna – che è una città in Italia..."

Lily fece del suo meglio per non alzare gli occhi al cielo.

*Se viaggiare ti riduce così, allora ne faccio volentieri a meno,* pensò.

Renee era sempre stata propensa allo snobismo, sin da quando andava alle elementari. Lily non era sicura che fosse perché loro avevano passato così tanto tempo lontane mentre Renee viaggiava, o se era sempre stata così e Lily non se n'era mai accorta.

"Che c'è?" le chiese Renee all'improvviso.

"Niente," disse Lily. Prese il bicchiere e bevve una lunga sorsata di latte.

"Non sembra che il mio viaggio ti interessi più di tanto. Né la persona con cui mi frequento." Renee inclinò la testa da un lato.

"Mi hai appena detto che non volevi spettegolare su questo tuo nuovo fidanzato. Quindi che ne so io quanto ti va di parlarmene?"

"Chi ha detto che è un lui?"

Lily per poco non sputò il latte macchiato che aveva in bocca. Ma si trattenne.

"Scusa," disse. "Ho semplicemente pensato..."

"La gente in America ha la mente così chiusa," disse Renee. Scosse il capo. "Voglio dire, a chi importa? *Chiodo schiaccia chiodo*,[3] giusto?"

"Non so cosa voglia dire," le fece notare Lily.

Renee sospirò. "Vuol dire che te lo farai andare bene, giusto?"

"Io non ho niente da farmi andare bene. Ma quando la tua migliore amica, che conosci da quasi quindici anni ed è sempre uscita con i maschi, ti dice con nonchalance che ora ha una ragazza, non mi puoi biasimare se sono sorpresa."

*Ed era esattamente ciò che volevi, ne sono sicura.*

"Marco è un uomo. Okay?" le disse Renee. "È solo che non mi piace quando le persone pensano automaticamente che tu sia etero. In Italia non importa a nessuno. L'amore è l'amore. Là non si fanno giochetti. La gente ti dirà subito *non posso vivere senza di te*[4] non appena ti incontra."

Lily alzò gli occhi al cielo. Ormai non riusciva più a controllarsi.

"Forse è meglio se *non* ci vado in Italia," disse. "Perché, da quello che racconti, finora non mi ha colpito."

Renee incrociò le braccia e si appoggiò allo schienale della sedia. "Va bene," disse schiettamente. "Tanto sei comunque una troppo puritana per i gusti europei."

"E questo che vorrebbe dire?" Lily era conscia di come il caffè le avesse avvolto la lingua.

Si sporse in avanti e guardò Renee dritta negli occhi. La sua migliore amica sembrava allo stesso tempo una totale sconosciuta e la ragazza insieme alla quale, alle elementari, aveva sotterrato cerimoniosamente le proprie Barbie dichiarandosi finalmente un'adolescente.

"Fa come non avessi detto nulla," disse Renee. Dedicò tutta la propria attenzione all'espresso che aveva dinanzi a sé.

"No," disse Lily. "L'hai detto, e ora voglio sapere."

"*Non sei capace di tenerti un cecio in bocca*[5]—va bene. Senti, volevo solo dire che non sei mai stata con nessuno. Sai? Intendo in senso sessuale. Sei uscita per sempre con Tim, e dopo che vi siete lasciati non ti sei mai presa la briga di cercare qualcun altro."

"Non è vero!" disse Lily.

Si agitò. *Da quanto tempo Renee aspettava di poterglielo sbattere in faccia?*

"Ho cercato eccome. Ma tu non conosci Salem. Qui una vita sentimentale è quasi impossibile..."

"Sei andata a Portland per quella scuola di cucina. Probabilmente eri circondata da uomini. E non uomini qualunque, futuri chef a cui probabilmente piacevano le stesse cose che piacevano anche a te. E niente? Per due anni?"

"Lo sai come funziona una scuola di pasticceria?" le chiese Lily. Scosse il capo.

Certo che non lo sai, perché per due anni non ti sei manco presa il disturbo di chiedermelo. A te bastava avere un appartamento gratis in centro dove poter passare il fine settimana.

"Le lezioni cominciavano alle quattro del mattino. A volte avevo lezione per dodici ore al giorno, e poi lavoravo al Voodoo per arrotondare. Uscire con qualcuno non era esattamente la mia priorità."

"Hai sempre una scusa. Per tutto," disse Renee. "È dalle seconda superiore, quando ti sei inventata quella scusa ridicola per evitare di partire con Todd."

Un fiume di parole le si formò in gola, ma Lily si ordinò di restare calma. "Ho degli standard elevati, tutto qui. Provaci, ogni tanto."

"Sì, come no," disse Renee con una risatina. "I tuoi 'standard' sono solo un meccanismo di difesa. Non vuoi che nessuno riesca a superare i tuoi ostacoli."

"Forse il punto è semplicemente che... ho una cotta per qualcuno."

"Qualcuno di reale?" le chiese Renee, sospettosa. "O è come quando decidesti che Eric de *La sirenetta* era la tua anima gemella?"

"Sì, qualcuno di reale! Si chiama... beh, il suo nome comincia con la C."

"Oooh. Connor? Non è il tipo che fa le consegne in pasticceria? Piccola puttanella che non sei altro."

"Connor? No, che schifo. E comunque quel ragazzo si chiama Omar. E no, prima che me lo chiedi, non è nemmeno lui."

"Christian? Il tuo padrone di casa? No, aspetta, Cody. Pensi che me ne hai parlato a Capodanno. Mica si chiamerà Capodanno?!?"

"Dio, quanto sei ridicola."

"*Lo ami.*⁶ Su, dimmi tutto di lui."

Lily arrossì. Spalancò la bocca per fare la grande rivelazione, ma si rese conto che Renee non aveva mai incontrato Cade. Era la cotta che si era tenuta per sé anche durante le medie e le superiori.

A quel tempo, Lily pensava che Renee le avrebbe riso in faccia. Ora pensava che forse lo aveva fatto perché aveva temuto che Renee avesse potuto fargli il filo. "È un amico di Elijah."

"EJ ha sempre avuto amici sexy," disse Renee. "Parlami dei dettagli fisici. Capelli, occhi, altezza..."

"Circa un metro e ottantatré. Capelli e occhi scuri. È un pompiere, quindi..."

"O mio Dio, veramente? Tipo un pompiere *pompiere*? EJ lo ha conosciuto al lavoro?"

"Uh, sì, un pompiere *pompiere*," disse Lily lentamente. *Tecnicamente non è mentire se non le dico che ci siamo conosciuti da bambini.*

"Allora dev'essere un tipo super sexy. Ma lo sai qual è la cosa più importante di tutte?" Renee si sporse in avanti con fare cospiratorio. "È come sta messo là sotto."

"Renee!"

"Vedi?" disse Renee. Si appoggiò allo schienale della sedia, sogghignando. "Questa reazione è proprio il motivo per cui non te la caveresti bene in Italia. Sei una tale puritana!"

"Non posso farci niente se alcuni di noi sono più modesti di te, Renee. E, ad ogni modo... lo so che *là sotto* sta messo bene."

"Aspetta. Cosa?"

"Ci sono andata a letto, tre anni fa."

"Wow, wow, wow. Dimmi tutto. Non omettere nessunissimo dettaglio. Tre anni fa? Non è quando ti sei lasciata con Tim..."

"Fu fantastico," disse Lily. Non solo voleva impedire a Renee di farsi i dovuti calcoli, ma si sentiva anche sollevata di poterlo raccontare a qualcuno. "Lui fu fantastico," aggiunse. "E fu lì quando ebbi bisogno di lui..."

"Porca puttana! Non ci posso credere che l'hai fatto! E non me l'abbia detto," disse Renee.

Lily percepiva che la sua amica si sentiva ferita.

*Lei era sempre la stessa, la pazza che in seconda superiore mi difese dal gruppo di quelle di terza che mi prendevano in giro perché non avevo le tette.*

"Come mai non ne sapevo niente?" le chiese Renee.

"Poco dopo ci siamo trasferite entrambe," le disse Lily. Le

serviva una scusa, una scusa qualunque. "E stavamo per diplomarci, e i tuoi nonni stavano per arrivare e tutto il resto. Stavo per dirtelo. Volevo dirtelo. Ma... non lo so. Non finì esattamente come mi aspettavo finisse. Inoltre, è una specie di... tabù."

"A causa di EJ?"

"Sì... Elijah gli vuole bene come se fosse suo fratello, ma... beh, questo ragazzo si da fare. Un sacco."

Renee arricciò il naso. "Mi puzza tanto di dongiovanni."

"E fa a pugni," aggiunse Lily. "Una volta, quando era alle superiori, eravamo tutti alla biblioteca giù in centro. Stavamo aspettando che Elijah riconsegnasse un qualche libro. E Cade cominciò a fare a pugni con un tizio per colpa di una ragazza. Io stavo andando nel panico, ma Elijah si limitò a scuotere la testa e a dire: 'È questo il genere di stronzate che ti dicevo. Ecco perché devi farti furba e non uscire mai con qualcuno che lascia che siano i pugni a parlare per lui."

"Wow," disse Renee. "Pesante. Tipo, una previsione, o roba del genere."

"Sì... Quindi... sì, Cade è off-limits."

"Beh, proprio off-limits non direi," disse Renne. Sorseggiò lentamente il proprio caffè. "Direi che è il candidato perfetto per una sveltina segreta."

"Giusto, perché io sono una bugiarda coi fiocchi. E sono veramente brava a tenere le cose nascoste ai miei fratelli."

"Cade è un tipo geloso?"

"Oh, non lo so. Perché?"

"Se è una testa calda come dici, dovresti provare a farlo ingelosire," disse Renee. "Fidati di me. Se si arrabbia, allora vuol dire che prova qualcosa per te. A un tipo come lui non importa niente delle ragazze con cui è stato. Ma se si ingelosisce..."

Lily si mise a ridere. "Non puoi dire sul serio."

"Come no! Non sei curiosa? Senti, se c'è qualcosa che ho imparato in Italia, è come capire cosa prova veramente un uomo."

"Certo che sono curiosa," disse Lily. "Ma..."

"Oh! La sai una cosa? Dovresti andare da Redd's Bar. Assicurati di invitare Cade. Bevi un po', lasciati andare, e comincia ad allungare le mani sul primo che passa. Ma assicurati che Cade veda tutto quanto."

"Non lo so, Renee. Non mi piacciono questi giochetti..."

"Non è un giochetto. È una strategia. Vedila come la mia festa di bentornato! Possiamo fare domani sera. O mio dio, non vedo l'ora!"

"A te qualsiasi scura va bene pur di far baldoria, eh?" le chiese Lily. Sorrise e svuotò il proprio bicchiere.

Renee fece una smorfia e si alzò in piedi. "Andiamo. Dobbiamo andare a fare compere per domani. Vediamo di trovare qualcosa che si abbini alle Manolo Blahniks che ti ho comprato. Quelle le trovi solo a Milano."

## 11

## CADE

"Cade!"
Riusciva a sentire le voci dei suoi compagni, disperate, soffocate, anche mentre il fuoco gli ruggiva nelle orecchie. Aveva capito d'istinto, quando la terra gli era venuta a mancare sotto i piedi, che la sua caviglia era fratturata. Ma l'adrenalina lo spinse a continuare, a muoversi – verso i suoi compagni.

*Sembrano degli animali selvaggi.*

Persino attraverso le fiamme, riusciva a vederglielo negli occhi. Era lo stesso sguardo che aveva visto in così tanti animali intrappolati in qualche gola in attesa di morire.

L'anno passato a spegnere incendi boschivi lo aveva pervaso di tutte le paure degli animali che aveva visto morire.

*Ma questi non sono animali.*

Le urla dei suoi compagni gli martellavano in testa mischiandosi al sangue che gli pompava nelle vene.

*Sei un idiota, cazzo. Che importanza aveva che c'era meno di un secondo per decidere?* Circondato, era stato un errore di valutazione. *Un errore di valutazione che ti ha incasinato la caviglia.*

"Dominguez, riesci a sentirmi?" urlò nel walkie-talkie. La trasmittente gracchiò e gli fece sentire le urla a un livello insopportabile. "Dominguez, mi ricevi? Barron? Fields?"

Il fumo lo accecò. La caviglia gli pulsò fin sopra alle tempie. Cade si trascinò lungo il terreno riarso fino al bordo che si affacciava sulla gola. Riuscì a intravedere tre giubbetti gialli e sentì le grida che punteggiarono il cielo notturno. Un rumore che andò dritto in cielo.

*Sto per morire*. Il pensiero fu immediato, ma ben accolto, in qualche modo. E non sorprendente. *Sto per morire. Adesso*.

Vide la zia Mary, prima in cucina mentre si chinava su una torta ai mirtilli appena sformata. D'improvviso divenne scheletrica, calva, quasi traslucida. Lui le dava da mangiare un cucchiaio di brodo di pollo e odiandosi quando era disgustato di doverglielo pulire dal mento ogni volta che lei lo risputava.

"Cade," disse una voce dolce. Rotolò su un fianco e zia Mary venne rimpiazzata da una ragazza mezza asiatica il cui nome non riusciva a ricordare.

"Vuoi ancora vedere il mio hula-hoop?" gli chiese lei ridendo.

Non riusciva a ricordarsi il suo nome, o come si fossero conosciuti, ma d'improvviso si ricordò cosa si provava a stringerla tra le braccia. Come quella ragazza portasse dentro di sé il calore delle Hawaii. La sua faccia mutò trasformandosi in una bionda, poi in una rossa, e poi in un'altra bionda ancora, e poi nella ragazza con i capelli afro e poi in quella con una rosa tatuata sul collo.

*Mio Dio, quante ce ne sono state?*

Una ragazza di cui si era dimenticato, quella che mangiava una mentina prima di succhiarglielo, venne rimpiazzata dalla prima famiglia che avesse mai salvato. La moglie lo strinse con forza, e con ancora più forza stringeva il proprio bambino, e il marito lasciò che le lacrime di gioia gli rotolassero libere lungo le guance.

"Charles, sei uscito?" La voce di Barron gracchiò attraverso il walkie-talkie, e Cade si rese conto di avere gli occhi chiusi.

Aprì la bocca per rispondere, ma la sconfitta che scorse nella voce di Barron lo cullò facendolo sprofondare in un sonno ancora più profondo.

"Penso che Charles stia bene," sentì Barron che diceva agli altri due.

Non sembrava più spaventato. Non c'erano più urla. Tutta la paura era stata drenata, e nel silenzio essi attendevano di morire.

Cade si costrinse ad aprire gli occhi e usò la poca forza che gli restava in corpo per spingersi verso il bordo. Nella gola sottostante, il fumo si era diradato. Ora riusciva a vedere i suoi compagni. Tra di loro si frapponeva solo un muro di fiamme. Si strinsero l'uno contro l'altro, come una famiglia, come persone che si amano, mentre le fiamme continuavano ad avvicinarsi.

E poi, come se lo avessero percepito, tutti e tre alzarono lo sguardo e lo guardarono dritto negli occhi. Una fiamma alta come un bambino piccolo abbracciò i loro piedi. Barron emise un grido acuto, un grido come Cade non ne aveva mai sentiti. Gli penetrò in fondo all'anima, annidandosi lì. Per sempre.

---

" ... STABILE. È STABILE." Gli occhi di Cade si aprirono rivelandogli i paramedici chini su di lui. Provò a parlare, ma i tubi e la mascherina glielo impedirono. "Ti portiamo in ospedale. Andrà tutto bene." Notò che la paramedica era carina. Giovane e con tanti lunghi capelli neri.

---

QUANDO APRÌ gli occhi di nuovo, sentì il bip insistente dei macchinari dell'ospedale. Gemette e sbatté con forza le palpebre. Aveva il braccio destro completamente fasciato. "Cosa... cos'è..." chiese con voce rauca all'infermiera che entrò in quel momento.

"Va tutto bene, piccolo," disse lei. "Solo una piccola cicatrice. Potrai ancora vincerli, i concorsi di bellezza."

---

"CRISTO," gridò Cade svegliandosi di soprassalto.

Si guardò intorno e si ricordò di dove si trovava.

Di che giorno fosse.

Non era in Montana.

D'istinto, si toccò la piccola cicatrice che aveva sul braccio. A procurargliela era stata un ramo ardente che gli era caduto addosso mentre quella notte si stava trascinando verso il bordo. Una cicatrice grande abbastanza da ricordargli cosa fosse accaduto, ma troppo piccola per suggerire che avesse provato ad aiutare i suoi compagni.

Cade sospirò e si tirò su. Era stata una settimana da record: sei giorni di fila senza un incubo. Ma questo qui era stato particolarmente tremendo. Era come essere tornato lì.

"Cazzo di un Hersh," disse accendendo l'aria condizionata.

Aveva sempre gli incubi il giorno prima di vedersi con lo strizzacervelli.

Si guardò in giro. L'appartamento era vuoto. Annuì. Due scatoloni di vestiti. Qualche manubrio per allenarsi. Un computer portatile. Il materasso sul pavimento senza lenzuola.

*Non mi serve nient'altro*, pensò. *Non mi merito nient'altro.*

Si alzò e andò ad aprire l'acqua della doccia. La tenne fredda e si deliziò sentendo la pelle d'oca che gli rivestì il corpo. L'unico asciugamano che aveva era ancora bagnato dall'ultima doccia, una piccola punizione.

Si infilò un paio di jeans e cercò il numero di Elijah sul cellulare.

*Che fate stasera?*, chiese.

*Ehi, ma czz di fine hai fatto? Ti ho chiamato mille volte.*

Cade controllò le chiamate perse. Quattro da Elijah.

*Scusa, mi sono addormentato. Quindi?*

*Andiamo tutti da Redd's alle 9.*

*Redd's? Sono anni che non ci vado*, pensò.

Il bar dove si sfondava di rum e coca aveva un che di nostalgico.

Ci vediamo lì, gli rispose.

Controllò le altre chiamate perse e vide che Lily aveva mandato un messaggio di gruppo.

*Festa di bentornato per la mia amata Renee stasera alle nove da Redd's. Spero di vedervi lì. XOXO.*

*Sarà anche un messaggio di gruppo, ma è pur sempre un invito*, pensò. *Inoltre, mi farà bene vedere Lily. E insieme ad altre persone, così che non ci saranno tentazioni.*

Sapeva che il bar sarebbe stato pieno di gente. Il parcheggio era strapieno, e decine di furgoni erano parcheggiati lungo la strada. Cade parcheggiò alla fine dell'isolato e si incamminò verso le fluorescenti luci al neon.

Redd's era sempre stato uno dei locali più popolari e antichi di Salem, da ben prima che gli hipster migrassero a sud.

La musica country gli assalì le orecchie non appena oltrepassò le pesanti porte. Il Redd's era cambiato dall'ultima volta. Ora era più un nightclub che un bar, e c'erano dei buttafuori con delle magliette nere abbinate.

*Ma che diamine, ora si paga per entrare?* Non poté non restare colpito da tutti i muscoli sfoggiati dai buttafuori mentre lo perquisivano.

"Sei un pompiere?" gli chiese la ragazza all'ingresso.

"Sì. Come..."

"Si capisce," disse. "Hai uno sconto. L'entrata costa la metà."

"Buono." Cade si fece strada tra la folla e sentì Elijah prima di riuscire a individuarlo.

"Cade, vecchio bastardo!" gridò Elijah non appena lo vide. Quella parola gli faceva drizzare i peli, ma era chiaro che Elijah era già alticcio.

"Prenditi una birra," gli disse Elijah indicandogli la caraffa al centro del tavolo.

Cade riconobbe alcuni dei ragazzi della caserma, e si salutarono con un cenno del capo. Nessuno a parte Elijah si prese il disturbo di farsi sentire al di sopra della musica.

"Questi ragazzi non li conosci!" gli gridò Elijah. Gridò i loro nomi a Cade, ma lui non capì.

"Perché c'è tutta questa gente stasera?" chiese Cade non appena la band fece loro la grazia di zittirsi un attimo per fare una pausa.

Elijah sollevò un sopracciglio.

"È sempre così, qui," disse. "Sempre. D'altronde è pure l'unico club in tutta Salem."

"Cavoli. I tempi cambiano," disse Cade bevendo un sorso di birra.

"Ehi, ragazzi." Cade sorrise ancor prima di girarsi. Era la voce di Lily. Di fianco a lei c'era una bionda alta e slanciata. "Lei è Renee."

"Cavoli, Lily, chi? Me la tenevi nascosta," disse Elijah dall'altra parte del tavolo."

Lily alzò gli occhi al cielo. "Elijah, ma sei già ubriaco? È *Renee*. L'avrai vista un milione di volte da bambini."

"Renee *Renee*? Colpa mia. Sei cresciuta bene, spilungona."

"Grazie," disse Renee ridendo. Adocchiò Cade con interesse.

Cade le rivolse un mezzo sorriso e aspettò che il caro vecchio puttaniere che viveva dentro di lui sollevasse la testa con interesse – ma non accadde nulla. Invece i suoi occhi tornarono a posarsi su Lily.

Il suo vestito paillettato d'oro metteva in bella mostra le sue gambe lunghe. La scollatura strabordante, e le braccia toniche che si muovevano agili.

"Ehi, penso di aver visto qualcuno che voglio salutare," disse Lily. "Vieni, Renee. Torniamo subito," disse a tutti.

Cade la guardò mentre se ne andava e sperò che la gonna potesse sollevarsi qualche centimetro. Elijah gli diede di gomito.

"Ti piace la bionda, eh?" Il vecchio Puttaniere è tornato!"

Cade bevve un sorso di birra. Il DJ abbassò le luci e mise una canzone di Sam Hunt. Cade riusciva a sentire Elijah dall'altra parte del tavolo che diceva stronzate insieme agli altri pompieri.

Arrivò una cameriera ed Elijah si prese tutti gli shot di whiskey che c'erano sul vassoio. Cade non riusciva a staccare gli occhi dalla pista da ballo, nemmeno mentre il liquido ambrato gli scendeva come fiamme giù nella gola. Sperava solo di poter intravedere un bagliore dorato nell'oscurità.

"Ti va di ballare?" gli sussurrò una voce nell'orecchio. Cade si girò e sorrise.

"Renee," disse, sorpreso. Le sorrise.

"Vieni," disse. "Questa canzone mi piace da morire."

"Vai, vai, vecchio P.!" disse Elijah facendo riferimento al soprannome che aveva per Cade.

Sulla pista da ballo, riuscì a intravedere per un attimo il vestito paillettato. Renee gli avvolse un braccio attorno alle spalle. Lily si stava addentrando nella pista da ballo conducendo per mano un tizio che Cade non aveva mai visto prima d'ora.

Cade sentì la gelosia stringergli il petto anche mentre Renee premeva il proprio corpo contro il suo. Lily gettò le braccia al collo del ragazzo e le mani di lui si avvicinarono pericolosamente ai suoi fianchi.

"Balla con me," gli disse Renee all'orecchio. Lui la strinse a sé, ma la sua mente continuava a pensare a Lily.

La guardò per due minuti mentre quel tizio le accarezzava la parte bassa della schiena. Lui le disse qualcosa all'orecchio e lei si mise a ridere. La gelosia cominciava a diventare troppa. Prima che la canzone fosse finita, abbassò le mani e si girò per andarsene.

"Ehi!" protestò Renee fiaccamente.

Prima di girarsi, vide che il tizio che stava ballando con Lily le palpò il culo. Lily provò a spingerlo via, ma lui la stringeva troppo saldamente. Lei si dimenò provando a liberarsi, ma il tizio non cedeva.

Cade tuonò attraversando la folla. Afferrò Lily per la vita e la liberò. "Cade..."

Non la lasciò finire. Diede un pugno in faccia al tizio, soddisfatto nel sentire le sue ossa che si fracassavano sotto le sue nocche.

"Botte!" gridò qualcuno gioiosamente di fianco a Cade.

"Ma che cazzo...?" gli chiese il tizio.

Il sangue gli colò lungo la faccia. Era disorientato, ma provò a reagire. E allora Cade si infuriò. Sentì l'animale dentro di sé che prendeva il sopravvento. Spaccò il naso di quel tizio, lo fece cadere a terra e cominciò a prenderlo a calci nelle costole.

"O mio Dio, fermati!" gridò Lily.

"Tu vai fuori." Uno dei buttafuori strattonò Cade per un braccio e lo condusse verso l'uscita. Grugnì mentre il buttafuori lo gettava per terra. "Datti una calmata, e non ti azzardare a rientrare."

"Cade! Cade!" disse Lily uscendo di corsa dal locale.

"Sto bene," disse rimettendosi in piedi e dandosi una pulita. Gli tremavano le mani.

"Ma che diamine fai?"

"Mi dispiace. Ma col cavolo che gli avrei permesso di farti del male."

"Non stava succedendo niente."

"Non stava succedendo niente? Quando un tizio che non conosco mette le mani addosso alla *mia* donna..."

"La tua donna?"

"Lo sai che intendo dire," disse lui, agitato. Sentiva l'alcol che gli dava alla testa.

"No, non penso di capire."

"Dannazione, Lily. Non posso starmene a guardare mentre qualcun altro si prende quello che voglio..."

"E allora non farlo. Prenditelo. Se sei abbastanza coraggioso."

La guardò in faccia.

*Era seria?* Le guardò le labbra. *Ma che diamine...*

Cade la strinse a sé e la baciò. Lily si sciolse tra le sue braccia. La fece indietreggiare e la fece appoggiare con la sua Mercedes, e allora si accorse che non aveva più senso dire di no.

*Almeno per stanotte.*

## 12

# LILY

Lily afferrò la maniglia della portiera e la aprì facendola scricchiolare.

"Ma non la chiudi?" le chiese Cade.

"È questo quello che ti preoccupa?" le chiese lei.

Salì camminando all'indietro sul sedile posteriore di pelle fredda. Cade la seguì e si chiuse la portiera dietro con forza.

Lily riusciva a sentire le paillette ruvide che le sfregavano contro le cosce e la schiena, ma Cade aveva già cominciato a sfilarle le mutandine.

Aprì la bocca per protestare – il parcheggio era pieno zeppo di macchine, e riusciva a vedere facilmente i fumatori in piedi vicino all'entrata – ma poi intravide il rigonfiamento all'altezza del cavallo dei suoi pantaloni e si zittì.

"Cazzo," disse Cade all'improvviso mentre lei lo aiutava a toglierle le mutandine. "Non ho un preservativo."

"Non fa niente," disse lei. Lui era sopra di lei. Schiacciati sul minuscolo sedile posteriore, Lily riusciva a sentire la macchina che ondeggiava di qua e di là. "Prendo la pillola."

"Ne sei sicura?" le chiese lui, sebbene la sua asta dura che premeva in mezzo alle cosce di lei le diceva che *lui* di certo lo era.

"Sì," disse lei baciandogli la mascella e il collo.

"Mi sono fatto le analisi di recente," le sussurrò lui, e lei subito spalancò gli occhi.

*Non pensarci ora. Non pensare a tutte le donne con cui è stato.*

Lily gemette e lui le denudò il seno. I suoi capezzoli si inturgidirono sotto l'aria fredda. Cade cominciò a succhiarli e a leccarli, e Lily sentì che si inturgidivano ulteriormente stretti tra le sue labbra.

Cade le mise la mano sorprendentemente calda sull'interno coscia. Lei allargò le gambe più che poté. Moriva dalla voglia di averlo dentro di sé.

"Sei bagnata," le disse lui penetrandola con un dito.

*Le stesse parole che ha detto la prima volta che siamo stati insieme.*

Lily gemette e si premette contro il dito tozzo di Cade. Quando poi lui ne inserì un secondo, Lily sentì i propri umori che inzuppavano il sedile. Le baciò prima un seno e poi l'altro.

"Un altro," gli ordinò lei, ed era come se lui stesse aspettando il suo permesso.

La penetrò con un terzo dito e prese a toccarle la clitoride, bagnata dai suoi stessi umori, con il pollice.

Lei si scopò la sua mano mentre lui le mordeva e tirava i capezzoli. Lily riusciva a vedere le teste dei passanti, a udire stralci di conversazioni. Invece di imbarazzarsi, si sentì investita da un'ondata di eccitazione. L'idea di farsi beccare la fece eccitare ancora di più.

"Ti voglio," disse lei.

*Non così.*

Cade la penetrò fino a fondo e, con un gesto rapido, si sbottonò i pantaloni. Non appena Lily sentì la punta calda del suo cazzo contro la propria carna, tutto fu familiare. Era come essere tornati a casa. Lo avvolse con le sue gambe e gli conficcò i talloni nelle natiche. Lo strinse tra le proprie braccia.

"Cade," gridò quando lui la penetrò fino in fondo. La sua bocca, premuta contro il collo di lui, produsse un urlo soffocato.

"Cazzo, sei fantastica," le gemette nell'orecchio mentre cominciava lentamente a scoparla. "Me ne ero... me ne ero dimenticato..."

Lei gli aprì la camicia, accorgendosi soltanto vagamente di avergli fatto saltare qualche bottone, e gli passò le dita sul petto muscoloso.

Gli affondò le unghie nella schiena per costringerlo ad andare ancora più a fondo. Per tenerlo dentro di sé il più a lungo possibile. Ogni centimetro del suo membro era magnifico. Ogni colpo la porta più vicina all'orgasmo.

"Ti piace, eh?" le chiese Cade nell'orecchio. Riuscì a percepire un sogghigno nella sua voce.

Lily rispose avvinghiandolo con ancora più forza tra le sue gambe. Riusciva a sentire che c'era qualcosa di bagnata tra di loro – erano i suoi umori.

Si sentì ancor più eccitata. Ogni volta che lui la penetrava fino in fondo, lei sentiva una forte pressione sulla clitoride e urlava il suo nome. Cade le succhiò il collo fino quasi a farle male, ma era proprio quel centimetro che mancava al dolore vero e proprio a rendere il tutto così bello.

Sapeva che lui la stava marchiando, e lo voleva.

*Voglio mostrare a tutto il mondo che sono tua*, pensò.

Lily incline la testa all'indietro per esporre ancora di più il collo. Cade allora cominciò a riempirglielo di baci e succhiotti.

"Scopami più forte," le sussurrò lei nell'oscurità.

Riusciva a vedere la sagoma delle proprie scarpe col tacco sulla sua schiena, le insegne della PBR e della Deschutes Brewery che si riflettevano nelle finestre del bar in lontananza.

La macchina ondeggiò di loro, scricchiolando in armonia con le sue grida.

"Shhh," le disse Cade. "Zitta, o ci farai scoprire."

"Non mi importa," disse lei. "Scopami e basta."

"Solo se dici *ti prego*," disse lui bloccandosi all'improvviso. La stava a malapena penetrando.

Lily si contorse sotto di lui. "Dai, non è divertente."

"Non ho mai detto che lo fosse."

"Cade, su, forza..."

Lo guardò dritto negli occhi. Persino nel buio della notte, riuscì a scorgervi qualcosa, qualcosa che non c'era mai stato prima d'ora.

"Ti prego, scopami," disse allora. Lui la penetrò immediatamente e lei chiuse gli occhi con forza.

Da qualche parte, lontano, Lily sentì le urla di un ubriaco – o di un animale. Qualcosa di selvaggio, impazzito. Tenne gli occhi chiusi e si concentrò sul corpo di Cade.

Le labbra di Cade sulla sua mascella. La mano che la accarezzava e le strizzava i capezzoli.

Fu solo quando lui le tappò la bocca che si rese conto che era lei stessa che stava gridando. Lui la penetrò fino in fondo, scopandola con tutta la forza che aveva, premendo la propria asta dura contro il suo punto G.

La perversione di questa situazione, il potere che lui aveva su di lei, la spinsero fino al limite. Gridò nella sua mano, si dimenticò del poco controllo che aveva sui suoni che emetteva e sentì lui che le veniva dentro.

"Cazzo, Lily," disse lui mentre veniva investita da un'ondata di calore.

L'orgasmo di Cade portò il suo a un punto di cedimento.

"Non andartene," le mormorò lei, pur sapendo che lui non poteva sentirla attraverso la propria mano.

Quando finalmente la tolse, cominciò a baciarla dal collo – già dolorante e ricoperto di succhiotti – al mento e infine alle labbra.

"Sei più selvaggia di quanto non ricordassi," disse lui con un sorriso.

Lei arrossì e lui lentamente si ritrasse. Lily sentì i loro umori mischiati che le colavano sulle cosce.

"Scusa," disse lei. "Non cosa m'abbia preso. Io non... voglio dire..."

"Mi piace," disse lui tirandosi su i jeans. "Ma penso che abbia dato spettacolo a tutti i passanti."

Cade si abbassò di nuovo e le mordicchiò dolcemente le labbra.

"Ce l'hai ancora duro," disse lei sentendo l'asta che le premeva contro. Cercò il suo cazzo, ma lui si drizzò e finì di abbottonarsi i pantaloni.

Persino al buio, riusciva a vedere la sua mascella che scattava, illuminata dal neon fluorescente del bar.

"Che c'è che non va?" le chiese. "Forse mi sbaglio, ma ci siamo appena fatti una scopata fantastica. L'unica cosa a cui dovresti pensare è letteralmente quand'è che possiamo rifarlo."

Cade la guardò, e il suo sguardo le spezzò il cuore.

"Non possiamo farlo di nuovo," disse lentamente. "Non avremmo mai dovuto farlo. E non faremo mai più sesso. Mai più."

"Ma sei serio?" gli chiese lei.

D'improvviso desiderò che l'orlo del vestito non le prudesse attorno all'ombelico, o che i suoi capezzoli non spuntassero da sopra il vestito. Riusciva ancora a sentire i suoi baci e i suoi morsi sul proprio corpo, il suo sperma che si riversava colando fuori da lei.

"Elijah non reggerebbe il colpo. Lo sai, vero?"

"Io... cazzo, Cade, non so cosa dire," disse lei. La rabbia

cominciò a scorrerle nelle vene. Voleva solo che lui uscisse dalla sua macchina. Che uscisse dalla sua vita. "Lo sai che sei un idiota, vero? Ti accorgi che ti do una seconda opportunità, e mandi tutto all'aria."

"Veramente hai intenzione di chiedermi di rovinare un'amicizia che coltivo dall'età di sei anni? Elijah è il mio migliore amico, Lily!"

"Oh, giusto. La scusa ideale per te, no? 'Scusa, non posso stare con te perché sei la sorella del mio migliore amico, ma certo che ti scopo un paio di volte, ma in segreto, eh'. Se solo avessi questa meravigliosa scusa per ogni ragazza che ti scopi!"

Non poté farne a meno – e, fino a quel momento, non si era nemmeno resa conto che, in fondo in fondo, quasi ci credeva a quello che gli stava dicendo.

"È veramente questo quello che pensi?" le chiese lui. "Se è così, allora tanto meglio così. Sono felice di sapere che la vediamo allo stesso modo."

"Esci da questa cazzo di macchina," disse lei freddamente.

*Non mi metterò a piangere davanti a lui. Non mi metterò a piangere di fronte a lui.*

Senza dire una parola, Cade uscì dalla macchina e se ne andò. Lily si tirò giù la gonna e cercò a tentoni le proprie mutandine.

13

# CADE

"Charles, vieni con me un attimo."
Il capitano passò vicino ai tavoli ed Elijah sollevò le sopracciglia verso Cade. Avevano appena cominciato tutti a fare colazione con *challah* francese e marmellata di mirtilli. La recluta appena arrivata si era beccata le risate di tutti non appena aveva messo su tutto questo ambaradan, ma poi, non appena i suoi compagni avevano assaggiato ciò di cui era capace, avevano cominciato ad attendere con ansia i giorni in cui lui era l'addetto alla cucina.

"Sì, capitano?" chiese Cade. Crane era seduto alla propria scrivania e aveva fatto cenno a Cade di chiudere la porta.

"Come vanno le sessioni?" gli chiese Crane non appena Cade si sedette.

"Con il dottor Hersh? Vanno," disse Cade facendo spallucce.

"Pensavo avessi fatto qualche passo avanti," disse Crane cominciando a sbucciare metodicamente un'arancia che aveva tirato fuori da un cassetto.

"È... quello che le ha detto?" Cade avrebbe voluto prendersi a calci.

*Ma certo che lo psicanalista gli fa rapporto. Perché altrimenti dovrei andare lì a parlare di tutto quello che è successo in Montana?*

"Non così concisamente. Anzi, devo dire che si è dilungato abbastanza, ma è questo quello che ho capito."

Il capitano morse uno spicchio di arancia, senza fare la minima smorfia quando il succo schizzò sulla scrivania.

Cade sentì il collo che gli si scaldava, ma si rifiutò di mostrarsi imbarazzato. Si guardò intorno e cerco di apparire il più calmo e tranquillo possibile.

"Mi fa piacere sentirlo."

"Veramente?"

"Ma certo. Che pensi che ti abbia mandato da quel dottore per farti parlare del fatto che la tua mamma non ti amava abbastanza o che so io?"

Cade guardò il pavimento.

*Non può saperlo. Giusto? Beh, forse, ma anche se tutta quella faccenda dell'affido fosse stata menzionata nei miei fascicoli, dubito che lui se ne ricorderebbe.*

"Oh, merda. Mi dispiace, figliolo. Tu sei... sei quello che è stato affidato ai servizi sociali, vero?" Il capitano poggiò l'arancia sulla scrivania e drizzò la schiena. "È stata un'uscita stupida."

"Non c'è problema," disse Cade.

"Beh, ora che ho menzionato l'argomento... ti va di parlarne?"

"Di cosa?" *Di mia mamma?*

"Di come vanno le cose con il dottore. E intendo in modo onesto. Non voglio che sia una semplice conversazione cortese."

"Capitano, con il dovuto rispetto..."

"Mettiamola così. Se lo fai, ti sarà d'enorme aiuto, e forse ti riassegnerò ai turni."

"Pensavo che mi bastasse andare dal dottore," disse Cade con cautela.

"Vedere il dottore è una cosa," disse il capitano. "Ma sarò io a prendere la decisione finale. Se non pensi di essere pronto o capace di stare in squadra, beh, continuerai a non esserlo, non importa quante volte ci vai, dallo strizzacervelli."

Cade si sentì il cuore di piombo.

*Ecco, allora. Il dottor Hersh era soltanto una delle chissà quante contingenze. E io che ho opposto resistenza durante tutte quelle cavolo di sessioni.*

"Va bene," disse Cade con voce bassa. "Possiamo parlare."

"Forse questo ti sarà d'aiuto," disse Crane. Allungò una mano nel cassetto e tirò fuori una bottiglia di Buffalo Trace. "Bevi?"

"Io, uhm – ogni tanto."

"Ottima risposta," disse Crane. "Io stacco ufficialmente tra un minuto. E so che tu hai appena finito di mangiare i waffle o quello che è."

Versò due dita di whiskey nei tumbler che teneva avvolti in una borsetta viola Crown Royal. Spinse uno dei bicchieri verso Cade. "A un'altra dannata settimana di lavoro portata a termine," disse.

Cade fece cin-cin con il suo capo. Non sapeva a che gioco si stesse giocando.

*Ammesso che sia un gioco.*

"Salute," disse Cade. Il whiskey gli bruciò prima sulle labbra e poi nella gola per poi andare infine a raccogliersi nello stomaco.

"Quindi. Quegli incendi."

"In Montana?" disse Cade bevendo un altro sorso.

Non aveva fatto a tempo a mangiare nulla. Era da ieri sera che non mangiava niente.

*Prima di Lily. Prima che la facessi arrabbiare e me ne andassi.*

Beh, quantomeno già sapeva che il whiskey avrebbe agito in fretta.

"In Montana?" Cade fece un altro sorso.

"E dove sennò?" gli chiese Crane.

"Beh... Non so quanto ne sappia lei." *Probabilmente più di quanto non dai a vedere.* "Ma, beh, sa, ho mandato tutto a puttane. E tre dei miei uomini sono morti."

"è stata colpa tua?"

Cade aveva la faccia in fiamme.

"Non lo so," disse. Era la prima volta che lo diceva. Di solito pensava che fosse sempre colpa sua.

"Non lo sai," ripeté Crane.

"Voglio dire, due di loro erano a diverse decine di metri di distanza. Quando scendemmo dall'elicottero... non penso che nessuno di noi si fosse reso conto di quello che stava succedendo. Non avevo mai visto niente del genere, questo è poco ma sicuro. Il ragazzo insieme a me, Barron – non so cosa sia successo."

"Si è allontanato?"

"Sì..."

"Di sua iniziativa."

"Voglio dire, non glielo detto io. Non mi resi nemmeno conto che se ne fosse andato fino a quando..." Cade si portò il bicchiere alla bocca. Qualsiasi cosa, pur di zittirsi.

"E allora perché pensi sia colpa tua?"

"Ero circondato dalle fiamme," disse Cade. Scosse il capo. "Stavo cercando Barron, e... non lo so. Ho mandato tutto a puttane, mi sono incasinato la caviglia, e poi è arrivato l'inferno." Letteralmente. "Io... io non riuscii a raggiungerli, a quel punto."

"Quindi mi stai dicendo che quei tre uomini sono morti perché i sono allontanati e tu hai deciso d'istinto di andare da loro e, proprio a causa di questa decisione, ti sei ritrovato impossibilitato a muoverti?"

Cade guardò il capitano. Non l'aveva mai messa in questi termini. "Penso?"

"Figliolo, hai lo spirito del martire? O cosa? Perché se è così, allora ti sei scelto proprio il mestiere adatto a te."

Cade ridacchiò brevemente. Era strano, ridere mentre parlava del Montana. A dire il vero, era la prima volta che lo faceva.

"Desiderio di morte, forse," disse. Il capitano annuì, non sapendo quanto fosse serio.

"Quello ce l'abbiamo tutti," disse il capitano.

Fece un sorso di whiskey, e Cade notò l'anello che aveva al dito.

"Lei è sposato?" gli chiese, reso coraggioso dall'alcol.

Il capitano sollevò un sopracciglio. "Vedovo, a dire il vero."

"Oh, merda. Mi dispiace, capitano..."

Il capitano scosse il capo.

"Chiamami Eldon," disse. "Ma solo tra noi. E non ti preoccupare. È... beh, è successo molto tempo fa."

Cade annuì.

"Hai intenzione di chiedermi quanto tempo fa?"

"Voglio dire, non ad alta voce..."

Il capitano si mise a ridere.

"Quasi quarant'anni," disse annuendo.

"Caspita."

"Te l'ho detto che è successo un sacco di tempo fa."

"E indossa ancora l'anello?"

"Indosso ancora l'anello," disse il capitano. "Ad essere onesto, all'inizio fu di grande aiuto. Sai, mi sembrava come se lei fosse ancora lì. Facevo finta di tornare a casa da lei, la sera."

"Come si chiamava?"

"Lilian."

"Un... un bel nome," disse Cade.

"Sì, un bel nome," disse il capitano.

"Le... le spiace se le chiedo come..."

"Non te ne avrei parlato se mi fosse dispiaciuto," disse il capitano. "Restammo sposati solo per un anno. Pensavano tutti che fossimo pazzi. Lei aveva dieci anni più di me – una cosa scandalosa, all'epoca. Ma io lo sapevo e basta. Avevamo appena comprato una casa a Central Point, piccolina, con tre camere e un acro di terra. Quelli che ce la vendettero ci dissero che era la casa di un vecchio ufficiale, di quando, negli anni Quaranta, lì c'era un campo militare. Io so solo che non c'era nessun tipo di riscaldamento, e per tutto il primo inverno non usammo altro che coperte, scaldabagni e un camino."

"Sembra terribile," disse Cade.

"Fu meraviglioso," disse il capitano facendo spallucce. "Lilian piantò file e file di verdure la prima estate. Granturco, cetrioli, pomodori – in mezzo ci nascondemmo una bella dose di Maria. Si assomigliano, sai. Questo prima che divenne legale," disse guardando Cade. "Quindi non andare a raccontarlo in giro."

"Non lo farò," disse Cade con un sogghigno.

"Poi, l'inverno successivo... pensavamo che si trattasse di una semplice febbre. Ma continuava a peggiorare. Lei era piuttosto testarda, continuava a dire che era il tempo che era cambiato. Quando poi collassò nel parcheggio del King's Table, la portai dritta in ospedale. Si svegliò durante il tragitto, ululando e protestando non appena scoprì dove stavamo andando."

"E?" chiese Cade sporgendosi in avanti.

"Cancro al fegato. I dottori le diedero tre mesi di vita, e fu esattamente così che andò. Non aveva mai bevuto nemmeno un goccio in tutta la sua vita."

"E allora perché..."

"Epatite C. I dottori dissero che se l'era portata dietro per tutta la vita. Lilian... beh, era una bambina nel campo di concentramento di Majdanek, in Polonia. I dottori pensando che l'ago che usarono per tatuarle il braccio fosse sporco. Ovvio che lo era," disse tirando su con il naso.

"Mi... mi dispiace tantissimo," disse Cade, sebbene sapesse che fosse inadeguato.

"Non è colpa tua," disse Eldon. "È solo che... sai, penso di essere stato fortunato. Tutti e due, siamo stati fortunati."

"Come... come può dire una cosa del genere?" gli chiese Cade.

Il capitano gli rivolse un'occhiata curiosa.

"Se Lilian fosse rimasta in quel campo di concentramento anche solo un altro giorno, l'avrebbero uccisa," disse. "Avevano già ucciso sua madre, suo fratello, tutta la sua famiglia. Abbiamo avuto un anno insieme. E Lilian ha avuto trentadue anni di vita."

"E lei non ha mai... visto altre donne dopo, oppure..."

"Quell'anno mi basta e avanza," disse Eldon. "Certo, ne avrei voluti altri. Avrei dato di tutto pur di averne altri. Ma quell'anno? Sarò sempre grato, per quell'anno."

"Non so cosa dire."

"Oh, diamine. Io la mia storia strappalacrime ora te l'ho raccontata. Adesso sta a te dirmi qualcosa di vero."

"Vorrei fosse toccato a me."

"Cosa?"

"Vorrei fosse toccato a me, morire là fuori. E non perché sono un martire. Quella è la parte peggiore," disse Cade. "Se devo essere onesto, sì, penso che quei ragazzi si meritassero di vivere più di me. ma io... non pensavo di aver nulla per cui vivere."

"Figliolo, queste sono stronzate."

"Lei non mi conosce," disse Cade in modo tranquillo.

"Cade. Il passato? Non ha importanza," gli disse Eldon. "Lascia che ti dica una cosa: se avessi la possibilità di parlare di nuovo con mia moglie? Di toccarla? Io..."

"Devo andare," disse Cade. Fece scivolare il bicchiere vuoto sul tavolo. "Mi dispiace."

"Cade—"

Cade sollevò la mano e strinse le palpebre per scacciare le lacrime.

"Cade, rispondi solo a una domanda. Perché non sei ancora stato congedato."

"Cosa?" chiese Cade, la schiena ancora rivolta verso il capitano.

"Hai detto che non pensavi di aver nulla per cui vivere. E ora?"

"Cosa?"

"Hai parlato al passato. Pensi di avere qualcosa per cui vivere adesso?"

Lily gli comparve brevemente davanti agli occhi.

"Non lo so," disse. "Forse."

"Beh. Un forse è meglio di niente."

Cade percorse il corridoio e sentì i suoi colleghi che lavoravano al furgone. Andò filato alla porta sul retro.

*Forse il capitano ha ragione*, pensò. *Un forse vale pur qualcosa. Forse dovrei esplorarlo, invece di mandare tutto a puttane come faccio di solito.*

Aveva sempre fatto allontanare tutto e tutti. Era facile andarsene, scappare, correre dritto verso le fiamme.

*E che cosa ci hai guadagnato?*

Forse il capitano e il dottor Hersh avevano ragione. Forse non era responsabile per quanto successo in Montana. Sarebbe successo tutto allo stesso modo, ci fosse stato qualcun altro al posto suo?

*Probabilmente. Barron avrebbe infranto lo stesso il protocollo.*

Quando si era ritrovato circondato, c'era stato il cinquanta percento di probabilità di fare la scelta sbagliata.

Pura fortuna. E nessuno avrebbe potuto attraversare quelle fiamme. Gamba infortunata o no. Nessuno ci sarebbe riuscito.

E se invece ci fossero riusciti? Sarebbero bruciati vivi insieme a loro. Quello lo sapeva, lo aveva sempre saputo nella parte più oscura e recondita del suo cuore.

*Hai lo spirito del martire?* Sorrise ripensando alla domanda del capitano. *Forse un tempo. Ma ora non più.*

## 14

# LILY

Lily parcheggiò di fianco alla nuova Fiat Spider che occupava il vialetto della casa dei genitori di Renee. Provò a non pensare a quanto apparisse malconcia la sua macchina "vintage" al confronto, ma non poté farne a meno. Lily sbirciò dentro la Fiat ammirandone gli interni color caramello. Poi sentì la porta di casa che si apriva.

"Bella, vero?" le chiese Renee con un sorriso.

Si era pettinata i capelli con le dita e poi se li era legati in uno chignon disordinato che aveva un'aria tanto casual quanto chic. Aveva le labbra coperte da un velo di rossetto, le ciglia arcuate e perfette, un tocco di mascara – era semplicemente perfetta.

"Sì, è proprio bella," disse Lily. Si sforzò di sorridere e buttò giù l'invidia che le occludeva la gola.

"Vieni, entra. I miei sono partiti per il weekend, e quindi abbiamo la casa tutta per noi."

"Com'è? Tornare a vivere con loro?" le chiese Lily salendo per quei gradini che conosceva tanto bene.

"Ugh, è ok. Insomma, non posso lamentarmi. Non pago l'affitto e niente. Ma non vedo l'ora di tornare in Italia. Te lo giuro: se potessi mi affitterei un appartamentino solo per quando torno qui. Come te! Sono così gelosa che tu abbia quel posto così piccolo e carino!"

Renee le diede un bicchiere di vino e si sedette sul divano del soggiorno.

Lily se ne stava seduta con fare attento, perfettamente conscia di quanti danni potessero combinarsi con un bicchiere di vino rosso su un divano di pelle bianco.

"Il mio appartamento è okay," disse Lily facendo spallucce. "È vicino al posto dove lavoro, e me lo posso permettere.

Renee annuì e si portò le ginocchia nude al petto. Con quella sua maglietta da baseball verde e gialla e i pantaloncini corti, sembrava ancora la quintessenza della studentessa del college.

"Fidati di me, sei fortunata. Mia mamma non fa altro che torchiarmi. 'Quando ti trovi un lavoro? Quando la pianterai di correre in giro per l'Europa?' Voglio dire, rilassati! Lo sto cercando, un lavoro. Non è che a Salem sia pieno di lavori per una fashion designer."

"Salem?" le chiese Lily. "Pensavo stessi per tornare in Italia."

Renee si fece scura in volto.

"Era così," disse lei. "Fino a quando i miei hanno deciso di smettere di finanziarmi. In Italia tutto costa un sacco, lo sai? Non so come pensano che possa pagarmi l'affitto da sola."

"Quindi... il fashion design, eh?" le chiese Lily.

Era sorpresa che Renee continuasse ad inseguire quell'idea. Quando erano adolescenti, era stato divertente lasciarsi andare alle fantasie. All'epoca, Lily pensava che sarebbe diventata una chimica di fama mondiale – fino a quando si rese conto che, se non andavi a insegnare, era difficilissimo campare con quel mestiere.

L'idea di stare in piedi in una stanza, con tutti quegli occhi puntati addossi, mentre il suo compito era di impartire conoscenza? Il solo pensarci le faceva mancare il respiro.

"Lo sai che è quello che ho sempre voluto fare," disse Renee.

"Sì, lo so, ma... beh, come fa uno a riuscirci qui?"

"Esattamente quello che dico io," disse Renee. Sospirò. "Non lo so. Ho qualche lavoro forse, un paio di designer di vestiti da sposa che lavorano da casa. Non è che paghino molto – anzi, uno di loro non paga proprio. Ma fanno vestiti su misura, vestiti di qualità. Per la maggior parte lavorano con i matrimoni. E se lavorassi come loro assistente, o come apprendista? In pratica mi pagherebbero meno del minimo salariale."

"Bella situazione del cavolo," disse Lily. Avrebbe voluto chiederle perché non provava con New York, Los Angeles, o persino Portland, ma sapeva che, quando Renee si metteva a lamentarsi dei propri problemi, era meglio lasciar perdere.

"Non lo so," disse Renee con un sospiro. "Forse dovrei cercare di farmi assumere come fashion merchandiser senior."

"Sembra... complicato," disse.

"Fidati di me, sembra più complicato di quanto non sia. Ogni dettagliante ce l'ha, lavori di questo tipo. Persino J. Crew ce li ha."

"Beh, buono, no? Voglio dire, almeno ci sono dei lavori disponibili."

"Dio, Lily," disse Renee gemendo. "Non voglio tornare in Italia e dire alla gente che lavoro, che ne so, da Cole Haan."

"Quando eravamo in college hai lavorato da Victoria's Secret," le ricordò Lily.

"Sì, ma era in college! Allora andava bene. Ma ora? È come tornare indietro."

Renee fissò il proprio bicchiere e passò un dito sul bordo. Per un momento, assunse lo stesso aspetto di quando, alle medie, aveva scoperto che non era stata ammessa alle finali statali di un concorso di bellezza.

"Ehi," le disse Lily. Allungò una mano e le toccò l'avambraccio Il bronzo italiano aveva cominciato a svanire. "Andrà tutto bene."

"Facile dirlo per te. Tu hai il lavoro dei tuoi sogni. Hai un appartamento tutto tuo. E io, invece, che cosa ho?"

"Hai delle storie su Instagram che spaccano," le disse Lily sorridendo.

Renee sogghignò. "Penso di sì."

"E sei pazza se pensi che quella sia il lavoro dei miei sogni. Sì, lavoro in una pasticceria. E il mio capo è un tipo forte. Ma pensi veramente che sia andata a scuola di cucina per fare la commessa in una pasticceria di Salem? Quello chiunque potrebbe farlo."

"Stai solo cercando di farmi sentire meglio," disse Renee rivolgendole un sorriso timido.

"No! Veramente, l'annuncio di lavoro di Jean-Michel aveva tipo zero prerequisiti. Sì, voleva qualcuno a cui potesse insegnare qualcosa, certo. E fu d'aiuto che io avessi un po' di esperienza."

"Ugh, la falsa modestia non è attraente," disse Renee finendo di bere il proprio vino.

"Va bene, la vuoi sapere una cosa?" le chiese Lily.

"Sempre." Renee si sporse verso di lei.

"La ragazza che ho rimpiazzato? Se ne era andata perché doveva cominciare l'università. Primo anno alla Linfield, per essere precisi."

"O mio Dio, no. Hai preso il posto di una che andava alle superiori?"

"Non ne vado così fiera," disse Lily scuotendo il capo. "Ma, se fa qualche differenza, per i primi due mesi Jean-Michel non ha fatto altro che ripetermi quanto fossi brava. Tranne per una cosa."

"E cioè?"

"A quanto pare con i clienti non ci so fare tanto quanto quell'altra ragazza."

"Beh. Quello avrei potuto dirglielo io," disse Renee.

"Non fare la stronza!" disse Lily ridendo.

"È solo che ti conosco! Voglio dire, non penso che lavorare con il pubblico sia mai stato il tuo punto forte."

"Beh, per fortuna anche se Jean-Michel ha detto così, è più che soddisfatto di me. È qui ormai da quindici anni, ma è ancora super francese. Pensa che gli americani facciano sempre finta di essere felici. Quindi, a quanto pare, il mio snobismo – come lo chiama lui – è un punto di forza, nel suo negozio."

"Sì, capisco. Te la caveresti alla grande a Parigi," le disse Renee. "Forse è lì che dovresti andare. In Italia, però, devi essere veramente aggressiva come donna."

"In che senso?"

"Tipo, appena arrivi? Come americana, intendo? Ti da una bella infarcita di autostima. I ragazzi non ti lasciano *mai* in pace. Ti ci vuole un po' di tempo per renderti conto che non si tratta di te. Si comportano così con chiunque sia anche solo lontanamente attraente."

Lily annuì. Onestamente, sembrava bello. Non si sarebbe mai dovuta domandare se piacesse a qualcuno.

"Quindi niente giochetti?" le chiese. "Sono tutti aperti, schietti?"

"Oh, credimi, i giochetti ci sono eccome," disse Renee con un sorriso. "È solo che le regole sono completamente diverse."

"Uh, non sono diverse ovunque?"

"Probabilmente no," disse Renee. "Ma lo sai cosa aiuta? Il gelato."

"Di BJ?"

"Ovvio. Aspetta, vado a prenderlo."

Lily sentì i piedi della sua amica che calpestavano con forza il pavimento di legno.

È buffo come certe cose non cambino mai.

Seduta lì in quel soggiorno in cui aveva passato così tanti pomeriggi da adolescente, il tintinnio dei cucchiai in cucina le fecero sembrare che tutto, per un momento, fosse più semplice.

"Ta-da!" disse Renee stando in piedi sulla soglia. In mano aveva due cucchiai e un barattolo di gelato. "Crema giamaicana."

"Quella con il rhum? Grazie a Dio, sì che mi ci vuole."

Renee saltò sul divano, prese la coperta viola poggiata sullo schienale, la ammucchiò tra di loro e vi poggiò sopra il gelato.

"Va bene, ti ho dato da bere. Ti do da mangiare. Ora sputa il rospo," disse Renee.

"Su cosa?"

Renee le ficcò il gomito nelle costole.

"Lo sai. Cade. Che è successo l'altra sera al bar? Dopo tutto quel casino che è successo sulla pista da ballo, quando ha messo al tappeto quel pervertito. Sei sparita! Voglio dire, ma che diavolo, ma che l'hanno cresciuto in una stalla?"

Lily scosse il capo con veemenza. "No, ha... ha avuto un'infanzia difficile."

"Come tutti," rispose Renee.

Lily le lanciò un'occhiataccia. "Noi siamo seduti nel soggiorno della casa dei tuoi genitori che costa mezzo milione. Penso che la tua infanzia sia andata bene."

"Touché."

"Ma Cade, lui... è stato dato in affidamento."

"Ma dai."

"Sì, usciva sempre insieme a Elijah, e penso... sai, pensò che *mio* padre fu la cosa più vicina a un padre che ebbe mai in vita sua."

"Bello schifo," disse Renee. "Ma, per te... spero solo che tu non stia cercando di salvarlo, o cose del genere. Lo sai che non funziona mai."

"No, non è così," disse Lily. "Non ci ho mai provato."

"Quindi. Pensi che in parte è per quello che si comporta così da dongiovanni?"

"Che intenti dire?"

"Lo sai. Che cerca di rimediare all'amore che non ha mai avuto, diffondendolo ovunque gli capita di poterlo fare."

Lily arricciò il naso. "Non ci ho mai pensato. Ma se i dongiovanni nascono a causa della mancanza d'amore durante l'infanzia, allora mi sembra che si siano un sacco di ragazzini trascurati, là fuori."

"Vero," disse Renee. "Eppure, non penso che uno possa venire dato in affidamento senza uscirne un po' turbato, quantomeno. Sono cose che ti segnano, no? A quante famiglie è stato dato?"

"Dio, non lo so nemmeno," disse Lily. "Io ero più piccola e non è che lui o Elijah parlassero con me di questo genere di cose. Ma penso che cambiò parecchie famiglie. Mi ricordo che sembrava come se non facesse altro che cambiare casa."

"Sei in una situazione complicata, Lil," le disse Renee. "È solo che... lo sai, spero che tu ti prenda cura di te stessa. Che tu ti protegga."

"Lo so che era un... playboy, o quello che è," disse Lily. "Ma ho sempre pensato che fra me e lui ci fosse come una connessione. Sai? Il potenziale per qualcosa di serio."

"Sì, ma quello lo pensano tutti. Lasciamo che i nostri cuori si intromettano e diventiamo stupide," disse Renee. "Fidati di me."

"Che cosa ti rende tanto esperta, di colpo?"

Renee sospirò. "Se non torno in Italia non è solo perché non ho i soldi. Quella è una ragione, ma potrei sempre trovare una soluzione. È... beh, Marco mi ha lasciata."

"Cosa? Renee, mi dispiace. Come..."

"Per messaggio."

"Cosa?"

"Ha detto che è troppo giovane per legarsi, e che con me è stato veramente benissimo, ma che ora è tempo che entrambi voltiamo pagina. Che cazzo di codardo. Lo so che questa era la sua intenzione sin dall'inizio, ma è stato troppo fifone per dirmelo in faccia quando ero lì. Lo sai che mi ha accompagnato all'aeroporto? Mi ha dato questo lungo bacio di addio..."

"Certo che gli uomini a volte sono proprio stronzi," disse Lily.

"Sì, ma non tutti. Io ho ancora speranza. Ecco perché dovresti parlare con Cade prima di piantarla. Voglio dire, mi sembra che questo tizio ti piaccia veramente."

Lily annuì lentamente. "Hai ragione. Mi piace veramente. Insomma: se gli parlo, che male potrà mai fare?"

## 15
## CADE

"Venti metri, venti metri!" gridò Cade ai propri compagni.
Le due reclute più giovani sudavano copiosamente, bramose di mettere in mostra la propria forza e dedizione. "Rodriguez, ti sembrano venti metri dalla baracca, quelli?"

Il giovanotto si drizzò e si asciugò la fronte sudata. Provò a calcolare venti metri dalla baracca per la linea tagliafuoco."

"Penso di sì," disse.

"Ne saranno quindici al massimo," disse Cade. "Va bene, facciamo una pausa. Bevete un po' d'acqua. Ci rivediamo qui."

Era grato che il capitano gli avesse affidato le sessioni di addestramento, ma si sentiva arrugginito. Era passato un sacco di tempo dall'ultima volta in cui aveva provato a guidare un gruppo di ragazzi che non conosceva.

Di certo non lo aiutava il fatto che questi ragazzi in modo particolare non avessero la più pallida idea di chi lui fosse.

*Diamine, alcuni di loro forse pensano che sono quello che viene pagato per rigirarsi i pollici e parlare con un qualche strizzacervelli delle mie "emozioni".*

Gli uomini si radunarono attorno a loro, le bottigliette d'acqua in mano, e lui fece loro cenno di accovacciarsi.

"La prossima volta, qui ci sarà una discesa del 20%," disse. "Cosa vuol dire."

I ragazzi si scambiarono occhiate insicure.

"Vuol dire che lo spazio chiuso difendibile si estende a ottanta metri," disse Elijah raggiungendo il gruppo.

"Quello che ha detto lui," disse Rodriguez.

Cade sospirò. "Sì. Grazie, Elijah."

"A meno che non si parli, sapete, della Larrea Divaricata," aggiunse Elijah con aria da spaccone. "E se la pendenza è ancora di oltre il venti percento. Allora i metri diventano 160."

"Sì, sì, abbiamo capito," disse Cade. "Ma tu dovresti essere qui?"

"No, a dire il vero no."

"Va bene, ragazzi. Per oggi è tutto. Grazie a tutti, ottimo lavoro."

I ragazzi si dispersero in silenzio ed Elijah diede una pacca sulle spalle a Cade.

"Il capitano t'ha messo sotto, eh?" gli chiese.

"Gliel'ho chiesto io."

"Che intendi?"

"Gli ho chiesto di coinvolgermi. In qualche modo, in qualunque modo. Ed ecco cosa mi ha affidato."

"Cavolo. È tosta. Di solito lo odiamo, l'addestramento."

"Sì, beh, non sapevo che mi avrebbe assegnato a questo. Quando me l'ha detto, ho fatto del mio meglio per non alzare gli occhi al cielo. Ma ora che sono qui... non lo so. Mi sta piacendo."

"Veramente?"

"Sì... stare insieme a quelli nuovi – ai nostri nuovi compagni, per meglio dire. Merda, Horst si arrabbia tantissimo quando lo chiamo 'quello nuovo'. Ma, sai, è meglio di niente. È meglio che starmene schiaffato in ufficio con quel dottore che cerca di capire che razza di problemi ho."

"Quindi le nuove reclute vanno bene?" gli chiese Elijah. "Se devo essere onesto, non ho avuto modo di conoscerle per bene."

"A dire il vero sono tutti veramente bravi," disse Cade. "Vedere di nuovo tutto quell'entusiasmo? Il loro duro lavoro? Mi mancava. Me lo ricordo."

"Ehi, che stai dicendo, che siamo vecchi?"

"Tu, forse. Non ho detto 'noi'," disse Cade facendogli l'occhiolino. "Ma no, onestamente mi sorprende quanto mi piaccia fare l'insegnante."

"Come ti pare, professor Charles. Io stacco fra un'ora. Ti va di farci una birra, dopo?"

Cade fece spallucce. "Forse. Vanno anche altre due reclute, e io gli ho detto che sarei andato con loro..."

"Merda, amico, non sei il loro babysitter."

Cade si mise a ridere. "Lo so. Ma c'è qualcosa nella loro dedizione... mi dà una sorta di dipendenza, sai? Ha rinnovato il mio interesse per questo mestiere. Come una nuova nascita in un paesaggio reso riarso dal fuoco."

"Wow. Parli come Robert Frost, ora?"

Si diressero vero la caserma. Cade guardò le quattro nuove reclute che, spalla a spalla, guardavano il cellulare di Rodríguez.

Scoppiarono a ridere tutte insieme, e persino da lontano Cade riusciva a sentire la musica di un *meme* popolare con un dalmata pompiere che andava in giro da un po'.

"Noi siamo mai stati così pimpanti?" chiese a Elijah.

"Non lo so. Ma loro sono dei casi persi. Forse quell'innocenza è dolce, che so. Ehi, ti ricordi il nostro primo mese qui? Quando mio padre ordinò..."

"...l'attrezzatura sbagliata per quell'evento alla fiera?" disse Cade ridendo. "Sì, me lo ricordo."

Elijah scosse il capo. "La prima volta che ordina online invece di telefonare, e cosa combina? In qualche modo ordina tutta roba rosa shocking. Merda, me li ricordo ancora, gli sguardi che ci beccammo durante l'evento."

"Alle ragazze piaceva un sacco, però," gli ricordo Cade. "Ti ricordi che non facevano altro che ripeterci quanto eravamo carini? E tu usasti quella frase..."

"I veri uomini sono forti abbastanza da indossare il rosa? Cazzo sì che me la ricordo," disse Elijah. "Penso che a una che stavo cercando di portarmi a letto le dissi che lo stavamo facendo per aiutare la ricerca contro il cancro al seno. Ero strasicuro che avrebbe funzionato, fino a quando non mi disse che sia lei che sua madre avevano il cancro al seno."

"Oh, merda," disse Cade. "Questo mica lo sapevo. Ma quello avrebbe dovuto giocare a tuo favore, no? Voglio dire, se avesse pensato che stavamo supportando il cancro al seno..."

"Non lo so... a quel punto non mi andava più di mentire. E ora che ci penso, beh, e se non aveva le tette?"

Cade scoppiò a ridere. "Ma... non si vedeva?"

"Diamine, a quel punto l'ultima cosa che volevo fare era mettermi a fissarle il petto. Penso di sì? Ma che ne so io se non erano finte?"

"Ciò non ti ha mai fermato."

"Vero. Ma cosa posso dire? Sono un purista. Mi piacciono naturali."

"Ehi! Eccovi qui."

Cade alzò lo sguardo e vide Lily che andava loro incontro uscendo dalla caserma. Aveva indosso i vestiti da lavoro – pantaloni neri e camicetta bianca – ed era ricoperta di farina.

"Ma che cavolo t'è successo?" le chiese Elijah. "Lo sai che l'impasto per i dolci lo devi mettere nella ciotola, sì?"

"Ah ah," disse Lily alzando gli occhi al cielo.

Cade si morse il labbro. Com'è possibile che, persino ricoperta di farina, sia sempre così sexy?

"Sono venuta a vedere se vi andava di prendere un caffè insieme."

"Io stacco tra un'ora," disse Elijah. Diede un pugno leggero sulla spalla di Cade. "Ma Cade non ha niente da fare. Ha finito di fare la babysitter, per oggi."

"La babysitter?" chiese Lily, confusa.

"Lascia stare," disse Cade lanciando un'occhiataccia a Elijah.

Lily fece una smorfia. "A dire il vero, io..."

"Oh, su Lil," le disse Elijah. "Perché devi sempre essere così scontrosa? Ti manca così tanto uscire con il tuo fratellone? Su, Cade sarà il mio sostituto."

Cade guardò l'espressione di Lily che si faceva sempre più amareggiata, e provò a non ridere.

"Tuo fratello ha ragione. Non sono poi così male," disse.

"Merda, devo andare," disse Elijah. "Me ne ero dimenticato. Crane vuole vedermi, e se tardo anche solo di un minuto mi fa il culo a strisce." Elijah corse verso la caserma lasciando Cade da solo con Lily.

"Che ne dici di un drink da adulti, invece?" le chiese Cade. "Mi ci vorrebbe proprio qualcosa di più forte del semplice caffè."

Lily si accigliò. Poi lo afferrò per un braccio e lo trascinò verso il parcheggio dietro l'edificio.

"Ti sei dimenticato di quello che è successo soltanto due giorni fa?" gli chiese digrignando i denti. "Oppure pensi che io mi sia dimenticata di come mi hai abbandonata dopo che abbiamo scopato?"

"Cristo, Lily, calmati," disse. "Lo sai che tuo fratello potrebbe sbucare da dietro l'angolo da un momento all'altro? E no, non me ne sono dimenticato. Credimi. E mi dispiace per averi lasciata lì così. Okay?"

Lei strizzò gli occhi.

"Dire mi dispiace non basta," disse.

"Mi dispiace veramente. È solo che... lo sai che non possiamo stare insieme. Lo sai."

Lily sospiro.

"Eppure eccoti che mi inviti per qualcosa di più forte del caffè. Ma che razza di messaggio stai cercando di inviarmi? Lo sai, io non sono venuta qui a invitare *te*. Sono venuta qui per passare un po' di tempo con Elijah, perché a casa non c'è mai, con tutti questi turni che deve fare. Quindi se pensi che questo fosse chissà che tipo di sotterfugio per poterti vedere, beh, hai veramente una bella faccia tosta..."

"Ehi! Calmati." Cade si passò la mano tra i capelli ed emise un gemito di frustrazione.

"Mi dispiace se ti sto rendendo le cose impossibili," disse Lily. "Dev'essere veramente dura."

Si girò per andarsene e lui vide l'impronta della sua mano sul culo che le era rimasta quando aveva provato a togliersi di dosso la farina.

Cade non poté farci niente. La afferrò per la vita e le fece fare una giravolta. Con lei premuta contro il proprio petto, si sporse in avanti.

"Non ne hai la minima idea, Lily. Non sai quanto ti desidero. È... cazzo, mi tiene sveglio la notte. Non riesco mai a levarmiti dalla mente. Se potessi averti ed evitare che Elijah desse fuori di testa, lo farei in un battibaleno."

Guardò gli occhi di Lily che si posarono sulla sua bocca. Era chiaro quello che lei desiderava. Quello che lui desiderava. Lily inclinò la testa all'insù, un invito al quale lui non fu in grado di resistere.

Cade la baciò. Aveva un sapore familiare, inebriante. Un sapore che non gli bastava mai.

*Non puoi farlo. Lo sai che un assaggio non ti basterà. Ma la sua bocca è dolce come il miele...*

"Ehi. Ehi! Ma che cazzo state facendo?"

Cade si ritrasse sentendo la voce di Aiden che gridava da lontano. In sincrono, lui e Lily si girarono verso il parcheggio e videro Aiden sbattere con forza la portiera del suo furgone. Gli andò incontro come una furia, mentre il suo borsone strusciava per terra dietro di lui.

"Aiden, posso..."

"Chiudi quella cazzo di bocca," ringhiò Aiden avvicinandosi.

"Aiden..." cominciò a dire Lily.

"Lily, lo giuro su Dio," le disse Aiden. Aveva la voce che gli tremava, la rabbia contenuta a stento. "Non sfidarmi, Lily. Non sfidarmi."

Ma prima che Cade potesse dire qualcosa, prima che potesse inventarsi una qualche scusa, sentì una fitta di dolore alla mascella. Un dolore tanto acuto e improvviso che la sua mente non lo elaborò come vero dolore, ma solo come shock paralizzante.

Si accorse che Aiden gli aveva dato un pugno in faccia. In qualche modo l'asfalto gli si era conficcato nella guancia.

"Aiden!" gridò Lily.

Sentì i suoi pugni che gli percuotevano il petto, e un colpo secco sulla gola che lo lasciò senza fiato. Cade provò ad alzare lo sguardo, provò a spiegarsi, a dirgli che gli dispiaceva, ma le parole non ne volevano sapere di uscirgli di bocca.

"Aiden, fermati!" sentì gridare Lily.

Lily si avvicinò eclissando il sole sopra le loro teste. La guardò intromettersi tra i loro corpi.

*Lily, spostati*, avrebbe voluto dirle, ma l'unica cosa che poté fare fu di rannicchiarsi in posizione fetale. Mai e poi mai avrebbe colpito Aiden.

*Te lo meriti. Sta' giù e fatti picchiare.*

"Smettila!" gridò lei. Cade percepì le lacrime nella sua voce.

"Va bene," disse Aiden infine. Cade riusciva a sentire il rivolo di sangue caldo che gli colava dal naso e dalla bocca. "La smetto. Per ora. Ma tu Lily vieni con me."

Cade strizzò gli occhi verso il cielo mentre Aiden lo guardava in cagnesco.

"E tu," disse Aiden a Cade sporgendosi su di lui. "Tu aspetta solo che lo venga a sapere Elijah."

"Aiden..." disse Cade senza fiato.

Aiden se ne andò via trascinando Lily con sé.

Sei un cazzo di idiota. Non dovevi baciarla. E in un luogo pubblico, per giunta – davanti a questa cazzo di caserma.

Cade allungò il collo e provò a vedere l'entrata della caserma.

Ma riuscì a scorgere solo le nuove reclute, in silenzio, sciocccate, mentre Aiden trascinava Lily verso la caserma. Avevano tutti la bocca spalancata e si fecero subito indietro per lasciare passare Aiden.

"Elijah!" gridò Aiden con tutto il fiato che aveva in gola. "Dove diavolo sei?"

## 16

## LILY

Cade sentì qualcuno che bussava con foga alla sua porta e capì subito che si trattava di Lily. Sollevò l'impacco di ghiaccio che ormai era tutta la mattina che si premeva contro la faccia e se lo appoggiò contro la mascella.

"I tuoi fratelli sono nei paraggi?" le chiese quando aprì la porta.

Lily sgranò gli occhi.

"O mio Dio," disse. "È peggio di quanto pensassi."

"Grazie."

Cade sapeva di avere un aspetto malconcio, ma vedere Lily lo fece stare immediatamente meglio. Certo non guastava che lei indossasse una canotta attillata, uno scialle sottile e un paio di jeans così consumati che sembravano quasi sul punto di cadere a pezzi.

"Io, uhm, sono venuta a vedere come stavi."

"Beh, lo vedi da te," disse indicandosi il corpo martoriato.

"Posso entrare?"

Sospirò. "Lily, non penso sia una buona idea. Specie dopo quello che è successo ieri."

"Ho portato una millefoglie con crema Chantilly," disse lei facendogli vedere la scatola che aveva in mano. "E del Tylenol."

Cade gemette. "Va bene, ma solo per un minuto."

Lily si guardò in giro e Cade notò che fece una faccia sorpresa.

"Scusa per il disordine," disse lui. "L'arredatrice di interni viene domani."

"Va benissimo," disse lei velocemente e poggiò la scatola sullo scatolone con i vestiti estivi che Cade non aveva ancora aperto.

"Lily," disse lui sbirciando nella scatola con le paste. "Non penso che sia una buona idea che tu sia qui."

"Perché? Pensi che il tuo divano farà la spia? Oh, aspetta, ma tu hai esattamente zero mobili."

Si appoggiò al muro, graziosamente goffa mentre cercava di capire cosa dovesse farne delle proprie mani.

"Ho un letto."

Lily alzò gli occhi al cielo. "Perché non ne sono sorpresa? Ad ogni modo, sono venuta per dirti che sono riuscita a far calmare Aiden. Mi ha anche promesso che non lo dirà a Elijah. Certo, lo sapresti se non te ne fossi scappato via come un cane con la coda tra le zampe subito dopo che ti ha pestato."

"Sì, come se tu non te andresti dritta a casa dopo che ti hanno fatto il culo a strisce."

"Prego," disse lei alzando gli occhi al cielo.

"Hai ragione, grazie. Ma come hai fatto?"

"Diciamo solo che ho fatto appello a tutti i favori che mi doveva. E ho utilizzato tutti i miei segreti. E sei stato veramente fortunato che Elijah fosse nell'ufficio di Crane e che quindi non abbia sentito Aiden che urlava cercandolo."

"Grazie," disse Cade. "Non dovevi farlo. Ma te ne sono grato."

"L'ho fatto per entrambi. Aiden però l'ha detta una cosa che mi ha fatto pensare."

"Che cosa?"

"Mi ha chiesto se ne valevi la pena."

Cade si massaggiò il collo e distolse lo sguardo. "Ah, sì?"

"E io gli ho detto di sì."

Cade guardò Lily e cercò la verità nei suoi occhi. "Hai detto così?"

"Beh... sì. C'è qualcosa che continua a spingerci l'uno tra le braccia dell'altro, come degli oggetti in un campo magnetico, o una roba del genere."

"Lily..."

Lo zittì facendo un passo verso di lui. Lily ora era così vicina che Cade riusciva a sentire il suo respiro dolce sulla propria pelle.

"Non vuoi sapere perché? Non vuoi vedere se può funzionare? Sappiamo già che a letto facciamo i fuochi d'artificio... o, beh, nella mia macchina," disse Lily con un sorriso. "Non mi dire che me lo sono immaginato.

Cade la guardò.

*Dio, cosa darei per farla mia. Ma se andasse male...*

"Quanto meno lo sapremmo," disse Lily come se potesse leggergli nel pensiero. "Quanto meno la smetterò di chiedermi e se, e se, e se... sapremo se questa cosa tra di noi..."

Lily allungò la mano e le accarezzò il viso. Non batterono neanche le palpebre quando il pacco di ghiaccio cadde per terra. E nemmeno quando lui la baciò e la guardò mentre chiudeva gli occhi.

Lei accolse la sua lingua nella propria bocca ed emise un gemito sentendo la sua mano che le strizzava la vita.

Cade la sollevò con facilità. Sentì le sue scarpe che cadevano sul pavimento e le sue gambe che si avvolgevano attorno a lui.

"Fammelo vedere, questo letto," gli sussurrò lei tra un bacio e l'altro.

Cade cominciò a camminare verso la camera da letto con lei avvinghiata attorno alla vita. Il suo odore era inebriante, il profumo di bacche che sgorgava dai suoi capelli era diverso da qualunque altro profumo avesse mai sentito in vita sua.

"Aspetta," disse lui.

"Cade, veramente..."

"Qui," disse e si piegò in avanti tenendola sempre avvinghiata a sé. "Prendi le paste."

Lily prese la scatola con una mano mentre con l'altra si teneva aggrappata al suo collo. "Perché?"

"Hai detto che c'è la panna montana, giusto?"

Lei gettò la testa all'indietro e si mise a ridere e Cade entrò in camera da letto. Cade la lanciò sullo spesso materasso poggiato sul pavimento. Lily atterrò rimbalzando e si morse il labbro. La scatola si aprì.

"Questo è un materasso, non un letto," gli disse. Lui si sbottonò i jeans con facilità e se li sfilò.

"È uguale."

"No," disse lei ridacchiando.

Cade si accovacciò in mezzo alle sue gambe, le strinse entrambe le caviglie e cominciò a riempirle i polpacci di baci. La luce del sole si riversava nella stanza attraverso la finestra e, per la prima volta, Cade si rese conto che poteva prendersi tutto il tempo che voleva con lei.

Che poteva godersela.

Che poteva esplorare tutto il suo corpo, centimetro dopo centimetro, senza fretta.

Lily si tirò su sui gomiti e lasciò la testa penzoloni mentre le labbra di Cade risalivano verso il suo interno coscia. Poi il suo viso si posizionò in mezzo alle sue cosce, dove Cade poté vedere che era bagnata.

Le premette le mani sulle cosce e le fece spalancare le gambe. Le tempestò le mutandine di baci e lei fremette. Cade riusciva a sentire il suo profumo, dolce e voglioso, attraverso il tessuto.

Cade le baciò e le stuzzicò la clitoride fino a quando lei non cominciò a premersi contro la sua bocca.

"Non mi stuzzicare," disse infine Lily e Cade spostò le mutandine da un lato.

Era rosa, bagnata e ingrossata. Le passò la lingua sulla clitoride. Lily sussultò e pronunciò il suo nome e si sollevò per avvicinarsi alla sua bocca.

La lingua di Cade si tuffò dentro di lei, lappando gli umori che sgorgavano insistenti.

La penetrò con la lingua fino a quando lei non gli conficcò le unghie nello scalpo e lo tenne stretto a sé.

"Ti voglio," gli sussurrò lei. Era tutto quello che doveva dire.

Cade le sfilò le mutandine, si mise in ginocchio e si sfilò la maglietta. Si chinò sopra di lei e le arrotolò la canotta per denudarle i seni e i capezzoli turgidi.

"Lo sai che sarebbe successo, eh?" le chiese con un sorriso. "Non porti il reggiseno..."

"Ci speravo," disse lei arrossendo, ma la bocca di lui si era già avvinghiata attorno ai suoi capezzoli duri.

Li succhiò e li fece diventare sempre più duri nella propria bocca e sentì anche il suo corpo che si faceva duro mentre lei gemeva e pronunciava il suo nome. Testò la sua apertura con le dita, scioccato nel trovarla così bagnata.

Nel sapere che fosse tanto bagnata per lui.

Spostò le labbra verso il suo collo e le tirò via lo scialle.

"Cos'è questo?" le chiese.

"Io, uhm..." disse lei togliendosi timidamente lo scialle. Cade restò scioccato nel vedere tutti i succhiotti che le riempivano il collo. Sembrava quasi che qualcuno avesse provato a strangolarla.

"Cristo. Ma sono miei? Quando eravamo in macchina..."

"Ma certo che sono tuoi!" disse lei.

"Cavoli, mi spiace."

"Fatti perdonare, allora."

Lui le sorrise e le diede un bacio dolce sul collo. La penetrò con un dito e sentì i suoi muscoli che si contraevano per stringergli il dito.

"Mi farò perdonare," disse a bassa voce baciandole la bocca e giocando con la sua lingua. "Hai portato il dolce... ma che ne dici se sono io a servirtelo?"

Lei gli sorrise e lui si mise in ginocchio e la fece alzare insieme a lui. Lily allungò le mani verso i suoi jeans, ansiosa di sfilarglieli, e inspirò a fondo quando lo vide. Cade abbassò lo sguardo e vide che la pre-eiaculazione gli ricopriva generosamente la punta del pene.

"Voglio assaporarti," disse lei. "Così."

Si sporse in avanti e prese una delle paste. Prese un ciuffo di panna montata e lo cosparse lungo l'asta dura di Cade. Si mise a quattro zampe, si abbassò e si mise la punta ricoperta di panna tra le labbra.

Il calore della sua bocca e lo zucchero appiccicoso gli fecero provare un'ondata di piacere come mai prima d'ora.

"Cazzo, Lily," disse stringendo il suo stretto girovita tra le mani.

Lei continuò a fare su e giù sopra il suo cazzo, con la sua lingua che continuava a dargli piacere, e lui si costrinse a non venire. I suoi capelli tagliati così corti gli donavano una visuale del tutto nuova.

Ora riusciva a vedere quanto le piaceva metterselo in bocca, sentiva i gemiti che vibravano lungo il suo cazzo, e allora non poté aspettare neanche un altro secondo.

"Voglio scoparti," disse.

Lei gli lasciò andare il membro con lentezza. Cade la afferrò, si poggiò sui talloni e se la fece mettere cavalcioni. I seni di Lily erano davanti alla sua bocca, e lui si chinò in avanti per baciarli e succhiarli, e Lily fu attraversata da un fremito.

Lily lo cavalcò con passione, godendo ogni volta che la sua clitoride si strusciava contro il suo corpo quando lui la riempiva fino in fondo. Cade le strinse il culo e le allargò le natiche per poterla penetrare ancora più a fondo. Mentre lei rimbalzava su e giù, lui le sculacciava il culo per sentire i suoi gridolini di piacere.

"Voglio che vieni per me," le ordinò. Sentì i suoi umori colargli lungo la coscia.

"Ci sono quasi," disse. "Dio, sto per venire."

Con un movimento agile, Cade la fece distendere sulla schiena e si abbassò sopra di lei. Lei gli conficcò le unghie nella schiena all'istante.

Proprio come in macchina.

Lei lo strinse a sé con forza mentre lui cominciò a scoparla con un proprio ritmo.

"Cade," gli gridò lei nell'orecchio. "Fammi venire. Ti prego, fammi venire..."

Le sue parole lo spinsero ulteriormente verso l'orgasmo. Lo sentì montare dentro di sé. *Non ancora.*

"Voglio venire con te," gli sussurrò lei nell'orecchio. "Fammi venire quando vieni dentro di me. riempimi..."

Lui le mordicchiò il collo e lei sussultò. Era così bagnata che si poteva sentire il rumore dei loro corpi che sbattevano l'uno contro l'altro. La durezza dei suoi capezzoli premuti contro il petto di lui.

"Me lo fai venire così duro..." le disse tra un bacio e l'altro.

Non si era mai sentito così prima d'ora, non ce l'aveva mai avuto così duro. Era difficilissimo non esplodere dentro di lei.

"Cade," disse Lily. "Lasciati andare. Vuoi venire dentro la sorellina del tuo migliore amico, vero? È una vita che ti desidero..."

Cade sentì un gemito eruttare dal profondo ed esplose dentro di lei.

"Cazzo... Lily," gridò.

Lei gridò venendo a sua volta. Lui sentì i suoi muscoli interiori che si contraevano massaggiandogli l'alta ancora dura, mungendolo fino all'ultima goccia. Una sensazione intensissima, una sensazione che non aveva mai provato prima d'ora.

Il suo respiro rallentò e la baciò con dolcezza. Riusciva a sentire il sapore della panna sulle sue labbra, riusciva a sentire che aveva le guance appiccicose. Lily era rossa in faccia, e aveva i capelli zuppi di sudore.

"Amo sentirti dentro di me," gli disse lei. Lui si ritrasse e sentì lo sperma che colava fuori dal corpo di lei.

Rotolò sulla schiena e gridò schiacciando la mezza dozzina di paste fredde. Lily si mise a ridere e affondò la testa in un cuscino.

"Tu sei pazza," disse.

Per un momento, Cade penso che doveva alzarsi e darsi una pulita. Ma perché?

Lo voleva, voleva ricordarselo. Voleva ricordarsi di Lily, del suo viso, del suo corpo nudo e felice nel proprio letto.

## 17

# CADE

Fecero l'amore altre due volte, fino a quando non furono entrambi zuppi di sudore ed esausti. Cade si addormentò con Lily tra le proprie braccia. Il suo respiro era più confortante e potente di qualunque trucchetto per addormentarsi avesse mai provato in vita sua.

Per la prima volta da mesi, dormì per tutta la notte. Niente incubi, niente sogni, solo le pacifiche tenebre.

Si svegliò il giorno dopo col sole e si sentì sorprendentemente leggero. La faccia ormai aveva quasi smesso di fargli male. Si sentiva come rinfrescato.

Abbassò lo sguardo sentendo del forte calore sul proprio corpo. Lily aveva un aspetto così innocente, pacifico, lì distesa tra le sue braccia. Il poco trucco che si era messa ieri ormai era sparito, e riusciva quasi a intravedere le lentiggini che le attraversano e il naso e le guance. Aveva le mani rannicchiate sotto al mento e le labbra leggermente aperte.

Quanto diversa stata questa volta rispetto a quelle altre due. Quando pensava alla prima volta che ero stati insieme, tre anni fa, sentiva ancora la vergogna che gli bruciava dentro.

Persino allora si era sentito un codardo quando era sgattaiolato via e l'aveva lasciata nel proprio appartamento. Per quattro ore era rimasto seduto in macchina a guardare la porta d'ingresso. Quando poi finalmente si era aperta, si era rannicchiato nel sedile. Lily aveva un aspetto lievemente ferito, ma più che altro era confusa.

*Non fui nemmeno abbastanza uomo per guardarla mentre se ne andava*, si ricordò.

Invece si era concentrato sul proprio cellulare fino a quando lei non era salita sul taxi che poi l'aveva portata via.

E l'ultima volta che erano stati insieme? In quella macchina tanto vecchia e piccola? Era stata una cosa meravigliosa, pura magia – fino a quando lui non aveva mandato tutto a puttane. Era quasi ancora dentro di lei quando tutto era andato in malora.

*E allora che c'è di diverso questa volta? Il fatto almeno uno dei suoi fratelli sappia di noi, anche se non si tratta di EJ? È così che sarebbe?*

Lily mormorò qualcosa nel sonno e lui le accarezzò i capelli.

*Non ripeterò gli stessi sbagli*, promise a lei e a sé stesso. *Non se lei mi fa stare così bene. Diamine, sarei disposto persino a prendermi un divano, per lei.*

"Che guardi?" gli chiese lei, assonnata. Lo guardò strizzando gli occhi.

"Guardo te," le disse lui con un sorriso.

"Mhmm, chissà che disastro..." disse lei accoccolandosi al suo braccio.

"Tutto il contrario. Anzi..." Le prese la mano e se la mise sul cazzo. Ce l'aveva già mezzo duro, ma il suo tocco lo portò completamente sull'attenti.

"Sei insaziabile," disse lei ridendo.

"Solo con te."

Lei sollevò le labbra e lui la baciò, un bacio lento, passionevole. Centimetro dopo centimetro, Lily si sollevò e si mise a cavalcioni sopra di lui. Poi gli strinse il membro tra le mani.

Continuò a guardarlo negli occhi mentre si premeva il suo pene contro la clitoride.

"Chi è l'insaziabile, ora?" le chiese lui.

"Dimmi quello che vuoi," disse lei. "Come potrei saperlo, altrimenti?"

"Voglio penetrarti."

Lily si sollevò leggermente e posizionò il suo cazzo contro la propria entrata.

"Così?" gli chiese. Poi si abbassò di appena un centimetro.

"Ancora," disse lui a denti stretti.

"Così?" gli chiese lei con un sorriso e si abbassò ancora di più.

"Così," disse lui. Con un movimento agile, le mise le mani sulle cosce e la costrinse ad abbassarsi completamente. Lily chiuse gli occhi, ma non cominciò a cavalcarlo. Non ancora.

"Dimmi cos'altro vuoi," gli disse. Riusciva a sentirla mentre si bagnava.

"Voglio che ti tocchi la clitoride mentre mi cavalchi. Lentamente," le disse.

Lei cominciò a fare su e giù come sapeva fare lei, un movimento ritmato che lo mandava fuori di testa. Ma questa volta si mosse più lentamente, in modo più controllato rispetto alla notte precedente. Abbassò lo sguardo e vide la sua asta dura che faceva dentro e fuori.

Si toccò la clitoride con il dito medio. Lui la guardava mentre si stimolava e si avvicinava all'orgasmo, e dovette far ricorso a tutta la propria forza di volontà per non gettarla sulla schiena e possederla fino in fondo.

"Guardami," le disse.

Lily sollevò lo sguardo. Quando i loro occhi si incontrarono, lei cominciò a massaggiarsi la clitoride con più vigore, ma la velocità con cui lo cavalcava restò immutata.

"Palpati le tette," le disse. "Qui ci penso io."

Lily si strinse i seni tra le mani mentre Cade si occupava della sua clitoride. Lily gemette e si pizzicò i capezzoli con le dita. Sentì la clitoride zuppa dei propri umori.

"Ti piace?" gli chiese.

"Cazzo, sì che mi piace," disse lui.

"Verrai di nuovo dentro di me?" gli chiese lei.

"No."

"Perché no?" Lily si fermò, i capezzoli ancora stretti tra le dita, e inclinò la testa.

"Perché voglio che vieni sulla mia faccia." Lei sogghignò e si sollevò.

Strisciò verso di lui e lui la afferrò per i fianchi, la sollevò e la fece girare.

"Dall'altra parte," le disse. La fece abbassare sul proprio viso mentre Lily le stringeva il cazzo nella mano. Cade sentì i suoi umori colargli sul viso, e poi sentì la sua lingua sul cazzo.

Le avvolse le braccia attorno ai fianchi e la strinse a sé. Lily cavalcò la sua bocca, la sua lingua, come se ne avesse un bisogno disperato. Allo stesso tempo, si mise il suo cazzo in bocca.

Cade le leccò la clitoride e la penetrò con un dito.

"Cade," disse lei con un gemito sollevando la testa e masturbandolo con le mani. "Io non..."

"Ci sei quasi," le disse lui leccandole la clitoride. Sentì il suo punto G sotto le proprie dita e allora la penetrò con un secondo dito. "Riesco a sentirlo. Lasciati andare."

"Cazzo, Cade, è meraviglioso," disse lei. Gli scopò la faccia e la mano con un entusiasmo rinnovato. A intermittenza, lui sentiva la sua bocca sul cazzo, ma perlopiù sentiva la sua mano – bagnata dalla sua stessa saliva. Lily gridò il suo nome.

"Vieni, piccola," le disse con la faccia in mezzo alle sue cosce. "Vieni per me. Ora. Vieni qui sulla mia faccia."

"Cade," gridò lei. "Sto per... è così diverso..."

"Vieni per me," le ordinò leccandole la clitoride con colpi leggeri e veloci.

Lily emise un grido diverso da tutte le altre grida che aveva mai emesso in vita sua, e sentì uno spruzzo bagnato che le bagnava le cosce. Il suo corpo cadde preda dei tremori. Quando poi si fermò, Cade la baciò e la leccò fino all'ultima goccia.

"Non so cosa sia successo," disse lei, senza fiato. Si tolse da sopra il suo viso.

"Squirting."

"Cosa?"

"È una cosa positiva," disse Cade con un sorriso. "A me piace un sacco."

Lei sorrise timidamente e si mise a sedere al suo fianco. Allungò la mano verso il rivolo di sperma che gli era finito sullo stomaco. Lo pulì e se lo cosparse attorno ai capezzoli.

"Devo andare a lavorare," disse.

Cade si mise a ridere. "La doccia è tutta tua."

"No," disse lei scuotendo il capo. "Ci vado così. Voglio sentire il tuo odore su di me per tutto il giorno."

Prima che Cade potesse dire anche solo un'altra parola, Lily si alzò e si infilò i jeans.

"Fai sul serio," le disse.

"Io faccio sempre sul serio." La guardò mentre finiva di vestirsi. Lily gli diede un bacio veloce prima di andarsene. "Non ti preoccupare," gli disse con un sorriso. "Ci penserà il grembiule a nascondere il fatto che non indosso il reggiseno."

Dopo che se ne fu andata, Cade restò a letto per un'altra ora, fino a quando non ce la fece più ad aspettare. Un altro giorno di terapia. Eppure, quando si alzò, era sorpreso di non sentire l'angoscia che sentiva sempre prima di andare nell'ufficio del dottore.

*Forse sta funzionando*, pensò saltando in macchina e guidando verso l'ufficio del dottor Hersh.

"Cade... che è successo?" gli chiese il dottor Hersh, incredulo.

*Cazzo. Come fa a saperlo?*

"La tua faccia..."

"Oh! Oh, questo? Niente, è, uhm, è successo al lavoro."

Il dottor Hersh lo scrutò. "Io lavoro con un sacco di pompieri, e non ho mai visto una cosa del genere."

"Va bene," disse Cade con un sospiro. "È successo al lavoro, ma era una cosa personale. È solo... ho avuto da ridire con uno dei miei colleghi."

*Non c'è bisogno che sappia che io e questo collega ci conosciamo da tutta la vita.*

"Cade, oggi mi piacerebbe parlare della tua rabbia e di cosa la scatena. Era già in programma," gli disse il dottor Hersh. "Non ha niente a che fare con il tuo viso, ma penso che male non farà."

Invece di mettersi sulla difensiva, Cade si appoggiò allo schienale della scomoda sedia e pensò.

*Da dove viene?*

"Vorrei precisare che non sono stato io a iniziare, e che non ho partecipato in modo attivo. Ecco perché sembra che abbia avuto la peggio," disse Cade. Il dottor Hersh aprì la bocca, ma Cade sollevò una mano per zittirlo. "Ma questa è solo una scusa, per quanto sia la verità. Quindi, la rabbia... penso che venga da mio padre."

"Tuo padre?" disse il dottor Hersh. "È la prima volta che lo menzioni."

"Lo so. Il mio padre biologico... era un alcolizzato, ed era sempre arrabbiato. Ci picchiava sempre, a me e mia madre. E poi, alla fine, mia madre ne ebbe abbastanza. O almeno così suppongo. Lasciò mio padre e io venni dato in affidamento. Io questo l'ho sentito dire da mio padre, durante una delle sue numerose sfuriate. Quando avevo dodici anni mi venne a cercare fuori dalla caserma dei pompieri. Ero con i miei amici."

"Dev'essere stata dura," gli disse il dottor Hersh.

Cade fece spallucce. "Vedere mia madre che se ne andava? Non mi sorprese, penso. E comunque era un sacco di tempo che non la vedevo. Quindi probabilmente non ebbe su di me lo stesso che effetto che avrebbe avuto su altri ragazzini."

"Forse non soffristi in modo acuto, quindi," disse il dottor Hersh. "Ma è un trauma di proporzioni notevoli. Lo sarebbe stato per qualsiasi bambino. Avevi un buon rapporto con tua madre? Voglio dire, quand'era lei a occuparsi di te."

"Penso di sì," disse Cade. "È difficile da ricordare. Ma lei era l'unica persona che mi proteggeva da lui. Faceva quello che poteva. Lei e il signor Hammond."

"L'ex capitano?" gli chiese il dottor Hersh.

"Sì... era il padre del mio migliore amico. Ecco perché sono diventato un vigile del fuoco."

"E ti proteggeva dal tuo padre biologico?"

"Sì... Quella volta in cui mio padre fece una scenata in pubblico? Venne a cercarmi in caserma, e il signor Hammond lo fermò. Non gli permise di portarmi via."

"E c'era qualcun altro? Qualcun altro che ti aiutò?"

*Lily*, si rese conto. C'era Lily. Gli aveva porto la mano e lo aveva consolato.

"No," disse Cade. "Solo il signor Hammond."

"Capisco. Cade, voglio assegnarti alcuni compiti da svolgere."

Cade gemette. "Su, veramente? Andiamo, non lavoro già abbastanza qui?"

"È diverso," disse il dottor Hersh. "E penso che ti sarà d'aiuto. Voglio che tu rifletta sulla tua rabbia. Ogni volta che cominci ad arrabbiarti, fermarci e pensaci su. Che cosa ha causato quella rabbia? Come ti senti? Ci sono degli incidenti che si ripetono? Delle similarità? Scrivi tutto in un quadernetto. Puoi farlo?"

"Ci posso provare," disse Cade, incerto.

"Bene. E ti posso suggerire delle strategie per gestire i momenti di maggiore stress."

Cade incline la testa. "Tipo?"

"Beh, ogni volta che senti che ti stai arrabbiando, lo so che sembra sciocco, ma fai dieci respiri profondi. Contali, mentalmente o ad alta voce. Datti un po' di tempo per farla sbollire, la rabbia."

"Molto profondo."

Il dottor Hersh sorrise.

"Lo sai perché è un cliché? Perché funziona. Ad ogni modo, se ti trovi in una situazione da cui puoi tirarti fuori, fallo. Fatti una passeggiata, almeno di dieci minuti. Va' fuori, all'aria aperta, fatti accelerare il battito cardiaco e nota le cose che hai intorno a te. Di nuovo: un po' di tempo per far sbollire la rabbia."

"Scrivere in un diario, fare respiri profondi, passeggiate," disse Cade. "Ecco come vuole sistemarmi. Un piano geniale."

## 18

## LILY

"Lo giuro: quei croissant al cioccolato saranno la mia morte. Perché non stabiliamo un prezzo al netto delle tasse?" disse Lily dopo aver finito di aiutare Jean-Michel a contare una montagna di monetine.

Jean-Michel fece spallucce.

"Non possono costare come i croissant normali," disse.

"Sì, beh, non so come facciamo ad attrarre le ultime persone qui a Salem che utilizzano ancora i contanti, ma la matematica non è il mio forte."

"Pensavo fossi una chimica."

"Sì, esatto. Una chimica, non una matematica. E solo su carta, in ogni caso. Nessuno mi ha mai pagato per fare la chimica."

"Io ti pago per la chimica ogni settimana. È quello che dici tu," disse Jean-Michel. "Ti va di lavorare il doppio?" le chiese Jean-Michel.

"Hai veramente bisogno di me?" chiese lei mordendosi il labbro.

Siccome oggi staccava prima, sperava di poter preparare una bella cenetta per Cade.

O meglio ancora: provare finalmente quella lingerie che aveva comprato.

Jean-Michel tirò su col naso.

"Io non ho *bisogno* dell'aiuto di nessuno per cucinare," disse. "Solo pensavo che forse volessi altri soldi dalla chimica."

Lei si mise a ridere. "Beh, se non è urgente, per oggi passo e ti aiuterò domani mattina."

"Cos'è questo, come si dice, passo vispo che hai messo?" le chiese. "Vai a letto con qualcuno."

"Jean-Michel!"

"Dimmi che me sbaglia," la sfidò lui. "Su, forza."

"Va bene," disse lei emettendo un sospiro esasperato. "Hai ragione, okay?"

"Sesso, dunque. Non devi dire altro. Hai un appuntamento per il sesso e io ti sto trattenendo. Va', va'! Goditi la tua giovinezza."

"Grazie," disse lei con sorriso e strizzandogli dolcemente il braccio. "Ma non è un 'appuntamento per il sesso'. È un appuntamento e basta."

"Un appuntamento?" le chiese Jean-Michel. "Allora è diverso. Quando c'è di mezzo il cuore."

"Perché?"

"Ti lascerò andare a una condizione," le disse Jean-Michel.

Lei gemette. "Non avrei mai dovuto insegnarti quest'espressione.

Lui sogghignò. "Tu dici a me con chi."

"Uhm... è un segreto," disse.

"Ooh! Una storia segreta? Ora me lo devi dire. Ma questo non ti scusa dal lavoro. Ma forse ti lascio andare se approvo chi questo uomo è." Jean-Michel sollevò una frusta. "Sposato?"

"Cosa? No!" disse lei. "È Cade, va bene? Il migliore amico di mio fratello."

"Quel pompiere sexy? Quello nuovo? Lo sapevo! Fuori di qui," disse sculacciandola con la frusta. "Fuori di qui, va' preparati per il tuo appuntamento."

"Va bene, va bene!" disse lei. "Ma non ne devi parlare con nessuno."

"Ho le labbra cucite," disse e mimò in modo esagerato il gesto di chiuderle con la zip. "Ma cosa indosserai?"

"Per l'appuntamento? Io... non lo so ancora."

"Bah! Tu non mi meriti," le disse lui. "Dimmi questo, quale *parfum* ti metti?"

"Vuoi dire profumo?"

"No, voglio dire *parfum*. Se mi dici che metti un profumo scadente, te lo giuro, non lavori più qui."

"Non lo metto proprio," disse lei sottovoce, sebbene sapesse che fosse la risposta sbagliata.

Jean-Michel sospirò. "Che cosa farò con te? Purtroppo non ho nessuno Chanel Numero Cinque – usato tutto – ma è quasi altrettanto buono."

Infilò la mano nello sportello sotto la vetrinetta e tirò fuori la vaniglia importata dalla Francia. Il suo ingrediente segreto per la crema Chantilly.

"Veramente?" chiese lei, stupita.

Quando Jean-Michel gliela porse come se fosse un vasetto di zafferano, lei la prese delicatamente tra le mani.

"Un goccio qui, e basta," disse e la toccò dietro le orecchie. "E qui," disse toccandole l'interno del gomito. "Tutto quello che serve."

"Grazie," disse lei. Lily sapeva quanto quell'estratto significasse per lui.

"E questo, tu non lo dici a nessuno," disse Jean-Michel. "Lo so che quel *peau de zob* di Pebble & Stone si aggira qui intorno. Sempre a cercare mie ricette.

Lily si mise a ridere. "Lo proteggerò a costo della mia vita."

Lily corse verso la propria Mercedes, la fialetta marroncina stretta in mano. Quando si lasciò cadere sul divano, uno sbuffo di farina si sollevò verso l'alta.

Dio, mi serve veramente un bagno.

Accese la macchina e inviò un messaggio a Cade. *A che ora stacchi.*

*Due ore. Perché?*

*Vieni appena stacchi? Niente di cui preoccuparsi, ma è tipo un'emergenza.*

*Cos'è successo? Posso venire subito.*

No!, gli scrisse. "È importante, ma non così importante."

Okay, arrivo appena posso.

Lily corse in casa e prestò particolare attenzione alla camera da letto. Il piumone morbido e bianco e la coperta rosa ricamata a fiori non erano esattamente "sexy", ma era tutto quello che aveva.

Avvolse una sciarpa rossa attorno alla lampada per creare la giusta atmosfera.

Lily mise la stazione di Ed Sheeran su Spotify, collegò il cellulare allo speaker e riempì la vasca con acqua calda e bolle di sapone. Accese le candele in camera da letto e in bagno e si infilò nel bagno caldo lasciando che le bolle si muovessero sulla sua pelle.

*Hai un'ora*, si disse.

Prese il rasoio nuovo e cominciò a depilarsi meticolosamente ogni singolo centimetro al di sotto della vita. Renee insisteva per una depilazione totale, ma Lily non ci riusciva.

"Non fa male?" le aveva chiesto, ma Renee si era limitata ad alzare gli occhi al cielo.

"Ne vale la pena," le disse.

"Ma poi non devi aspettare che i peli raggiungano di nuovo una certa lunghezza prima di poterlo fare di nuovo? Mi sembra come perdere una battaglia."

"Non capisci proprio, eh?" disse Renee.

Forse no, non lo capiva. Ma Lily doveva ammettere che quando era perfettamente liscia, si sentiva più sexy. Più leggera, più pulita. E non vedeva l'ora di sorprendere Cade.

Svuotò la vasca e si avvolse un asciugamano attorno al corpo. Nello specchio, vide il proprio viso arrossato. Si applicò due strati di lozione su tutto il corpo. Il risultato era una pelle ricoperta di rugiada che implorava di venire toccata.

*Perché non mi coccolo più spesso?*, si chiese passandosi le mani sulle gambe lisce. *Aspetta, perché non c'era mai nessuno ad apprezzarlo a parte me. Fino ad ora.*

Lily tirò fuori tutta la lingerie che aveva – tutto ancora con l'etichetta. Era stata troppo imbarazza di recarsi di persona in un negozio, e l'ordine che aveva fatto online era arrivato soltanto ieri.

Un corsetto color lavanda, un reggiseno nero e un paio di calze senza inguine e un babydoll virgineo e bianco con l'orlo peloso. Non aveva idea di cosa sarebbe piaciuto a Cade.

Prima provò la combinazione nera, ma poi si guardò nello specchio e per poco non si mise a ridere. Aveva un aspetto da dominatrice, e sebbene fosse sicura che quello fosse un look adatto a Renee, di certo non si addiceva a lei. Eppure, vedersi così – scura e sexy – cominciò a farla eccitare.

Chi lo sa? Forse è esattamente questo che piace a Cade.

Poi si infilò il babydoll semitrasparente, ma stava male sia con le scarpe che senza.

*Penso che il suggerimento del negozio online fosse corretto. Avrei dovuto comprare le scarpe abbinate.*

Ma Lily sospettava che anche se lo avesse fatto, quello era un look troppo da pornostar anni Settanta.

Il corsetto color lavanda e il tanga abbinato erano, con sua enorme sorpresa, perfetti per il suo corpo. Le strizzava la vita sottile e la metteva a suo agio. I seni le strabordavano dal bordo superiore e imploravano quasi di venire liberati. I suoi fianchi venivano messi in risalto, e un pizzico di mutandine era visibile sotto l'orlo di pizzo del corsetto.

"Questo qui," disse infilandosi le scarpe argentate che aveva indossato durante il Capodanno di diversi anni fa.

Non si truccò, fatta eccezione per una passata di burro di cacao alla vaniglia e un velo di mascara. Cade sarebbe arrivato dopo quindici minuti. Con cautela, stappò la boccetta di estratto di vaniglia. Riuscì subito a sentire il sapore di crema Chantilly nella propria bocca. Si ricordò di quando l'aveva mangiata dall'asta dura di Cade, della dolcezza e del suo sapore di uomo che si erano mischiati. Si bagnò.

Seguì le istruzioni di Jean-Michel e si mise un goccio di vaniglia dietro l'orecchio e nella parte interiore dei gomiti. Tuttavia, le venne in mente un'idea deliziosamente perversa. Si bagnò l'anulare con l'estratto e se lo passò sulla clitoride. Sentì un brivido che le attraversava il corpo. Si pulì una goccia che le stava colando lungo la coscia.

Sentì bussare alla porta proprio mentre finiva di versare il secondo bicchiere di vino. Deglutì, improvvisamente nervosa, e si avvolse nella sua vestaglia di seta color lavanda.

"Quel è l'emergenza?" le chiese Cade quando lei aprì la porta.

Senza dire una parola, si slacciò la cinta della vestaglia e la lasciò cadere a terra.

Cade non esitò. La sollevò e chiuse la porta con un calcio. Le loro labbra si trovarono all'istante. Lily riusciva a sentire l'odore di sudore dopo una giornata di lavoro. Un odore mascolino che la fece bagnare tutta.

Si mise a ridere.

"Mettimi giù," disse mentre lui la portava in camera da letto.

"Scordatelo," disse lui. "Uh, come sei dolce."

"È un ingrediente segreto," disse.

"Ah, se lo è." La gettò sul letto e cominciò a sbottonarsi i jeans, ma lei lo fermò.

"Aspetta," gli disse. "Ho una sorpresa per te.

"Che sorpresa?"
Lei fece spallucce. "Devi scoprirlo da te."
Lui rise, la afferrò per le caviglie e la fece girare sulla schiena. "Ricevo qualche premio se ti tiro fuori da quest'affare?"
"Forse," disse lei. "Una signora certe cose non le dice."
Cade allungò una mano e sganciò il primo di due dozzine di bottoni che chiudevano il corsetto.
"Non lo so," disse lui. "Mi piaci così."
"Bene," disse Lily. "Perché tanto non è lì che si trova la sorpresa."
"No?" le chiese lui. Le accarezzò il collo e vide che i succhiotti stavano già svanendo.
Le mise una mano sui seni avvolti dal corsetto, e sentì i capezzoli che si inturgidivano sotto la stoffa.
"Fuochino," Lily rotolò distendendosi su un fianco.
Cade le posò la mano sulla vita, sul fianco. Le diede una sculacciata sulla pelle nuda. "Fuocherello," disse Lily sorridendo.
Cade le afferrò la parte posteriore del tanga e se lo avvolse attorno al pugno chiuso Lily gemette sentendo la stoffa che le si strusciava contro la clitoride.
"Fuoco," disse lei. Cade la spinse per farla distendere sulla schiena, le infilò i pollici nelle mutandine e le tirò giù. "Sorpresa," disse lei.
Cade sgranò gli occhi. "Tu... l'hai fatto per me?" le chiese.
"Pensavo avessi fame," disse lei ridendo. "Onestamente, all'inizio la mia intenzione era di prepararti una cena speciale. Ma poi ho pensato..."
"Perché non passare direttamente al dolce?" le chiese lui sogghignando.
"Assaggiami," disse lei.
Lily non ce la faceva più ad aspettare. Si mise una mano in mezzo alle gambe e si allargò le grandi labbra per offrirgli la clitoride ingrossata. Aveva i capezzoli che le spuntavano da fuori il corsetto.
Cade si mise in ginocchio, la strinse per i fianchi e se la portò alle labbra. Lily gli poggiò le gambe sulle spalle.
"Dio, hai un sapore incredibile," disse. "È... ammaliante."
Lily chiuse gli occhi sentendo la sua lingua calda che le leccava la clitoride. Esplorò ogni centimetro, ogni anfratto.
"Sei bravissimo," gli sussurrò lei.

Le diede un bacio leggero sulla clitoride e sollevò la testa. "Ho un'unica domanda, però."

Lily aprì gli occhi e lo guardò.

"Non si parla," disse lei. "Lecca e basta."

"Come sei vorace," disse lui accarezzandole al clitoride con il pollice. "Finirò di leccarti solo se mi dirai una cosa."

"Cosa?"

"Cos'è questo profumo? È tipo... cavoli, non l'ho mai sentito, un profumo del genere."

"È l'unica cosa che non posso dirti," gli rivelò con un sorriso. "Ma a me piace chiamarla *eau de pannà montatà*."

La lingua di Cade tornò su di lei e lei gli affondò le unghie tra i capelli per tenerlo stretto a sé.

## 19

# CADE

C'erano alcuni odori che non avrebbe mai dimenticato. Odori che aveva come impressi a fuoco nella mente. L'odore del primo incendio boschivo, quando l'adrenalina muoveva il suo corpo senza un pensiero.

La prima volta che aveva bevuto una birra, offertagli dal signor Hammond con un occhiolino. E il profumo di Lily, ora mischiatosi a una specie di dolcezza che gli ricordava la prima volta che era entrato nella sua panetteria.

Lei gli strizzò le cosce attorno alla testa e gridò il suo nome. Più la assaporava, più la desiderava. Passò la lingua sulle labbra bagnate, spostandosi poi sulla carne morbida delle sue cosce.

Voleva marchiarla, reclamarla come sua. Cominciò a farle dei succhiotti sulle gambe, uguali a quelli che aveva sul collo e che ormai stavano svanendo.

"Vieni qui," disse lei e lo afferrò per le spalle per farlo muovere verso di lei.

Cade si tirò giù i jeans e si spostò verso di lei. Lily aveva già il viso arrossato, gli occhi resi selvaggi dal desiderio. Le passò una mano sul petto e la guardò ruotare la testa all'indietro.

"Girati," le disse. Lei si morse il labbro e si mise a quattro zampe.

Lily si aggrappò al materasso. Lui si piegò sopra di lei, le strinse le cosce e, con un semplice movimento, le fece spalancare le gambe. Lily si abbassò sugli avambracci e affondò la testa nelle lenzuola – preparandosi a essere penetrata.

Cade le strizzò il culo rotondo e perfetto e le diede una leggera sculacciata, facendole emettere un urletto che venne attutito dalle lenzuola. Riuscì a vedere l'impronta rossa della prima mano sulla sua pelle cremosa. Ce l'aveva duro, la punta ricoperta di pre-eiaculazione, ma c'era qualcosa in lei che lo spingeva sempre a dilungarsi, ad andarci piano.

Usò due dita per allargarle le grandi labbra e vide il centro bagnato del suo corpo. Lily spinse il culo leggermente all'indietro, ansiosa di sentirlo dentro di sé. Cade la penetrò con il pollice, e con l'indice le toccò la clitoride.

Lily gemette, voleva di più. Si spinse all'indietro, ma lui non gliel'avrebbe data vinta con tanta facilità.

"Sta' ferma," le disse. La frustrazione di Lily era palpabile, ma obbedì.

Cade tirò via la mano e le rimpiazzò con la punta del pene. Lily si contorse e fremette, ma fece come lui gli aveva ordinato. Cade voleva guardarsi mentre la penetrava lentamente, con un movimento continuo.

"Puoi stimolarti la clitoride," le disse, e Lily mosse subito la mano per toccarsi.

Cominciò ad avvicinarsi all'orgasmo, scuotendosi e vibrando lungo il suo cazzo. Lui le strinse i fianchi e la porto verso di sé. La penetrò lentamente, centimetro dopo centimetro, fino a quando lei pensò di non poterlo prendere tutto. Ma era una sensazione così meravigliosa che Cade avrebbe voluto protrarla per sempre.

Una volta che fu completamente dentro di lei, lei cominciò a masturbarsi con furia. Cade capiva quanto vicino fosse ormai all'orgasmo.

"Basta così," le disse. Lily obbedì e lui cominciò a scoparla con movimenti agili e controllati.

Vedere la sua asta che spariva dentro di lei, ancora e ancora, glielo fece diventare duro come non mai.

Cade mosse le mani e le strizzò i seni che, con i capezzoli turgidi, rimbalzavano al ritmo che era lui stesso a impostare. Le strizzò i capezzoli, e i gemiti di Lily si fecero a mano a mano sempre più forti.

"Vieni qui," le mormorò vicino al collo. La sollevò.

Lei lo cavalcò come una vera cavallerizza, la schiena rivolta verso di lui. Cade riusciva a vedere il loro riflesso nel vetro della finestra davanti a Lily. Lily aveva le cosce spalancate, e i suoi seni ondeggiavano mentre lui la scopava con la sua asta. Gli poggiò la testa sulla spalla.

Con una mano prese a stimolarle la clitoride con movimenti circolari; l'altra, invece, dedicò le proprie attenzioni ai suoi seni.

"Come fai a bagnarti sempre così tanto?" le sussurrò nell'orecchio. Le mordicchiò il lobo e lei cacciò un grido.

"Sei tu che mi fai bagnare," gli disse lei. Cade sentì il proprio pene eretto scivolare sul suo punto G, e i suoi umori che gli colavano lungo le cosce.

"Ti piace?" le chiese. Le morse il collo e lei spostò la testa di lato per offrirsi ai suoi denti.

"Lo adoro," disse lei, senza fiato.

"Ce l'hai così stretta, cazzo. Ne vuoi ancora?"

"Ne voglio ancora," disse lei.

"Piegati in avanti."

La vide sorridere mentre si riposizionava di nuovo a quattro zampe. Lentamente, uscì da lei e Lily emise un gemito di frustrazione.

"Sii paziente," le disse lui. Si sporse e afferrò la bottiglietta di lubrificante sul tavolino.

"Che stai facendo?" gli chiese Lily senza muoversi da quella posizione.

"Voglio solo usare qualcosa che fino ad ora ho usato solo per masturbarmi pensando a te. Ogni notte." Era la verità, e non provò nessuna vergogna mentre si versava una generosa dose di lubrificante nel palmo della mano.

"Pensi veramente che ne abbia bisogno?" gli chiese lei con fare giocoso.

"Fidati di me. Ti serve." Usò l'indice per tracciarle l'orlo dell'ano. Lily si irrigidì all'istante. "Va tutto bene," le disse lui dolcemente. "Dimmi se è troppo."

Lily aveva il respiro pesante. L'altra mano di Cade le toccò la clitoride con una pressione lenta e salda che sapeva serviva a farla venire alla svelta. La sentì bagnarsi sempre di più.

"Cade," sussurrò lei, e lui le infilò la punta del dito nel culo e prese a stimolarle la clitoride con gesti sempre più veloci. Lily urlò, un grido di piacere, e si spinse contro la sua mano.

"Ancora?" le chiese lui.

"Sì," disse lei, il respiro ansimante. "Ancora."

Cade infilò il dito leggermente più a fondo. Il cazzo gli pulsò, eccitato. Questo genere di fiducia, questo genere di vulnerabilità, lo spingeva non solo a desiderare di averla, di scoparla – gli faceva desiderare di proteggerla.

"È così stretto," le disse di nuovo, stupefatto. "È la prima volta?"

Per un secondo lei esitò. "Sì," disse infine.

Le credeva. Era chiaro che non l'avesse mai fatto prima d'ora.

*E allora perché quell'esitazione?*

"Come vuoi che ti faccia venire?" le chiese. Allentò la pressione sulla sua clitoride e cominciò a toccargliela con fare leggere. Lily gemette frustrata.

"Con il tuo cazzo."

"Più forte."

"Voglio venire sul tuo cazzo," ripeté lei.

"Più forte," ripeté lui con un sorriso. "Dì il mio nome."

Le stimolò la clitoride con più forza, con movimenti più veloci.

"Voglio venire sul tuo cazzo, Cade," gridò allora lei.

"Brava ragazza." Lentamente, tirò fuori il dito che le aveva infilato nel culo.

Non appena si sentì vuota, Lily si girò e lo costrinse a distendersi. Si arrampicò su di lui e lo cavalcò piantando i piedi sul materasso. Le ginocchia puntate verso il soffitto, strinse la base del suo pene.

Si poggiò l'asta dura contro la clitoride e cominciò a fare su e giù, lentamente. Lo usò come fosse un giocattolo erotico – e l'unica cosa a cui riusciva a pensare lui era che voleva penetrarla.

"Non mi stuzzicare," le disse. "Mettitelo dentro."

"Io faccio quello che mi pare," disse lei sorridendo.

"E che cosa vuoi?"

"Voglio che vieni dentro di me."

Lui le strinse i fianchi, la costrinse ad abbassarsi su di lui, ma lei gli spinse via le mani.

"Non comandi sempre tu," gli disse. Gli mise le mani sul petto e si abbassò di lui con una lentezza estrema, come per torturarlo.

"Cazzo," sussurrò lui.

Lei sorrise. Cominciò a fare su e giù, a rimbalzare su di lui, e lui le strinse le tette perfette, i capezzoli duri e rosei, e le lasciò il comando.

Ogni volta che cercava di toccare qualcosa oltre ai suoi seni, lei glielo impediva. Lily cominciò ad ansimare. Gli umori bagnati fluirono dal suo corpo.

"Ci sono quasi," disse.
"Verrai sul mio cazzo?"
"Sì," disse.
"Fallo," le disse. "Vieni su di me."

Cade sollevò la testa e le succhiò un capezzolo. Lily cominciò a gemere, a sussurrare il suo nome, ancora e ancora. A ogni gemito, Cade sentiva il proprio membro farsi ancora più duro. Si sentiva ormai a un passo dal precipizio.

"Ora," disse lei. "Oh, Cade, mi stai facendo venire."

I suoi muscoli si irrigidirono e Cade non riuscì più a resistere. Lasciò sgorgare il proprio seme dentro di lei mentre le cosce le tremavano in modo incontrollabile. Le lasciò andare il capezzolo.

"Sei incredibile," disse Cade. Era una delle cose più sincere che le avesse mai detto.

Lily si sollevò. Cade guardò il proprio membro, bagnato dai fluidi di entrambi. "Vuoi che pulisca?" gli chiese.

Lui inspirò, ma lei aveva già cominciato ad abbassare la testa prima che lui potesse rispondere. Sentire la sua bocca, soffice e gentile, sulla punta, gli donò un piacere quasi insopportabile. Sentì che gli veniva di nuovo duro, mentre la sensibilità si affievoliva.

"Hai sentito il tuo sapore?" le chiese. Lili gli passò la lingua sull'asta del pene.

"Sì," disse guardandolo con un sorriso.

"E com'era?"

"Dolce," rispose lei. "E così anche il tuo sperma."

La guardò mentre lo leccava e lo baciava.

*Non so se sarò mai in grado di rinunciare a tutto questo.*

"Ce l'hai di nuovo duro," disse lei quando aveva finito. Era colpito.

"È colpa tua."

"Quindi... dal momento che ce l'hai duro, stavo pensando..."

"A cosa?"

Lily si morse il labbro. "Non voglio che tu pensi che io sia una specie di ninfomane..."

Cade ridacchiò. "Penso che ormai l'abbiamo superato, quel punto. Dimmi cosa vuoi."

"Tipo, quello che mi hai fatto col dito... e con quello..." disse indicando il lubrificante.

"Ti è piaciuto?" le chiese, e lei subito arrossì.

"Voglio dire, non lo so se potrebbe piacermi. Ma forse, sai, potresti prendermi da dietro..."

Il suo pene si alzò sull'attenti. Non aveva mai considerato la possibilità di scoparla nel culo, di essere il primo in quel territorio proibito.

"Ne... ne sei sicura?" le chiese.

"No," disse lei ridendo. "Ma sono seria, ci voglio provare."

Cade si tirò su e Lily si mise immediatamente a quattro zampe. Le allargò le natiche con le mani e la guardò.

Le diede un bacio sul sedere e le mise la lingua sul culo. La sentì fremere e tremare mentre la leccava. Quando si scostò per prendere il lubrificante, lei si spinse con insistenza verso di lui. Cade si mise a ridere.

"Non ti basta mai, eh?"

"Tu non mi basti mai."

## 20

# LILY

Sentì il lubrificante freddo che Cade le cosparse intorno all'ano. Si morse il labbro con forza, nervosa ma eccitata. Quando l'aveva penetrata con un dito, aveva provato una sensazione di pienezza che non aveva mai saputo di bramare.

Lily avrebbe voluto chiedergli di riempirla completamente, o con il cazzo o con la mano, ma era stata sopraffatta dalla timidezza.

Il dito di Cade trovò di nuovo la sua clitoride e Lily si sentì che si bagnava.

"Sei pronta?" le chiese lui.

"Pronta," disse – sebbene non ne fosse sicura.

Sentì la punta del suo pene contro il culo e chiuse gli occhi con forza. Lui le stimolò la clitoride, proprio come piaceva a lei. Con un po' di forza, disegnando dei cerchi. Senti che si apriva per lui, e poi provò una sensazione di pienezza quasi insopportabile. Sussultò.

"Va tutto bene?" le chiese lui.

"Sì," rispose lui. "Continua... continua."

Centimetro dopo centimetro, Cade la penetrò lì dove lei non si sarebbe mai immaginata di poter bramare il suo tocco. Provò piacere e un pizzico di dolore, ma fu proprio quel lievissimo dolore che portò il piacere a un livello superiore.

Cade le diede un bacio sulla spalla. "Sei una meraviglia," le disse. "Sto per uscire, okay?"

"No," disse lei scuotendo il capo.

"No?"

"Scopami," disse lei. "Scopami così."

Solo quando pronunciò quelle parole si rese conto di desiderarlo veramente.

"Lentamente," aggiunse quindi.

Cade continuò a baciarle la spalla, la schiena, e poi si ritrasse. Lily si sentì vuota. Voleva essere riempita.

"Scopami," disse di nuovo, con un tono più esigente, questa volta. Sentì di nuovo il lubrificante freddo e bagnato, e poi Cade che tornava a riempirla.

Lily si portò una mano al seno e si tirò i capezzoli mentre Cade continuava a giocare con fare esperto con la sua clitoride. Dopo solo quattro movimenti dentro e fuori, era già vicina all'orgasmo. Era un orgasmo diverso da quelli che aveva imparato a conoscere. Un orgasmo ancora più intenso.

"Io... sto per venire," disse.

"Veramente?" Sentì la sua asta dura che pulsava dentro di lei. Quel piccolo movimento le fece stringere gli occhi con ancora più forza.

Rispose con l'orgasmo più intenso di tutta la sua vita.

"Cade," disse digrignando i denti.

Le ondate di piacere investirono il suo corpo mentre umori caldi e bagnati le colavano lungo le cosce. Lily riusciva a sentire il proprio battito cardiaco che rimbombava dentro di lei.

Quando lui si ritrasse, Lily cadde sul materasso, zuppa di sudore e soddisfatta. Ma non appena si girò verso Cade, notò quanto fosse duro il suo pene.

"Non sei venuto," gli disse.

Lui sogghignò. "Pensavo che quello che abbiamo appena fatto fosse abbastanza perverso..."

"Ma voglio farti venire di nuovo," gli disse allungando la mano verso il suo cazzo.

Lui scosse il capo e si mise a ridere. "Veramente, non ti basta mai."

"Su," gli disse lei. "Dimmi quello che vuoi fare. Qualcosa che hai sempre voluto fare e che non hai mai avuto occasione di poter fare."

"Lily, io non..."

"Dev'esserci qualcosa."

"D'accordo." Cade afferrò un asciugamano. "Nessun giudizio?"

"Nessun giudizio," disse lei, di colpo estremamente interessata.

"E, tanto per la cronaca, non è qualcosa che ho sempre voluto fare. Non è così. Ma... dal momento che me l'hai chiesto..."

"Qualunque cosa," gli disse lei.

"Vado a farmi la doccia. E quando torno, faremo finta di essere tornati indietro di cinque anni."

"Cosa?"

"Sì, cinque anni fa. Sei nella tua stanza, quella con la carta da parati rosa e la scrivania bianca nell'angolo."

"Okay...?"

"E i tuoi fratelli sono nella stanza di fianco. Io dormo da voi per stasera, ma loro si sono già addormentati."

Lily sogghignò. "Capito. Ci vediamo cinque anni fa."

Ascoltò lo scroscio costante della doccia nella stanza di fianco. Dal fondo dell'armadio tirò fuori un borsone da palestra con tutti i suoi vestiti vecchi.

*Lo sapevo che mi sarebbero serviti, prima o poi.* Tirò fuori la sua uniforme da cheerleader, quella usata durante l'ultimo anno di superiori. Il materiale ruvido le portò subito alla mente un sacco di ricordi. Addosso aveva ancora il profumo che era solita mettersi all'epoca.

Non appena l'acqua smise di scorrere, si posizionò davanti alla toletta nell'angolo della stanza e fece finta di star scrivendo sul proprio diario.

"Ciao, Cade," disse non appena si aprì la porta del bagno. Cade aveva un asciugamano stretto attorno alla vita. "Che ci fai qui?"

Lily notò il suo stupore
nel vedere la sua uniforme da cheerleader.

"Io, uhm, non riusciva a dormire."

"Oh. Vuoi fare qualcosa?"

"A dire il vero, sì, pensavo che tu potessi aiutarmi."

"Certo. Come?" Lui le andò incontro e lei si girò sulla sedia per rivolgersi verso di lui.

"Non riesco a dormire perché continuo a pensare a te," le disse. Riusciva a scorgere il suo membro eretto sotto l'asciugamano, a pochissimi centimetri dalla sua bocca.

"A me?"

"Sì... a te... in questa uniforme da cheerleader. Sai, mi sono sempre chiesto: che cosa porti sotto?"

"Io... io non dovrei dirtelo."

"Oh?"

"Voglio dire... tecnicamente c'è questo intimo fatto apposta che dovremmo indossare... ma io non lo porto."

"E allora cosa indossi?"

"Vuoi che te lo faccia vedere?"

"Sì, fammelo vedere."

Lei gli sorrise e spalancò le gambe. Il gonnellino si sollevò rivelando la sua pelle liscia e perfetta. "Ora però fammi vedere il tuo."

Cade lasciò cadere l'asciugamano sul pavimento. Il suo cazzo balzò verso l'alto. Le ci volle una sana dose di autocontrollo per non metterselo subito in bocca.

"Wow! Non ho... non ne ho mai visto uno, prima d'ora," gli disse. "Posso toccarlo?"

"Non saprei... hai appena compiuto diciott'anni, giusto?"

"Lo scorso autunno."

"Allora penso di sì."

Lei gli strinse la base del cazzo e sentì i propri umori bagnare la sedia. "I miei fratelli mi ucciderebbero, se lo venissero a sapere," gli disse.

"Allora faremmo meglio a fare piano. Ti va di assaporarlo?"

"Così?" Gli leccò la punta e lo sentì inspirare con forza.

"Sì. Bravissima. Sei sicuro di non averlo mai fatto prima d'ora?"

Lei scosse il capo. "Ma ci ho sempre pensato. Con te..."

Lui si chinò in avanti, la sollevò e la fece sedere sulla toletta.

"Ehi, i miei compiti..."

"Fanculo i tuoi compiti." La penetrò con facilità e lei lo avvolse immediatamente con le gambe.

"Cade," cominciò a gemere.

"Zitta, o ci sentiranno," le disse.

Lei si tappò la bocca e si concentrò sulle ondate di piacere che la investivano. Il materiale ruvido dell'uniforme le graffiava la pelle.

Cade le spinse le gambe verso l'alto fino a farle poggiare i piedi sul bordo del tavolino. Poi si sporse all'indietro.

"Voglio che guardi," le disse.

Abbassarono entrambi lo sguardo e guardarono il suo cazzo che scivolava dentro di lei. Cade le poggiò il pollice sulla clitoride, cominciò a stimolarla e lei gemette. "Devi fare piano," le ricordò.

"Cade, andiamo..."

"Non vuoi che ti mettano in castigo, vero?"

"No," disse lei sogghignando.

Cade si fermò di colpo. "Hai sentito qualcosa?"
Lily abbassò la voce. "Ma sei serio?"
"Penso che qualcuno si sia svegliato. Fa' piano, vieni qui."
La sollevò e lei si morse il labbro per non mettersi a ridere. La portò verso il letto, la depose con gentilezza e si distese di fianco a lei. La abbracciò da dietro e coprì entrambi con la coperta.
"Sta' ferma," le disse. "E non fare il minimo rumore."
Le baciò il collo e spostò la mano verso i suoi seni.
Lily chiuse gli occhi e sentì il profumo del detersivo che usava la lavanderia a secco quando lei andava alle superiori. Non riusciva quasi a crederci. Si sentiva di nuovo una studentessa, e le sembrava come che Cade fosse nella stanza di fianco ad ammazzare il tempo assieme ai suoi fratelli.
Le mise la mano sulla coscia. Lentamente, le sollevò il gonnellino dell'uniforme. Sentì la sua asta calda e dura che la premeva da dietro. Sollevò il ginocchio superiore verso il soffitto e due delle dita di Cade la penetrarono con facilità.
"L'ho sempre desiderato," le sussurrò nell'orecchio. "Ti ho sempre voluta."
Lei aprì la bocca per rispondere, ma poi lui la penetrò con il suo cazzo e allora lei emise un gemito. Cominciò a scoparla da dietro.
Cade le aveva messo una mano sulla clitoride, l'altra sui seni, e in qualche modo Lily si sentì diciottenne e ventenne allo stesso tempo.
"Dimmi che l'hai sempre desiderato," le disse.
"È così. Anche ora," gemette lei.
"Lo vedo come mi guardi."
"Cosa?"
"Mi hai sempre voluto. Tanto quanto io voglio te."
"Sì," disse. "Dio, sto per venire."
"Non ancora," le disse lui. "Non ancora."
Lily chiuse gli occhi e lasciò che la sua voce e l'uniforme che le graffiava il corpo la riportassero indietro nel tempo, alla prima volta in cui si era masturbata.
Aveva diciott'anni, e dentro di sé sentiva una pressione insopportabile che la costrinse a farle trovare una valvola di sfogo.
Lily aveva preso lo spazzolino elettrico che le era stato regalato a Natale e se lo era premuto contro la clitoride. La scossa istantanea di piacere fu devastante, da farle perdere la testa – il

tutto mentre l'unica cosa che riusciva a immaginare era il viso di Cade.

"La prima volta che mi sono masturbata, l'ho fatto pensando a te," disse.

Cade rallentò. "Sei seria? O fa parte del gioco?"

"Entrambe le cose."

"Raccontamelo." Cominciò a scoparla più velocemente.

"Era in primavera, come ora," disse lei sottovoce. Lui le pizzicò un capezzolo e lei gemette. "Tu eri una nuova recluta, eri passato a casa con indosso l'uniforme. Una cosa super sexy. Io... io presi il nuovo spazzolino, di quelli che vibrano."

"Sì..."

"E... mi chiusi in camera. Non sapevo cosa stavo facendo, ma... me lo sono messa lì. Lì, sì," sussultò sentendo che lui le toccava la clitoride con un nuovo ritmo. "E... e pensai a te..."

"Continua."

"Quando poi fui vicina all'orgasmo, me lo infilai dentro."

"Ah, sì? Ti sei scopata pensando a me?"

"Sì," disse lei. "Cazzo, Cade, sto per venire."

"Quasi. Dimmi come sei venuta."

Lily gemette. Stava cominciando ad essere difficile respirare sotto le coperte. "All'inizio avevo paura. Io, sai, non avevo mai... messo niente lì, dentro di me. Ma fu così bello..."

"Dimmi come fu quell'orgasmo."

"Intenso. Io... tutto era così bagnato."

"Proprio come ora," le disse lui. "Dimmi di più."

"Quando venni, dissi il tuo nome." Non lo aveva mai pienamente ammesso a sé stessa, ma se lo ricordava bene. La sorpresa, il senso di sollievo dopo un crescendo durato anni. E poi la delusione dell'irrealtà di tutta la situazione.

"Fu bello?"

"Fu fantastico." Cade cominciò a scoparla con più vigore e lei si sentì arrivare al limite. "All'epoca non lo sapevo, ma... io volevo che tu venissi dentro di me. Era l'unica cosa che desideravo."

Cade gemette e lei sentì il fiotto di sperma dentro di sé.

"Cade," gridò e allungò una mano per tenerlo stretto a sé. L'orgasmo di Cade scatenò il suo.

"Proprio così," disse.

Cade le baciò il collo e si distese sulla schiena. Lily riusciva a sentire l'odore del loro sudore, del sesso, e il profumo del suo ultimo anno di superiori, tutto mischiato in un'unica fragranza.

"Ehi," disse Cade. Lily si girò verso di lui, e lui sogghignò. "Pensi che qualcuno ci abbia sentiti?"

Lei si mise a ridere e gli diede uno schiaffo sul braccio. Cade allungò la mano e se la strinse al petto.

"Potrei farlo tutto il giorno," disse.

"Facciamolo. Tanto a lavorare dobbiamo tornarci martedì, giusto?"

## 21

# CADE

Quando venne il mattino, Cade era indolenzito ed esausto – eppure gli era quasi impossibile allontanarsi da lei.

"Devi andartene per forza?" gli mormorò Lily, sonnolenta.

"Purtroppo sì," le disse. "Ho una giornata piena di cose di cui sarai invidiosa."

Lei strinse gli occhi. "Tipo?"

"Oh, tipo andare dallo psicanalista. Andare a casa e mettermi dei vestiti puliti. Fare i piatti."

Lily arricciò il naso. "Un divertimento."

"E poi tu non devi lavorare oggi?"

"Sì, turno serale. E, credimi, durante quel turno la gente non fa altro che ordinare fette di torta e caffè. Non esattamente una sfida all'altezza delle mie capacità."

Si sporse in avanti e la baciò. "Sono sicuro che farai comunque faville."

Lily si seppellì ancora più a fondo tra le coperte e lui si alzò e si infilò i pantaloni. Non appena uscì, vide la bruma mattutina avvinghiarsi al terreno.

Si infilò il suo giubbotto di jeans e corse verso le scale. I ragazzi che lavoravano nell'officina del meccanico lo guardarono, e uno di loro gli rivolse un cenno di approvazione. Lui li salutò con un veloce cenno del capo e si diresse dritto verso la macchina.

"Ehi! È quella la tua macchina?" gli disse il tizio che gli aveva rivolto il pollice alzato.

"Sì..."

"Bella. Portala quando pure quando vuoi se vuoi migliorarla."

"Grazie." Mentre la Mustang lo portava a casa, si sentì stranamente lieve. Era come se la sua anima fosse più leggera.

*Probabilmente non guasta il fatto che, durante tutta la scorsa settimana, abbia fatto il sesso più incredibile ed intenso di tutta la mia vita, e che abbia dormito intere notti senza avere gli incubi.*

Al riguardo, era meglio dell'esercizio fisico. Il suo sonno era così pesante perché si sentiva esausto, sfinito, oppure si trattava di qualcos'altro?

Cade parcheggiò la macchina sotto al suo condominio e imboccò le scale. Non appena tirò fuori le chiavi, una vicina gli corse di fianco, il volto rigato dalle lacrime.

*Merda. Com'è che si chiamava? Victoria?* Non riusciva a ricordarselo. Cade spalancò la bocca e le chiavi gli caddero di mano atterrando sul tappetino fuori dalla sua porta.

"Ehi!" Si girò e vide un uomo che avanzava per lo stretto passatoio, diretto verso la donna.

Cade sentì la donna alle proprie spalle che cacciava un grido. Ci vide rosso. Non gli volle molto per intervenire. Gli bastò fare un passo.

"Levati dai piedi, stronzo," disse l'uomo bloccandosi di fronte alla barricata creata dal corpo di Cade. "Non sono cose che ti riguardano."

Era un uomo sulla trentina, più basso di Cade. Aveva i pugni chiusi, già pronti all'attacco.

Sentì la donna tirare su col naso, e guardò il proprio pugno partire e colpire l'uomo con forza sulla mascella. Un gancio perfetto.

"O mio Dio!" gridò la donna vedendo l'uomo che crollava al tappeto.

"Ma che diavolo?" chiese l'uomo, esterrefatto, mentre si asciugava il sangue.

Balzò in piedi, come spronato da una qualche sorta di energia sovrannaturale. Anfetamine, cocaina... Cade non sapeva di cosa si trattasse. Ma era chiaro che quel tizio non aveva provato dolore. Quand'era caduto a terra, era solo rimasto sorpreso.

Tuttavia, non sapeva come combattere. Attaccò Cade con un movimento ampio del braccio, colpendolo con un pugno debole sulla spalla. Cade si scansò e lo colpì con un montante sull'altro lato della mascella.

"Fermati! Fermanti!" gridò la donna. "Chiamo gli sbirri!"

"Se li chiami ti ammazzo," le disse l'uomo. "Lo sai hai cosa abbiamo in casa..."

L'uomo cercò di rimettersi in piedi, ma era chiaramente disorientato. Il sangue gli colava dal labbro finendo per terra. Lo stesso, però, si lanciò contro Cade e gli avvolse le braccia attorno alla vita.

Cade gli diede una gomitata nella schiena e indirizzò un altro corpo verso i reni. Vide l'uomo rimanere senza fiato e crollare sconfitto a terra.

"Lo stai uccidendo!" gridò la donna. Gli conficcò le unghie nella schiena.

"Voi due siete pazzi, cazzo," disse il tizio.

Riuscì a rimettersi in piedi. In qualche modo, tirò fuori quella poca forza che gli era rimasta in corpo e scappò di corsa verso il parcheggio.

La donna aveva usato tutte le sue forze per provare a staccargli Cade di dosso. Quando poi lui si girò verso di lei, vide che aveva la faccia rossa e gonfia. La donna provò a riprendere fiato tra un singhiozzo e l'altro.

"Stai... stai bene?" Fece per consolarla, ma lei si spostò con uno scatto. "Ehi, non voglio farti del male. Io... mi dispiace di essermi lasciato trasportare."

"Non è colpa tua," disse infine la donna non appena i singhiozzi cominciarono a rallentare. "È che, a volte... lui diventa così."

"Ma tu stai bene? Ti ha fatto del male?"

La donna tirò sul col naso e provò a sistemarsi la camicetta. "Ne ho viste di peggiori."

"Vuoi che chiami la polizia? Dovresti..."

"Senti, grazie. Va bene? Per essere intervenuto e tutto il resto. Ma dovresti veramente pensare agli affaracci tuoi."

"Come scusa?"

La donna se ne andò sbattendo i piedi e rientrò nell'appartamento dal quale era uscita scappando. Cade la seguì, insicuro se per lei fosse sicuro tornare lì dentro.

"Non hai sentito quello che ti ho appena detto?" La donna si girò verso di lui. I suoi occhi blu acciaio lo guardarono in cagnesco. "Fatti i cazzi tuoi." E con ciò, gli sbatté la porta in faccia.

"Ma che diavolo?" chiese lui alla porta chiusa. Lentamente, si diresse verso il proprio appartamento.

*Me ne devo andare da questo quartiere.*

Cade aprì l'acqua del bagno e ripensò a tutto quello che era appena successo.

*Avrei dovuto agire in modo diverso? Voglio dire, è chiaro che quel tizio continuava imperterrito come una macchina alimentata ad anfetamine.* Non importava come la rigirava, non sapeva cosa altro avrebbe potuto fare. *Aggiungiamolo ai tanti incidenti di abuso domestico.*

Scosse il capo e si bagnò il viso con uno spruzzo di acqua calda. Erano troppi, tutti questi incidenti. *Scatenanti*, come li chiamava il dottor Hersh. Ma non poteva farci niente. Ogni volta che vedeva una donna che veniva picchiata da un uomo, ecco che tornava ad avere tre anni.

"Mamma?" Si ricordò mentre la cercava in giro per la casa. Era quasi Natale, e una volta tanto i suoi avevano addobbato l'albero. Era pieno di luci grosse e multicolori. Erano luci fatte per gli ambienti esterni, ma quelle avevano.

E sotto all'albero? Tre regali. Uno per ognuno di loro. Cade aveva passato giorni a scuotere il proprio regalo cercando di capire di cosa si trattasse. "Mamma? Dove sei?"

"Torna a letto, Cade." La voce di sua madre gli arrivò forte e chiara, ma lo stesso riuscì a percepire un cenno di esitazione.

Corse in cucina e vide le luci forti brillare dal soffitto. "Mamma! Babbo Natale sta..."

Si ricordò di come, entrando in cucina, restò senza parole. Suo padre, che allora gli sembrò alto tre metri, incombeva sulla sua mamma, la cinta in mano.

"Perché non stai mai a sentire tua mamma?" gli disse suo padre biascicando.

Barcollò verso Cade, e per poco non perso l'equilibrio. Suo padre si aggrappò al pesante tavolo della cucina per non cadere.

"Cade, ti ho detto di tornare a letto."

Sua mamma era rannicchiata sul pavimento e si teneva una mano sull'occhio destro. Aveva il labbro spaccato e il collo sporco di sangue.

"Mamma, stai sanguinando..."

"Sto bene. Io... io sono caduta. Papà e io stavamo giocando."

"Diamine, Dolores, per quanto tempo ancora vorrai continuare a viziare questo ragazzino? Lo vuoi fare diventare un cazzo di frocio..."

"Non..."

Suo padre si girò e la colpì con la cintura sulla testa. Sentì l'anello di metallo colpirle la mascella.

"Non osare rispondere... non osare rispondermi."

"Mamma!" gridò Cade.

Voleva correrle incontro, ma si sentiva le gambe come paralizzate. Sua mamma si contorse. Sembrava ubriaca, proprio come suo padre. Emise un suono, un suono spaventato, flebile come quello di un animale. D'improvviso, le gambe di Cade ripresero a funzionare.

Corse verso suo padre lasciando cadere la copertina sul pavimento.

"Non fare del male alla mamma!" gli gridò Ma quando corse verso quelle lunghe gambe, grosse e forti come tronchi d'albero, suo padre non si mosse. Anzi, si mise a ridere.

"Beh, guarda un po' qua," disse. "Forse c'è un uomo lì dentro, dopotutto."

Cade non sapeva perché, e non gli piacque, ma quelle parole lo riempirono d'orgoglio. Poi sentì il metallo contro la schiena. La forza lo abbandonò tutta d'un colpo e crollò in ginocchio. Quando lo sguardo, gli occhi pieni di lacrime, suo padre gli sorrise, la cinta stretta con forza in una mano.

"Forse ci sarà un uomo, là dentro," ripeté suo padre. "Ma non puoi ancora nulla contro di me. Sfidami di nuovo, ragazzo, e te l'ammazzo. M'hai sentito? Te l'ammazzo, la mamma. E ti faccio guardare mentre lo faccio."

―――

Cade si premette l'asciugamano con forza contro gli occhi. Ogni volta. Ogni volta che vedeva una donna che veniva maltrattata, ecco che tornava ad avere tre anni.

Si vestì e si ricordò di quanto gli avesse detto il dottor Hersh riguardo a quelle tecniche.

*Ho provato a respirare? Mi sono fermato, mi sono allontanato? No – ma sarebbe stato possibile farlo?*

Che cosa avrebbe dovuto fare? Congedarsi mentre una donna

scappava temendo per la propria vita e andare a farsi una passeggiata intorno all'isolato?

"Cazzo di un dottor Hersh," disse. Si infilò un paio di jeans puliti e si mise la maglietta.

*Sì, quelle tecniche funzionano se uno ha tutto il tempo del mondo. Che razza di idiozia.*

Eppure... forse la prossima volta avrebbe potuto fare qualcosa, controllarsi prima di perdere completamente il controllo. Dopotutto, non c'era stato nessun bisogno di picchiare quel tizio con la ferocia con cui l'aveva fatto.

Era chiaro che quel tizio non sapesse come combattere, e anche che fosse strafatto. Gli sarebbe davvero stato impossibile metterlo fuori combattimento senza fargli male?

Cade prese a rimuginarci su, salì in macchina e si diresse all'appuntamento con il dottor Hersh. Forse poteva chiedergli di suggerirgli trucchi o tecniche più realistici di quelli. Dopotutto, non poteva mica incolpare lui, di quanto accaduto.

Chi diamine viveva in un posto dove gli uomini rincorrevano le proprie fidanzate per riempirle di botte? Probabilmente non il dottor Hersh. No, non sembra essere l'ambiente adatto a lui.

Cade parcheggiò davanti all'ufficio e si accorse di essere arrivato in anticipo. Restò seduto in macchina e strinse il volante con forza.

Respira. Contò fino a dieci e si concentrò sul respiro che gli riempiva i polmoni. Quando ebbe finito, sentì che gli girava leggermente la testa, ma si sentì anche più calmo.

*Cavolo. Forse allora quelle cose funzionano per davvero.*

Guardò l'orologio. Dieci minuti all'appuntamento. Uscì dalla macchina, si mise il giubbino e cominciò a camminare intorno all'isolato. Non era mai stato in questa zona della città.

Svoltato l'angolo, notò un parchetto al di là della strada. Oche che starnazzavano mentre venivano inseguite da bambini che stringevano tra le braccine enormi sacchetti pieni di pane. Genitori che scattavano foto e ridevano mentre se ne stavano appollaiati sulle loro panchine.

Poi svoltò l'angolo successivo e vide una panetteria che emanava un intenso aroma che gli ricordò Lily. Le baguette erano allineate in vetrina come tanti soldati. Quando venne il momento di svoltare il terzo angolo, si domandò cos'altro avrebbe visto.

Forse quelle passeggiate funzionavano. Forse allora il dottor Hersh ci aveva visto giusto.

## 22

# LILY

Le palpitò il cuore sentendolo che bussava alla porta. Lily tirò fuori dal forno il tortino bacon e cipolla e lo poggiò vicino alla *tarte tatin* che aveva preparato diverse ore prima.

"Sono contenta che tu ce l'abbia fatta," gli disse lei aprendo la porta.

"Beh, non è sexy come la veste color lavanda dell'altra volta... e cosa avevi, o non avevi, sotto..." disse Cade mentre le tirava giocosamente il grembiule ricoperto di macchie d'olio e farina.

Lily arrossì. "Ho cucinato la cena per te."

"Sì, ma l'ultima volta, *cena* – beh, *dolce*, era una parola in codice per qualcos'altro." Cade entrò nel suo soggiorno e si tolse il giubbino. "Posso aiutarti in qualche modo?"

"Non sei deluso, vero?" gli chiese Lily. Si sentì come una morsa allo stomaco. Era la preoccupazione. "Voglio dire, ho pensato di prepararti una cena per davvero, pensavo, sai, che..."

"È fantastico," le disse lui. Si sporse in avanti e le diede un bacio leggero sulle labbra. "Ti stavo solo prendendo in giro. E c'è un odorino meraviglioso, comunque. La mia offerta di aiutarti non è che valga granché. Sono praticamente inutile in cucina."

"Non lo so. Forse lo troverei, un modo per usarti," gli disse lei facendogli l'occhiolino. "Ma, se vuoi, puoi aprire la bottiglia di vino bianco che è sulla tavola. Io non ci sono riuscita."

"Quello lo posso fare."

Lily corse in cucina e prese la teglia. Si avvicinò all'angolino improvvisato dove faceva colazione e prese anche l'insalata piena di ingredienti di stagione che era andata a comprare la mattina.

"Cavoli, ha un aspetto decisamente professionale," disse Cade. "Com'è che si chiama?"

"È solo un tipo di quiche," disse. "Mi ha aiutata Jean-Michel."

Il viso di Cade si scurì per un attimo.

"Un uomo parigino che sa cucinare," disse. "Difficile competere con un tipo così."

"Che c'è, sei geloso?" gli chiese lei. Si slacciò il grembiule e lo appese al muro. "Pensi che Jean-Michel sia un uomo attraente?"

"Non so se posso rispondere," disse velocemente Cade mettendosi a sedere di fronte a lei e riempiendo i bicchieri con del vino. "Voglio dire, l'ho visto una volta sola, la prima volta che sono entrato nel negozio. Non è che lo stessi squadrando. Ero troppo occupato a squadrare te."

Lily si sentì arrossare. Tagliò la quiche.

"Beh, gli spezzerai il cuore, ma dovrò dirgli che non ricambi i suoi sentimenti." Lily gli mise una fetta di quiche nel piatto. Era cotta alla perfezione.

"Che intendi dire?"

"Beh, che Jean-Michel stava squadrando *te*, poco ma sicuro. Ho dovuto dirgli che non solo i miei fratelli sono etero, ma anche il loro migliore amico lo è."

Cade per poco non si strozzò. "Oh. Vuoi dire..."

"Un parigino che sa cucinare? Sì, c'è un motivo se li chiamano stereotipi."

"Beh, ora mi sento un po' un idiota," disse Cade. "Per fortuna che c'è questa prelibatezza a consolarmi."

"Ti piace?"

"Prima di questa cena, avrei potuto dire in tutta onestà che il cibo francese non mi piaceva, ma penso che tu mi abbia appena convertito."

Lily sorrise e si dedicò al proprio pezzo di quiche. Era conscia della piccola bolla di felicità che si erano creati attorno a loro. Dieci giorni.

Erano passati solo dieci giorni da quando si erano messi insieme. E lei aveva una paura tremenda che tutto potesse crollare da un momento all'altro. Sapeva quanto traballante e vulnerabile fosse tutto questo.

*Certo che non può durare*, ricordava ogni giorno a sé stessa. E questo la rendeva grata per ogni istante di felicità che avevano insieme.

*Non incasinare tutto*, si disse.

"Non mangiare troppo," gli disse lei. "C'è ancora il dolce."

Cade rizzò le orecchie. "E con dessert, intendi..."

"*Tarte Tatin*. Vieni, ti faccio vedere." Si alzò, finì il vino che aveva nel bicchiere in un sol sorso e lo trascinò in cucina.

"L'hai fatta tu?" le chiese.

"Non essere così sorpreso. Lavoro in una pasticceria, sai?"

"Sì, ma..."

"Basta parlare. Assaggia." Prese un pizzicò di dessert tra le dita e lo portò alle labbra di Cade, e quando sentì le sue labbra che le toccavano le dita, quando lui le strinse il polso e le tenne la mano ferma vicino alla bocca – succhiandole lentamente il dito – capì che la *tarte tatin* avrebbe dovuto aspettare.

"È dolce," le disse lui. "Ma non dolce quanto te."

La sollevò e la fece sedere sul ripiano della cucina e scostò i piatti sporchi facendoli cadere sul pavimento con un forte clangore.

Le mise le mani sulle cosce e cercò le sue mutandine. Ma l'unica cosa che trovò furono i suoi umori, il suo desiderio, il suo calore.

Cade le accarezzò la mascella e le fece inclinare la testa all'indietro.

"Uhm, che birichina," le disse.

Lily si mise a ridere. Sentì la sua cintura che sferragliava. Le strizzò la carne delle cosce e la tirò verso di sé. Proprio quando lei pensava di stare per cadere dal ripiano, lui la penetrò.

Lily lo avvolse con le sue gambe e lo strinse a sé. Sentì che gli metteva le mani sul seno e sentì i *pop* dei bottoni della sua camicetta che volavano in giro per la cucina. Sentì prima l'aria fredda sui capezzoli, che subito diventarono turgidi, e poi e le sue labbra e la sua lingua calda.

Le leccò i capezzoli mentre lei lo cavalcava come meglio poteva.

"Sai che si vede il negozio da qui," le disse all'orecchio.

Lily spalancò gli occhi. Provò a voltarsi verso la finestra della cucina, ma Cade la tenne ferma. Vide delle ampie schiene avvolte in giubbotti di pelle chine su macchine vintage.

"Merda," disse.

"Non essere timida," le disse lui. "Che ne dici se diamo un po' di spettacolo?"

Sapeva che, se li avessero visti, il giorno dopo se ne sarebbe pentita. Tutti le avrebbero rivolto degli sguardi maliziosi, e quelli più sfacciati avrebbero potuto persino dirle qualcosa. Ma Cade era così bravo...

*Diamine, è così bravo.*

Cade la sollevò all'improvviso. Lei squittì. "Che fai?"

"Ho cambiato idea," le disse. "Ho deciso che non voglio condividerti con nessun altro."

Cominciò a camminare verso la camera da letto, e a ogni passo lei si stringeva sempre più forte. Cade la depose sul letto senza smettere di penetrarla. Si posizionò su di lei. Lei poteva vedere solo il suo corpo, inalare solo il suo odore. Penetrandola a quel mondo, riusciva a stimolarle il punto G proprio nel modo giusto.

Lily gli gemette nell'orecchio.

"Ci sono quasi," gli disse.

"Lasciati andare," la spronò lui. "Ma sappi che, quando lo farai, io non mi fermerò. Voglio che continui a venire, ancora e ancora..."

Lily sentì il primo orgasmo che le montava dentro. Esplose su di lui e gridò il suo nome. Cade rallentò, ma continuò a muoversi e a prolungare quanto più possibile il suo piacere.

Si fece sensibile, ma non volle fermarsi. Non appena pensò di poter continuare, gli sussurrò nell'orecchio. "Ehi. Dov'è il secondo round che mi avevi promesso?"

Cade accelerò e Lily non riusciva a capire se fosse il primo orgasmo che si protraeva o se ce ne fosse uno nuovo che cominciava a fare capolino. Questa volta, quando raggiunse il climax, Cade venne insieme a lei.

"Questo non era il dessert che volevo farti provare," disse lei mentre lui le giaceva sopra.

Lui si mise a ridere e si spostò. "Mi dispiace. Ma ora sto di nuovo morendo di fame. Ce lo mangiamo qui a letto?"

Lily andò in cucina, nuda, senza preoccuparsi se quelli di sotto potessero vederla. Prese il piatto e lo portò a letto. Cade ne prese un pezzo con le dita e se lo mise in bocca.

"Oh, cavoli," disse. "Non pensavo che i robot da cucina fossero diventati così bravi..."

Lei lo colpì con fare gioco. "Io non sono un robot da cucina," gli disse. "Fidati di me. Altrimenti non ce li avrei, questi calli."

"Il mio non era un insulto," disse lui. "Stavo scherzando. Sai, se fossimo una cosa ufficiale... è che non ho mai avuto una fidanzata prima d'ora. E non mi sto lamentando, bada, ma penso che ce l'avessi mai avuta, beh, sarebbe stata una ragazza come te. Sei meglio di come potessi immaginare."

"Ragazza?" gli chiese lei, sciocata. "Ufficiale? Cosa... cosa vuol dire..."

"Oh," disse lui. "Scusa, l'ho dato per scontato, penso. Voglio dire, pensavo che fossimo della stessa idea..."

"Sì! Certo che lo siamo. Io... non ne abbiamo parlato, quindi pensavo che..."

"Cosa pensavi?"

"Sai, che non stavamo appiccicando un'etichetta a questa nostra cosa. Sai che intendo?"

Cade si mise a ridere. "È così che mi vedi?"

Lily chinò il capo, imbarazzato.

"Non lo so," disse lei. "Non sei solo tu. Penso che sia una cosa tipica dei ventenni, capisci? Insomma, l'atteggiamento divertirti fino a quando non ti sposi."

Cade rise ancora più forte. "Mi piace pensare che uno faccia passare almeno un po' di tempo tra quando ci si conosce a quando ci si sposa. Voglio dire, se mai avessimo dei figli, vorrei non fosse una sorpresa."

"Vuoi dei figli?" gli chiese. *Con me?*

"Non ci ho mai pensato seriamente, ma... sì. Penso di sì. Un giorno. Tu no?" le chiese. "Tuttavia, se devo essere completamente onesto, c'è una parte di me che, in un certo senso, spera come di poter rivivere una seconda infanzia. Ma penso che ognuno si porta dietro i propri fardelli, no?"

"Parlare di bambini ora è un po' troppo strano," disse Lily. "Ma sì, sono d'accordo. Un giorno. Che ne dici se per ora ci atteniamo alla relazione fidanzato-fidanzata?"

"Okay. Quindi... come lo rendiamo ufficiale? Facciamo giurin giurello?"

"Penso che giurin giurello andrà benissimo," disse Lily. Cade avvolse il mignolo attorno a quello di Lily, e Lily pensò che forse, in tutta la sua vita, non era mai stata così felice.

## 23

# CADE

*La mia assistente ha appena comunicato al capitano Crane che hai il mio via libera.*

Cade guardò il messaggio inviatogli dal dottor Hersh. *Tutto qui?*, pensò. Sembrava troppo facile.

*Significa che posso tornare a lavorare?*, rispose.

*Tu hai il mio via libera. Ma poi spetterà al capitano Crane decidere. Hai un attimo per parlare?*

Cade gemette. Era così vicino, e poi ecco che il dottor Hersh gli lanciava quella piccola domanda. Era come essere in una relazione di coppia.

*Certo.*

Subito gli squillò il telefono.

"Ehi, salve," disse.

"Buongiorno, Cade. Penso che tu sia felice di sapere che abbiamo finito."

"Beh, sì, certo."

"Bene. Sono sicuro che il capitano Crane ti reintegrerà in squadra senza pensarci due volte."

"Quindi, se ho il suo benestare, di cosa mi vuole parlare, adesso?"

"Beh, questo è un grosso passo, ma per garantire la tua salute mentale e gestire il forte trauma che hai subito ci vorrà ben altro rispetto alle poche sedute che abbiamo avuto. Ti raccomando di cuore – una raccomandazione che ho incluso anche nel mio rapporto – di continuare con le sedute."

"Vuole continuare a vedermi," disse Cade.

"Sì, ma non necessariamente con la stessa frequenza. Io ti raccomanderei due sessioni al mese.

"Uhm." Cade si rese conto che quell'idea, dopotutto, non gli era così detestabile.

Si era abituato al dottor Hersh e allo strano mobilio da film di fantascienza che non andava d'accordo con la sua personalità. "Io... penso che vada bene."

"Ottimo. Ti farò chiamare dalla mia assistente così potremo fissare i prossimi appuntamenti."

Cade chiuse la chiamata e si mise l'ultima maglietta che gli avevano dato in caserma.

*Farò meglio ad agghindarmi come si deve*, pensò.

Fece una smorfia vedendo il furgone di Aiden nel parcheggio della caserma. Era dal giorno del loro alterco che aveva fatto di tutto per evitarlo senza però far insospettire Elijah.

Era chiaro che anche Aiden stesse facendo lo stesso. Per mantenere le apparenze, aveva invitato Elijah un paio di volte a bere una birra. E, entrambe le volte, Elijah si era presentato da solo.

"Dov'è Aiden?" gli aveva chiesto ogni volta.

Elijah gli aveva sempre risposto con una scrollata di spalle. "Aveva da fare."

"La squadra è al completo!" esultò Elijah non appena Cade entrò in caserma.

Le nuove reclute che aveva addestrato gli diedero calorose pacche sulle spalle, ma poi scorse Aiden che contraeva la mascella, infuriato. Prima che Cade capisse come gestire la cosa, Aiden si girò e si rimise al lavoro.

Beh, sarà imbarazzante.

"Ehi, Aiden..." fece Cade andandogli incontro, ma la sua voce venne soffocata dall'allarme che cominciò a rimbombare.

"Tutti a raccolta," disse Crane attraverso gli altoparlanti. "Charles incluso."

Merda. Quindi ci siamo?

Era dal primo giorno in Montana che non assisteva a un allarme del genere. Corse verso il proprio armadietto e sentì immediatamente l'adrenalina e la paura che gli pompavano nelle vene. Era la prima volta che succedeva, e non sapeva che pensare al riguardo. La paura non aveva mai fatto parte dell'equazione prima d'ora.

Cade si vestì e corse nell'aerodromo dietro alla caserma. Notò che le reclute con cui aveva lavorato lo tallonavano senza sosta.

*Dio, no. Ti prego fa che non contino su di me.*

"Voi sei, andate," gridò il capitano.

Il cuore di Cade sprofondò quando si rese conto di essere in squadra non solo con Elijah, ma anche con Aiden.

*Se dovesse succedere loro qualcosa, è la fine*, pensò. *Sarà impossibile da superare.*

L'elicottero si sollevò in volo e Cade si concentrò sul proprio respiro. Inspirava, tratteneva il respiro. Espirava.

*Sei un cazzo di vigile del fuoco*, si disse. *Le cose stupide e pericolose fanno parte della tua natura.*

In passato, ogni volta che volava con la sua squadra, era sempre il primo. Voleva assicurarsi che a terra non ci fosse nessuna sorpresa ad aspettarli. Ma ora? Ora era preoccupato. Non c'era altro modo per descriverlo – e lui non si preoccupava mai, prima.

Guardò in basso e vide l'incendio boschivo che era appena divampato. Era piccolo, ma pulito e caldo. Sentì il frastuono delle pale dell'elicottero, che gli riempiva la testa di vibrazioni e gli rendeva quasi impossibile pensare.

Elijah gli diede di gomito. Tutto bene?, gli chiese con dei rudimentali segni e si toccò lo sterno con il pollice.

Quando erano alle superiori, si erano iscritti entrambi a un corso per imparare il linguaggio dei segni. Dovevano scegliere una lingua straniera e scelsero quella, pensando che sarebbe stato più semplice. Non lo era, ma quel poco che avevano imparato se lo ricordavano ancora.

Cade annuì e fece spallucce. Per un momento, pensò di scorgere i suoi compagni del Montana in mezzo alle fiamme. Pensò di sentire le loro grida.

*Non sono qui*, si disse. *Respira.*

Il pilota fece loro segno che potevano andare e Cade si sforzò per svuotarsi la mente. Vide solo bianco. Un bianco calmo, confortante. Il suo corpo prese il sopravvento. Prese l'imbracatura. Anche se il suo cervello non riusciva ancora a elaborare la cosa, il suo corpo non poté fare a meno di imbracarsi e di calarsi dall'elicottero.

Non appena arrivò a terra, alzò la testa e contò le uniformi che scesero dopo di lui. Cinque. Due sapeva essere Elijah e Aiden. Le altre tre erano le nuove reclute.

*Ci penso io.*

"Trincee, ora! Andate!" ordinò Elijah.

Cade era colpito. Quando aveva lasciato Salme, Elijah era sulla strada giusta per diventare un buon leader, ma aveva ancora la strafottenza tipica della gioventù. Ora però era sparita del tutto. Elijah non scherzava, e Cade scorse in lui suo padre.

Si mise subito al lavoro. Non alzò lo sguardo quando cominciò a sudare. Non si fermò quando il dolore alla schiena si fece così intenso che non poté fare a meno di domandarsi se si stava causando dei danni irreparabili. Con la coda dell'occhio, teneva sotto controllo gli stivali e le uniformi attorno a sé. Ce n'erano sempre cinque paia. Sempre.

Prese una pala e sentì subito un callo che gli spuntava sul palmo della mano. Era il calore. Anche attraverso i guanti. Si rifiutò di fare la minima smorfia. Il suo corpo era una macchina, ma non riuscì a impedire alla preoccupazione di irrompere nella sua mente, di sfrecciare attraverso il sereno biancore, di gravargli sul cervello.

*E se qualcosa andasse storto?* Cinque paia di stivali. Li controllò, ancora e ancora, senza mai sollevare la testa.

Per cinque ore, lavoro senza sosta. Le trincee erano resistenti. Avrebbero retto.

Esattamente quello che pensasti l'ultima volta. La preoccupazione si fece sempre più grande, e dal cervello si sparse pesandogli sulle spalle. In qualsiasi altro momento, il dolore sarebbe stato insopportabile ma, ora, serviva a fargli prendere coscienza del momento.

*Sono vivo. Se non lo fossi, non potrei provare così tanto dolore.*

Pensò di sentire delle urla in lontananza. Si fermò per un secondo.

*Niente. Me le sono immaginate.*

Si rimise al lavoro. Il walkie-talkie gracchiò per un istante. Lui si innervosì, ma non era niente. Aspettò di sentire la voce di Barron, la voce di Dominguez, ma non ci fu nulla.

"...sentirmi?" Cade sentì qualcosa che lo spingeva con violenza. Il dolore si acuì, espandendosi fino alla spina dorsale. Si guardò e vide Elijah in piedi davanti a lui.

"Uh?"

"Ti ho detto che dovevi pensare alla linea tagliafuoco! Non mi hai sentito alla radio?"

"Uhm... no," disse Cade.

Gli vennero in mente un sacco di scuse. E gli venne in mente anche la verità. *Ero troppo spaventato per ascoltare.*

"Qui abbiamo finito," disse Elijah. Cade si guardò intorno. Cinque uniformi. "Un'altra squadra sta venendo a darci il cambio. Dobbiamo solo scendere fino alla strada principale."

"Oh. Okay." Cade si drizzò. Il dolore era diventato quasi troppo.

Elijah gli lanciò una strana occhiata. Aprì la bocca, ma poi subito la richiuse.

*Siamo entrambi troppo stanchi*, pensò Cade.

Si incamminarono e Cade si girò verso il fuoco. Si era quasi estinto, ormai. Elijah marciava davanti a lui.

Da dietro assomigliava a suo padre. Stanco morto dopo la lotta, ma sempre forte, fiero. Cade si sentì come il ragazzino che era un tempo, quando pensava che il signor Hammond potesse essere Dio in persona.

Cinque uniformi. C'erano cinque uniformi davanti a lui.

*Ma per pura fortuna*, pensò. *Non li ho tenuti io al sicuro. È stato Elijah. Ma cosa importa?*

Cominciò a correre sentendo l'adrenalina che gli scorreva nelle vene. L'attrezzatura non era troppo pesante – sollevava molto di più in palestra – ma ora gli sembrava che pesasse una tonnellata.

Intravide le gambe storte di Aiden che camminavano di fronte al gruppo. Camminava da solo, le tre reclute raggruppate al centro. Non pensavano più che lui potesse proteggerli.

*E forse no, non posso. Ora sono da soli.*

Cade non era mai stato così felice di vedere il camion che li aspettava sulla strada principale. Aiden salì per primo e fece cenno a una delle reclute di sedersi di fianco a lui.

*Qualsiasi cosa pur di non avermi intorno*, pensò Cade. Ma in quel momento ne era grato. Non era il momento adatto per affrontare una cosa del genere. Soprattutto in uno spazio ristretto come quello.

Aiden gliene aveva date veramente di santa ragione.

Non che non me le meritassi, pensò salendo sul camion.

Elijah era al suo fianco. Cade fissò lo sguardo fuori dal finestrino e vide arrivare la squadra di terra. Li guardò muoversi perfettamente in sincrono. Era una squadra che ne aveva viste di cotte e di crude – e che era sopravvissuta.

Cade voleva ritrovare quell'armonia, si rese conto. Voleva lavorare insieme ai suoi compagni, senza nessuna animosità. E, oltretutto, voleva riavere i suoi amici. Elijah e Aiden erano due fratelli per lui.

*Diamine, mi ricordo di Aiden con il pannolino*, pensò.

Il camion imboccò una strada asfaltata e Cade pensò a tutti gli anni trascorsi insieme. Non poteva rinunciarvi, per nulla al mondo.

*E perché mai dovremmo? Perché non possiamo far funzionare questa cosa tutti insieme?*

Aiden pensava che Cade potesse far soffrire Lily, e Cade non poteva di certo biasimarlo.

*Ma se sapesse cosa prova davvero?*

## 24

# LILY

"Lily! Ma che problema hai? Finirai col bruciare il *kouign-amann*!" le disse Jean-Michel colpendola con uno strofinaccio per farla scansare.

"Scusa," disse lei. "È solo che..."

"L'incendio, l'incendio, sì lo so. Lo sappiamo *tutti*," disse Jean-Michel guardando le paste. "Fortunata, giusto in tempo," disse tirando fuori il vassoio. "Perché preoccupi? Che serve? È un vigile del fuoco, vigila i fuochi."

La porta scampanellò aprendosi e Jean-Michel le lanciò un'occhiata.

"Va bene, io vado," disse Lily correndo verso il bancone.

L'ultima cosa che mi va di fare è sfornare croissant per tutto il giorno.

Quando vide Renee, subito sorrise. "Ciao."

"Ho saputo dell'incendio," disse Renee. Allungò la mano oltre il bancone e le strinse la mano. "Andrà tutto bene. Starà bene."

"Lo so," disse Lily. "O quantomeno lo spero. È il primo grosso incendio – o meglio, il primo incendio e basta – dal Montana. E... insomma, mi stresso sempre quando Elijah e Aiden vanno in missione, ma dopo quello che Cade ha passato in Montana... non lo so, sembra addirittura peggio, questa volta."

"Non sarebbe lì fuori, se il capitano e il dottore non pensassero che sia pronto," le disse Renee.

"Ah, la bella amica," disse Jean-Michel. Emerse dalla cucina armato di vassoi pieni di *kouign-amann* perfettamente dorati.

Renee divenne radiosa sentendo quel complimento.

"Grazie," gli disse.

"Non essere così grata," sbuffò Jean-Michel. "Sei molto carina, molto, ma sei anche unica amiche che Lily ha."

"Wow, grazie," disse Lily alzando gli occhi al cielo.

"Prego. È verità. Quindi, che posso servirti?" chiese Jean-Michel a Renee. "La tua silhouette, così snella. Solo baguette, quindi? Caffè nero?"

"A dire il vero, ero solo passata per vedere come stava Lily, che notizie aveva dell'incendio..."

Jean-Michel emise un sospiro sonoro. "Ah, sì, l'incendio. Gli incendi non pagano mie bollette. Baguette?"

"Uhm. Certo," disse Renee.

"Lily, fa' pagare tua bella amica." Jean-Michel sparì tornando in cucina.

"Non perde tempo," disse Renee sottovoce.

"È semplicemente stanco di sentirmi che mi preoccupo per Cade tutto il giorno. Non so come se la caverà."

"A me, al momento, preoccupi più tu. Se riuscirai a gestire la cosa o no," disse Renee. "Lo capisco che ti preoccupa, ma dicono tutti che non è niente di grave. Andrà tutto bene. Sono sicura che ti chiamerà non appena può."

"Lo so, ma è che non riesco a smettere di pensare a mia madre. A come passava le nottate in bianco a ricamare e a preoccuparsi per mio padre." Lily scosse il capo. "Non... non penso che io possa fare una cosa del genere."

"Che cosa?"

"Passare quello che ha passato lei."

"Lily..."

"Sono seria! Voglio dire, anche se tutti gli ostacoli tra Cade e me ormai scomparissero, anche se ai miei fratelli non importasse che stiamo insieme, e poi? Dovrei starmene seduta a ricamare a maglia mentre mi chiedo se Cade sta bruciando vivo in qualche cavolo di foresta?"

"È una visione un po' drammatica."

"No, non lo è. Il loro è uno dei lavori più pericolosi al mondo. Voglio dire, prendi mio padre..."

"Quegli incendi a Eagle Creek erano una cosa mai vista," disse Renee. "E tuo padre, scusa se te lo dico, ma era *vecchio*. Per fare il vigile del fuoco, intendo."

"Sì, lo so," disse Lily con un filo di voce.

Un camion dei pompieri parcheggiò davanti alla panetteria. Lily trattenne il fiato vedendo la porta che si apriva.

*Ti prego fa che sia Cade. Ti prego fa che sia Cade.* Ma non conosceva nessuno dei pompieri che entrarono baldanzosi nel negozio.

"Arriverà," le disse Renee. Le strinse di nuovo la mano. "Te lo prometto."

"È solo che... non mi ero resa conto che dire di sì a Cade significava dire di sì a un pompiere," disse. "Sembra stupido, ma è la verità."

Lily inscatolò il millefoglie ordinata dai pompieri. I loro ampi sorrisi le furono di consolazione.

*Di certo non starebbero qui a sorridermi se là fuori ci fosse il finimondo. Giusto?*

"Ehi, eravate con Cade, lassù?" chiese.

"Con chi?"

"Cade Charles? È..."

"Mi spiace, non lo conosco," disse un giovanotto dalla pelle scura e lucida come onice. "Ma noi veniamo da Corvallis, quindi..."

Lily si sentì sprofondare. Poi, con le mani piene di scatole di fette di torta opéra, sentì la porta che scampanellava di nuovo. Subito rivolse gli occhi verso la porta, e vide Elijah, e poi subito dopo Cade.

"Cade!" disse di botto lasciando cadere le scatole sul bancone.

"Lily, ti vedo!" gridò Jean-Michel dalla cucina. "Quelle torte sono preziose..."

Uscì di corsa da dietro il bancone e guardò Elijah negli occhi. Era stanco morte, gli occhi arrossati e affaticati.

"Uh, sono in pausa," disse agli altri pompieri.

"Cosa? Non sei in pausa..." cominciò a dire Jean-Michel dal retro.

"Scusa!" gli disse lei. "Devo... devo andare a prendere una cosa in macchina." Guardò Cade negli occhi e gli indicò il parcheggio con un cenno del capo.

Jean-Michel sospirò. "Va bene, ci penso io a voi," disse ai pompieri. "Lily, va' a casa e riposa. Così dispersiva."

Elijah si mosse verso il pesante accento che gli prometteva una tazza di caffè forte e dei dolci in grado di dargli conforto.

In piedi di fianco alla macchina, Lily spostò il peso del corpo da un peso all'altro. Si sentiva in colpa per non essersi fermata a parlare con Elijah, ma, in quel momento, l'unica cosa che voleva era Cade.

Quando Cade, da solo, uscì finalmente dalla panetteria, Lily riuscì a malapena ad aspettare che fossero lontani dagli occhi di suo fratello prima di correrli incontro e abbracciarlo.

Puzzava di fuoco, di fumo, di legno bruciato. Gli avvolse le braccia attorno al collo e chiuse con forza gli occhi per trattenere le lacrime.

Cade si abbandonò a una risata sommessa.

"Quindi. A quanto ho capito hai il resto della giornata libera," disse. "Ti spiace se guidi tu? Sono stanco morto."

Notò che stava tremando leggermente. Quei leggeri tremori le fecero nascere un groppo in gola.

"Va tutto bene?" gli chiese. "Stai tremando..."

"Sto bene. È la stanchezza, tutto qui." Cade le diede le chiavi della propria Mustang.

"Hai guidato fin qui?" gli chiese lei. "Non sei in condizioni di guidare."

Cade le rivolse un sorriso stanco. "Ho appena passato chissà quante ore a spegnere un incendio in un bosco. Fianco a fianco con i tuoi fratelli, non esattamente la situazione più rilassante del mondo. Fidati di me, sono fortunato se l'unico problema che ho al momento sono questi tremori."

Lily accese la macchina e Cade si rilassò sul sedile massaggiandosi le tempie. Lily fece manovra con estrema attenzione, incapace di adattarsi alla fluidità e alla velocità di una macchina non più vecchia di lei.

"Guarda che puoi accelerare, nonna," le disse Cade.

Fece finta di guardarlo in cagnesco. "Scusa, mi ci vuole un po' per abituarmi a una macchina così, abituata come sono a guidare quell'ibrido tra un dinosauro e una barca che mi ritrovo."

Quando raggiunse il proprio appartamento, notò i meccanici che lanciavano sguardi di apprezzamento alla macchina. Lily condusse Cade su per le scale e ignorò tutte le domande riguardo l'auto.

"Scusa se puzzo come un animale," le disse Cade togliendosi gli stivali.

"Oh, ma per piacere," gli disse lei.

Lo trascinò in camera da letto e gli sfilò i vestiti di dosso.

Persino in questo stato, inzaccherato com'era di polvere e terra, vederlo solo con i boxer addosso le faceva palpitare il cuore.

La sua pelle era ricoperta da un velo di sudore. Le sue mani, callose e ruvide, erano la prova delle ore passate a lavorare.

"Scusa," le mormorò mentre lei tirava il piumone e lo faceva infilare a letto. "Sono così stanco..."

Lily si rannicchiò di fianco a lui e cominciò a massaggiargli dolcemente la schiena. Ascoltò il suo respiro farsi più calmo, più regolare. Cominciò a respirare in sincrono con lui.

*Mi rimangio tutto quello che ho detto. Tutto quello che ho pensato,* promise a chiunque la stesse ascoltando. *Sarei orgogliosa di passare la notte in bianco ad aspettarlo. Lo accetto in tutto e per tutto.*

Forse tutte quelle nottate passate a guardare sua madre che si tormentava non erano stata un avvertimento. Forse era stato il destino, un modo per prepararla al futuro che l'attendeva. Sapeva cosa ci voleva per fare il pompiere – fegato e resilienza.

*Chi ha mai detto che stare insieme a un eroe sia facile?*

Prima aveva mentito. Ma ora basta. Condividere le sue preoccupazioni con Renee e Jean-Michel era stato un modo per scrollarsi di dosso gli ultimi rimasugli di apprensione.

*Starei sveglia ad aspettarlo per sempre, se me lo chiedesse.*

Gli premette la guancia contro la schiena e lasciò che il suo corpo che si sollevava e si abbassava la cullasse fino a farla addormentare. In punta di piedi tra la linea che separa i sogni dalla veglia, si sentiva come se fosse tornata nel vecchio soggiorno.

Sua madre appollaiata sulla sedia di pelle marrone mentre Lily sedeva a gambe incrociate davanti ai suoi piedi. Fuori era buio, il tipo di oscurità che ti dice che ormai è mezzanotte. Sopra di lei sua madre ricamava una sciarpa eterna, usando un filo del più bel rosso che Lily avesse mai visto in vita sua. Le dita di sua madre si muovevano con agilità e sicurezza.

Lily mordeva un toast con burro e marmellata. Questo era il loro segreto. Il click degli aghi da maglia sembrava in grado di svegliare solo Lily.

Elijah e Aiden dormivano alla grossa nelle loro stanze. Durante quelle notti – le "notti dei fuochi", come le chiamava la sua mamma – se Lily si svegliava, allora le veniva sempre permesso di restare sveglia – bastava che non facesse rumore. E poteva mangiare tutti i toast che desiderava.

"Mamma," sussurrò. Sua madre abbassò lo sguardo. La

lampada del soffitto le creava un'aureola che circondava i suoi riccioli selvaggi.

"Che c'è, piccola?"

"Pensi che papà l'abbia già spento il fuoco?"

"Sono sicuro che, se non l'ha già fatto, ci manca poco," rispose lei.

"E se... e se l'incendio è troppo grande? E se non riesce a spegnerlo?"

"Ma certo che ci riuscirà," le disse sua mamma. "Non ti preoccupare."

"Come fai a saperlo?"

"Perché è il suo lavoro," le disse la mamma. "Deve farlo. Il lavoro di un incendio è quello di bruciare, e il lavoro del tuo papà è di spegnerlo. Semplice, no?"

## 25

# CADE

Cade venne svegliato dal calore della schiena di Lily e dal gentile battito del suo cuore. Strizzò gli occhi accecato dalla forte luce del mattino e se la strinse a sé. Ormai, svegliarsi nel suo letto cominciava a essere naturale. Si era abituato a vederla lì, la schiena premuta contro il suo petto.

Grazie, pensò Cade inviando la propria gratitudine all'universo. Non me lo merito, lo so. Quindi grazie per quale che sia la forza che ci ha uniti.

Le strinse una mano attorno alla vita e la strinse a sé. Il suo profumo, quella miscela di dolcezza e selvaggia freschezza, era un profumo che sapeva sarebbe sempre riuscito a conquistarlo.

"A che pensi?" mormorò lei. Aveva ancora la voce carica di sonno.

"Esalo gratitudine," disse lui.

Lei si mise a ridere. "Parli come un mio vecchio insegnante di yoga."

"È questo il punto," disse Cade sorridendo. "Fa parte della strategia del dottor Hersh per evitare di dare di matto."

"E di cosa sei grato?" gli chiese lei senza girarsi.

"Di te. Sono grato di non essere morto. Sai... in Montana. Sono grato di poter essere qui con te."

"Anche io sono grata," disse Lily. Si accoccolò a lui.

Dio, mi sto veramente innamorando, pensò Cade. Alla velocità della luce.

Sentì il proprio membro duro sobbalzare contro la coscia di lei.
"Vieni qui," disse. "Andiamo a farci la doccia."
Lei gemette. "Non possiamo restare qui?"
"Ti prometto che ne varrà la pena."
Lei si girò, gli sorrise, e si fece trascinare fuori dal letto.

La piccola vasca vintage con i piedini aveva una tenda circolare che riusciva a malapena a circondarli entrambi. Il sole del mattino che si riversava attraverso le tende bianche abbracciava ogni curva del corpo di Lily. Cade le insaponò la schiena e provò a mandare a memoria ogni lentiggine, ogni neo, ogni parte di lei. Era impossibile sapere quando sarebbe stata l'ultima volta.

*Elijah ancora non lo sa. E se Aiden era così incazzato, figuriamoci Elijah.* Guardò Lily, sapeva che ne valeva la pena. Se proprio doveva, era disposto a rinunciare al suo migliore amico, al suo fratello virtuale, pur di non dover rinunciare a lei. *E che cosa accadrebbe alla relazione tra Lily ed Elijah?*

"Tocca a me," disse Lily girandosi verso di lui in quello spazio ristretto.

L'acqua le colò lungo le guance andandosi a raccogliere nell'incavo delle sue scapole. Cade le insaponò i seni e guardò i suoi capezzoli che si inturgidivano sotto le sue dita.

Lily prese il sapone e glielo passò sul petto e sull'addome.

"Qualcuno qui va in palestra, eh?" disse lei sogghignando.

"In pratica l'unica cosa che potevo fare," disse lui. "Andare dal dottore e sollevare pesi."

"Mica mi sto lamentando," disse Lily. Le sue mani si spostarono verso il basso e si avvolsero attorno al suo membro. Cade sussultò.

"Girati," le disse.

"Ma mi sono appena lavata," gli disse lei per stuzzicarlo.

Cade la fece voltare lentamente verso il soffione della doccia per farle scorrere l'acqua lungo la schiena. Lily afferrò la conduttura che gorgogliava attraversata dall'acqua e lui le strinse i fianchi. Quando lei disse il suo nome, echeggiò nel bagno.

Il vapore della doccia, le gocce d'acqua che colavano verso il basso, facevano sì che quello diventasse il loro mondo personale. Cade desiderò che quel momento durasse per sempre.

Le venne dentro mentre Lily si spingeva contro di lui. Cade si ritrasse e Lily spalancò la tenda della doccia.

"Fa troppo caldo," disse girandosi verso di lui. Lui rispose riempiendola di baci. Poi uscì dalla vasca e si avvolse un asciugamano attorno alla vita.

Lily emerse dal bagno mentre lui si sedeva sul bordo del letto per controllare il cellulare. Aveva i capelli sparati verso l'alto. Se li asciugò e gli chiese: "Che fai?"

"Sto morendo di fame," le disse lui. "Che ti va di mangiare?"

"Pizza?" chiese lei. "Luis's dovrebbe essere aperto a quest'ora."

Cade cercò la pizzeria sul cellulare. "Sì, ma non fanno consegne."

"Va beh, possiamo andare a prenderla noi. Ne vale la pena," disse lei. Lily saltò sul letto e gattonò verso di lui. Guardò il menu. "Andiamo, è un secolo che non mi mangio una pizza."

Cade le diede un bacio. "Tutto quello che vuoi."

Lily si mise la sua maglietta da pompiere e un paio di jeans così sbiaditi che, in alcuni punti sui fianchi e le cosce, erano quasi trasparenti.

"Non sapevo che quelle magliette della caserma potessero essere così sexy," disse Cade facendole l'occhiolino mentre salivano in macchina.

"Io puntavo alla comodità. Ma se è anche sexy, allora va bene." Lily si infilò gli occhiali da sole e gli indicò la strada per il ristorante.

"Che buon odore," disse Cade aprendo la porta della pizzeria per farla entrare.

Il piccolo ristorante a conduzione familiare era pervaso dall'aroma dei pomodori arrostiti, di pizze cotte al forno a legno e di una varietà di condimenti che venivano grigliati o fritti.

Cade la prese per mano ed entrambi si misero in fila. Lily gli sorrise.

"Con salsa di pomodoro extra," disse lei. "Quello è il segreto."

"Senti, o parli in inglese, o te ne vai dove possono capirti!" Cade si innervosì sentendo il puro odio che caricava quella voce. Vide il cassiere sporgersi sul bancone. La donna in fila aveva dei folti capelli neri che le arrivavano alla vita. Gli diede un pezzo di carta. Il braccio le tremava per la paura. "No, non voglio una cavolo di lettera! O mi dici quello che vuoi, in inglese, o ti levi dai piedi!"

La ragazza in coda singhiozzò. Lily tirò Cade per un braccio.

Cade ci vedeva rosso. Squadrò il cassiere senza nemmeno pensarci. Avrebbe potuto stenderlo con estrema facilità. Le spalle cascanti e le mani artritiche lo rendevano un bersaglio facile.

*Perché non ti fai una passeggiata attorno all'isolato?*

Sentì la voce del signor Hersh strisciargli nel cervello. *Quando senti che ti stai arrabbiando, prima considera le circostanze, e poi le opzioni a tua disposizione. Io preferisco sempre allontanarmi, magari vado fuori a fare un po' di esercizio libero, anche se non è sempre fattibile.*

Cade cominciò a valutare le opzioni a sua disposizione.

*Concentrati su un ricordo piacevole, su un luogo, una persona che sia in grado di calmarti.* Elijah quando avevano dodici anni. Dopo scuola, nella stanza di Elijah, a guardare *Hey, Arnold!* fino a quando non tornava suo padre, a fare una scorpacciata di schifezze. Riusciva a sentire il pouf che sprofondava sotto di lui, la morbida coperta poggiata sulle sue ginocchia.

Il suo battito cardiaco cominciò a rallentare. Il sangue che gli pompava nelle orecchie si acquietò. Davanti a lui, vide l'orrenda realtà – una ragazza coreana che faceva dei gesti rivolti a un vecchio odioso cassiere razzista.

"Non può parlare!" gli gridò una signora andando verso il bancone. "Ma non lo vedi che è sorda, brutto stronzo!"

"O mio Dio," disse Lily. "Che stronzo."

"Il tuo manager è qui?" gli chiese la signora. "Voglio parlargli immediatamente."

"Vieni," disse Cade. "Andiamocene."

Lily lo guardò sorpresa, ma non gli fece domande. Invece, lasciò che lui la conducesse fuori dal ristorante. Non appena la porta si chiuse dietro di loro, udirono la voce del manager che rimbombava scusandosi con la ragazza e offrendole un mese di pizza gratis.

"Che ne dici del tailandese?" gli chiese Lily.

Cade sorrise e la guardò.

È questo quello di cui ho bisogno, pensò. Ed è questo quello che voglio.

Qualcuno la cui semplice presenza bastasse a calmarlo e confortarlo. In lei scorgeva riflessa la mancanza di giudizio e l'accettazione di Elijah.

*Forse non sarà così male*, pensò. *Forse Elijah ne sarà felice – almeno, una volta che si sarà abituato all'idea.*

Raggiunsero un ristorante thailandese in fondo all'isolato che non aveva mai notato prima d'ora. Aprì la porta e sentì la campanella che tintinnava. Lily fece finta di rabbrividire.

"Ogni volta che sento una di quelle campanelle, mi viene in

automatico di accogliere qualcuno nella pasticceria e di chiedergli se vogliono assaggiare la savarin."

Cade si mise a ridere. "Se vuoi puoi chiederlo a me."

Lei arricciò il naso. "Preferirei comprare del *khao na pet* e andare a mangiarmelo a letto. Con te," aggiunse facendogli l'occhiolino.

"Mi sembra un ottimo piano."

La cameriera prese la loro ordinazione con un inglese incerto e Lily strinse le mani di Cade.

"Prima volta che venite qui?" chiese loro la cameriera mentre appuntava la loro ordinazione per la cucina.

"Sì," disse Cade. "Non so come ho fatto a non vederlo prima d'ora. Ordiniamo cibo thailandese almeno una volta a settimana."

"Ti piace, vieni prossima volta," disse la cameriera sorridendo. "Ecco, prendi. Coupon per prossima volta."

"Effettuate consegne?" chiese Lily.

"Sì, certo. Se vivi entro cinque miglia, consegna è gratis."

La cameriera li fece pagare e Lily diede un bacio a Cade.

"D'ora in poi ce lo facciamo portare," disse lei. "Sono piuttosto sicura che avremmo potuto infilarci un'altra sessione con il tempo che ci è voluto per venire qui a trovare da mangiare."

"Sei veramente insaziabile, eh?" le chiese lui ridendo.

Lily sgranò gli occhi.

"Non dare la colpa a me," disse lei. "Sei tu che praticamente hai vissuto in palestra negli ultimi mesi. E ti aspetti che io riesca a controllarmi?"

Non appena salirono in macchina, cominciò a curiosare in mezzo alle scatolette.

"Che fai?" le chiese lui.

"Cerco il pudding al mango." Si infilò un cucchiaio di plastica bianca in bocca e ficcò le mani in fondo alla busta.

"Non dirmi che sei una di quelle che cominciano dal dolce," disse lui facendo finta di scuotere la testa in segno di disapprovazione.

"Il dolce viene sempre per primo," disse lei. "Sei fortunato: posso indicarti la retta via." Quando trovò il piccolo contenitore, prese una cucchiaiata di dolce e gemette soddisfatta. "Ecco, prova."

Si lasciò imboccare e si fermò a un semaforo rosso.

## 26

# LILY

"Jean-Michel, io vado!" disse Lily. Infilò la testa in cucina e lo trovò intento a far sciogliere del cioccolato fondente.

Jean-Michel borbottò senza girarsi.

"Ridicole, queste richieste per torte di matrimoni con 'copertura' di plastica – oh, *mon dieu!*" esclamò quando la vide. "Dove vai? E poi: cosa hai indosso?"

Lei si mise a ridere e si guardò.

"Non ti piace?" Agghindata con dei pantaloncini cortissimi, una maglietta attillata e dei calzettoni da baseball tirati su fino al ginocchio, persino lei era rimasta colpita dal fatto che fosse riuscita a far funzionare quel look.

"Tipo, non c'è parola per definirlo. Ma, comunque, si capisce dove è che devi andare." Jean-Michel inarcò un sopracciglio e lei sorrise.

"Oh, è dov'è che dovrei andare?"

"In inglese, non lo so. Noi in Francia diciamo *faire une partie de jambes en l'air.*"

"Beh, non so cosa significa. Ma capisco cosa vuoi sottintendere."

"E mi sbaglio?"

"*Ad ogni modo,*" disse Lily, "siccome non sono sicura al cento per cento di quello che hai appena detto, ti risponderò con un 'forse'. Ma, al momento, vado a giocare a kickball con Aiden."

Jean-Michel sbuffò. "Mi deludi. Lily, sei l'unica impiegata con cui parlo. Perché non puoi, come dire, portarmi tuoi pettegolezzi?"

Lily si mise a ridere. "Mi spiace di deluderti."

"Cos'è kickball? Football? Ragazze non dovrebbero giocare a football."

"No, non è football. O calcio, se è a quello che ti riferisci," disse lei ridendo. "È un gioco che fanno i bambini durante l'intervallo. Ma ci sono alcune squadre interne all'organizzazione, quindi possiamo giocarci anche noi adulti. È divertente."

Jean-Michel tirò su col naso. "Americani, non volete mai crescere. Okay, va' e divertiti a prendere a calci le palle."

"Grazie," disse lei. "Ci vediamo domani."

Lily si diresse verso il parcheggio e sentì il telefono che le vibrava. Un messaggio di Aiden:

*Stai arrivando? Farai meglio a non solarmi come le ultime 100 volte! Ti stanno aspettando tutti!*

*Arrivo*, rispose alzando gli occhi al cielo.

Erano anni che Aiden la implorava di partecipare al suo torneo. Ed erano anni che lei trovava sempre una scusa per non farlo. Ma ora che anche Cade si era unito ai giochi, aveva un motivo per andarci anche lei.

Parcheggiò davanti a Riverfront Park e si schermò gli occhi con la mano per guardare la giostra lì davanti a lei. Quante estati vi aveva speso da bambina. In una delle sue foto preferite, c'erano lei e la sua mamma e dei cavalli bianchi con grossi pali di ottone che facevano sì che sembrasse che stesse cavalcando degli unicorni.

Riuscì a vedere le squadre da lontano. Metà dei giocatori indossavano dei nastri rosa avvolti attorno alle braccia. Corse verso gli spalti e intravide Elijah, Aiden e Cade l'uno vicino all'altro.

*Grazie a Dio*, pensò. Sembrava che Aiden e Cade avessero risolto i loro problemi.

Causati da me, si ricordò con un certo senso di colpa.

"Ehi, Lily!"

Renee li raggiunse stringendo un thermos in mano. Le sue lunghe gambe spuntavano da un paio di pantaloncini da corsa brillanti. Una delle fascette rosa le stringeva il bicipite.

"Renee! Uh... che ci fai qui?" le chiese Lily. Si accucciò di fianco ai suoi fratelli e mise il cellulare nello zaino.

Renee fece spallucce. "Mi ha invitata Aiden."

"Aiden?"

Lily guardò suo fratello, ma lui evitò di guardarla negli occhi. Abbracciò Renee con fare imbarazzato e rivolse dei sorrisi a tutti gli altri. L'ultima cosa che voleva era pensare che suo fratello e la sua migliore amica si stessero dando da fare.

Quando guardò Cade negli occhi, arrossì e chinò il capo per nascondere il ghigno che le attraversò il viso contro la sua volontà.

Ieri sera, a letto, aveva detto a Cade che lui poteva essere anche un pompiere, ma che a quel gioco gli avrebbe fatto il culo a strisce.

"Sembri veramente sicura di sé," le aveva detto lui ridendo. "Soprattutto per essere una la cui principale attività fisica è cuocere dolci al forno."

"Ehi!" aveva protestato lei. "Vorrei proprio vederti mentre porti in giro una torta a cinque strati senza farla traballare."

"Okay, hai ragione," le aveva detto. "Sei super muscolosa."

"Scommetto che domani vinciamo noi."

"Okay, okay! Vincerete voi, ne sono sicuro."

"Sì, ma ho detto che voglio scommettere."

"Ah, sì?" le aveva chiesto Cade sollevando un sopracciglio. "E che cosa vuoi scommettere? Perché se vuoi scommettere la tua macchina, scusa ma no. Ho troppo da perderci."

"Non essere cattivo con Mariah!"

"Mariah?"

"Sì, il nome della mia macchina.

"Colpa mia. Non voglio che la diva si arrabbi con me. Allora? Che vuoi scommettere?"

"Se non vinciamo, sono disposta a giocarmi una settimana di pompini."

"E se invece vincete?" gli aveva chiesto lui. "Continua, hai la mia attenzione. Letteralmente. Vedi?" Le aveva preso la mano e se l'era poggiata sul membro eretto.

"Non fare subito il cazzone," aveva detto lei. "Se vinciamo noi, uguale: me la lecchi per una settimana."

"Parli come se potesse esserci uno sconfitto, qui. O come se queste cose non succederebbero in ogni caso."

"Forse hai ragione," aveva detto lei con un sogghigno. "Ma così è molto più divertente.

"Ehi, quindi quand'è che tocca a noi?" chiese Renee. La sua voce acuta riportò Lily al presente.

"Uhm, avrebbero dovuto finire circa dieci minuti fa," disse Elijah. "Quindi penso da un momento all'altro."

Lily si accovacciò tra Elijah e Renee. Dovette sforzarsi non poco per riuscire a non fissare Cade. Aiden già lo sapeva – o quantomeno sapeva che tra lei e Cade c'era qualcosa.

Ma quanto ne sapeva? Forse pensava si trattasse di una semplice avventura.

Quando Cade si alzò per andare al bagno, Lily lo guardò con la coda dell'occhio.

"Io, uhm, dovrei andare a riempirmi la bottiglietta prima di cominciare..."

"Anche io, vengo con te."

Renee si alzò per unirsi a lei, ma Lily subito le disse: "Oh, ci penso io, non ti preoccupare."

Renee le lanciò un'occhiata strana. "Beh, okay. Se insisti tanto. Non dirò certo di no."

Lily trotterellò verso il piccolo edificio di mattoni. Non appena svoltò l'angolo, trovò Cade appoggiato al muro. Non appena la vide, le andò incontro e la abbracciò. Lily squittì e lasciò cadere le bottiglie.

Cade la bloccò contro il muro e la baciò con passione. Lily sentì i mattoni ruvidi che le tiravano i vestiti. Le baciò le labbra, la mascella, e poi cominciò a mordicchiarle il collo. Lily emise un gemito e sentì il solito calore che si espandeva in mezzo alle sue cosce.

"Cosa, non riuscite a resistere nemmeno per il tempo di una partita?" Cade si scostò, si girarono entrambi e videro Aiden. Aveva il viso rosso fuoco. La rabbia gli faceva contrarre la mascella.

"Aiden..." cominciò a dire Lily, ma lui sollevò subito una mano.

"Siete così stupidi da doverlo fare in pubblico? Dove tutti possono vedervi – dove Elijah può vedervi?"

"Ehi..." cominciò a dire Cade, ma Aiden scosse il capo.

"Stiamo per cominciare. Sempre che voi due volete farci la grazia di unirvi a noi."

Aiden si allontanò furibondo e Lily guardò Cade. Ancor prima di parlare, vide i propri pensieri riflessi nei suoi occhi.

"Prima o poi dovremo dirlo a Elijah," disse. "Non è giusto che l'unico a saperlo sia Aiden."

Cade si mise a ridere. "Non penso che abbia problemi a sfogarsi. Sai, considerando tutte le botte che mi ha dato."

"A dire il vero penso che tu sia fortunato," gli disse lei. "Aiden è una cosa, ma Elijah... voglio dire, è il tuo migliore amico da sempre. E sono entrambi molto protettivi nei miei confronti. Ma Elijah è di gran lunga il peggiore, tra i due."

"Sì," disse Cade. "Hai ragione, lo so."

"Voglio dire, e se ci avesse scoperti Elijah, ora?"

Cade si morse il labbro. "Non voglio nemmeno pensarci."

"Dobbiamo... dobbiamo escogitare un piano. Un piano per dirlo a Elijah, così che la possiamo smettere di nasconderci."

"Sì, ma devo ammetterlo: mi mancherà."

"Cosa?"

"Farlo di nascosto," disse Cade. Le diede uno schiaffetto sul sedere. "Mi eccita."

"Beh, spero che non sia quella l'unica cosa che ti eccita."

"Vedremo."

"Vai tu per primo," disse lei indicandogli il campo. "Devo riempirle, queste bottiglie, se vogliamo che la nostra magra scusa sia quantomeno credibile."

Guardò Cade correre verso il campo mentre riempiva la bottiglietta di Renee con l'acqua della fontanella. Lo guardò allontanarsi, sentendo che, a ogni passo che faceva, la piccola bolla di felicità che si erano creati cominciava a dare i primi segni di cedimento.

Lily lo seguì un minuto dopo. In cima alla collina, riuscì a vedere la sua squadra con le fascette rosa al braccio che cominciava a fare riscaldamento mentre la squadra che aveva appena finito di giocare si disperdeva.

*L'ultima cosa che voglio fare ora è giocare a questo stupido gioco.*

Si unì alla sua squadra e guardò Aiden offrire la propria spalla a Renee così che potesse tenersi in equilibrio mentre faceva stretching. Aiden la guardò sollevando un sopracciglio e, senza parlare, la sfidò a dire qualcosa. Lily lanciò la bottiglietta a Renee.

"Ti ci è voluta una vita!" disse Renee. "Sei andata a prenderla in montagna?"

"La natura mi ha chiamata," disse Lily e sentì Aiden che si metteva a ridere.

"Scusa," disse. "Non dovrei ridere. Dopotutto, chi sono io per dirti che dovresti cercare di tenere a bada i tuoi istinti animali?"

Renee gli lanciò un'occhiata strana, gli tolse la mano dalla spalla e si piegò in avanti cercando di toccarsi la punta dei piedi. Aiden non fece nemmeno finta di non guardarle il sedere.

Lily sentiva le guance che le bruciavano, ma sapeva che era meglio tacere.

## 27

# CADE

"Va bene, per oggi abbiamo finito," disse Cade alle ultimissime reclute.

Loro gli rivolsero degli sguardi pieni di gratitudine e cominciarono a radunare tutta l'attrezzatura usata. In lontananza, vide Aiden che lo guardava. Era tutto il giorno che lo faceva.

Non importava dove andasse, sembrava sempre che Aiden fosse lì vicino. Aspettò che le reclute finissero di sistemare tutte le loro cose e che se ne fossero andate, e solo allora si decise ad andargli incontro.

E a ogni passo che faceva, sentiva il battito che gli accelerava.

*Stai calmo*, si disse. *Ricordati di cosa ti ha detto il dottore.*

"Dobbiamo parlare," disse Cade.

Aiden sputò sul prato. "Tu credi?"

Cade si guardò intorno, ma il capitano non era nei paraggi.

"In cucina," disse indicando l'entrata posteriore con un cenno del capo. "Adesso."

La cucina era linda e pinta come al solito. Le buste con le provviste per la cena erano ordinatamente allineate sul bancone. Aiden appoggiò con nonchalance al frigorifero industriale e squadrò Cade dalla testa ai piedi.

"Beh? Su, parla."

"Voglio solo farti sapere che io con Lily faccio sul serio," disse Cade. Le parole gli uscirono dalla bocca tutte insieme. Aiden sollevò le sopracciglia, ma non se ne andò. "Io... io non ho mai provato niente del genere per nessuna donna."

Aiden si mise a ridere. "Onestamente? Non mi dice molto. Voglio dire, ti ho visto andartene in giro a scoparti ogni cosa che respirava per quanto tempo? Dieci anni?"

"Non è così," disse Cade abbassando lo sguardo. Aiden aveva ragione. *Perché dovrebbe credermi?* "Quel... quei giorni sono finiti," disse Cade.

"Come no," disse Aiden alzando gli occhi al cielo. "Lo sai che ti invidiavo? Voglio dire quando eravamo ragazzini. Quando ero una matricola e tu ed Elijah vi eravate quasi diplomati... pensavo che fosse una cosa fantastica, il fatto che tu riuscissi a ottenere qualunque ragazza volevi. Io... beh, non ho mai pensato che ci avresti provato con Lily. Non me lo sarei mai aspettato. E io non sono nemmeno Elijah."

"Lo so," disse Cade. "Lo so come sembra."

Una recluta si avventurò in cucina, scorse la tensione tra di loro e subito se ne andò.

"Devi arrivare al punto, se ne hai uno," disse Aiden. "A meno che non vuoi che tutte queste voci girino per la caserma."

Cade sospirò.

"È questo il punto. Ti sto provando a dire che... io la amo. Non è un'infatuazione, non è una scappatella. E credimi quando ti dico che io non la stavo cercando, questa cosa. Non è che sono anni che la rincorro."

Quelle parole gli fecero avvampare il viso.

*Forse non ci stavo provando, ma quello che successe anni fa... forse ha fatto sì che l'attrazione persistesse.*

"Sei serio?" gli chiese Aiden. "Perché non so se devo dirtelo, ma se Elijah lo viene a sapere – anzi, quando Elijah lo verrà a sapere, chi lo sa come reagirà. E se lo accetta, e poi tu le spezzi il cuore... beh, non vorrei essere nei tuoi panni."

"Lo so," disse Cade. "Lo so che sto rischiando praticamente tutto. Il mio migliore amico, te, la cosa più vicina a una famiglia che abbia mai avuto. Il mio lavoro..."

"Ehi," disse Aiden. Si sporse in avanti e gli strinse il braccio. "Pensi veramente che ti licenzierebbero per questo? Voglio dire, certo, Elijah ha una certa influenza, ma non penso che ti farebbe mai una cosa del genere."

"Ah sì? Nemmeno se spezzo il cuore di Lily?"

Aiden inclinò la testa da un lato. "Beh... sì, forse. Probabilmente hai ragione."

"Allora puoi capire quanto ci sia in gioco per me," disse Cade.

"Io, uhm... non ci avevo mai pensato."

"È la verità. Sto rischiando tutto quello che ho pur di stare con lei."

Aiden lo guardò.

"Sei onesto, vero?" gli chiese, incredulo.

"Pensi che altrimenti starei qui a implorarti? Se fosse una semplice avventura?"

Aiden sorrise.

"È questo quello che stai facendo? Mi stai implorando?" gli chiese.

"Non esagerare ora," disse Cade ridendo. "Ma... sì. Qualcosa del genere."

"Beh, in tal caso... se il signor Puttaniere si è veramente redento, *e* se vuole stare insieme alla mia sorellina, allora penso che me lo farò andar bene."

"Grazie, amico, grazie," disse Cade.

Le parole gli si strozzarono in gola. Si costrinse a tossire, sebbene nessuno di loro due gli credette.

"Ma non posso parlare per Elijah," disse Aiden. "Lo sai che è un tipo iperprotettivo."

"Lo so," disse Cade. "Mi concedi un po' di tempo, però? Per dirglielo?"

Aiden emise un fischio. "Non lo so... se scopre che lo sapevo e non gli ho detto niente, ci ritroveremo entrambi in un mare di guai."

Cade inspirò.

"Lo so," disse. "Non volevo metterti in questa situazione."

"Dimmi una cosa, allora. La ami veramente? Voglio dire, fino in fondo. Per davvero."

Aiden lo guardò negli occhi, e per la prima volta durante questa conversazione Cade non dovette sforzarsi per continuare a sostenere il suo sguardo.

"Sì," disse. "La amo veramente."

Le parole più facili che avesse mai pronunciato in vita sua.

*E allora perché a lei non l'hai detto?*

"Beh, cavoli, Cade. Perché non me l'hai detto fin dall'inizio?"

Cade si mise a ridere. "Beh, era dura dirtelo mentre mi pestavi nel parcheggio."

"Ah, sì, mi dispiace per quello," disse Aiden. "Penso di avere dei problemi a gestire la rabbia, o qualcosa del genere."

"Sai, conosco un dottore che potrebbe darti una mano."

Aiden arricciò il naso. "No, grazie. E, senza offesa, ma una volta che ti invischi con gli strizzacervelli, non ne esci più."

"Non è così terribile," disse Cade facendo spallucce. "Mi ha insegnato degli ottimi trucchetti per gestire i miei problemi con gli accessi di rabbia."

"Beh, ottimo. Forse un giorno possiamo prenderci una birra e me ne parli."

"È un'offerta di pace?" gli chiese Cade.

Si rese conto che, fino ad ora, non era mai uscito da solo con Aiden. Per la maggior parte delle loro vite, Aiden era sempre stato il fratellino di Elijah. Una seccatura quando erano veramente piccoli – riconsiderata poi a mano a mano che crescevano.

*Quanto lo conosco, in fondo? Il mio secondo quasi-fratello che è sempre stato qui davanti ai miei occhi?*

"Chiamala come ti pare," gli disse Aiden. "Tanto paghi tu."

Cade si mise a ridere. "Per me va bene. Mi sembra un'ottima idea, dopo... sai, dopo che l'ho detto ad Elijah e tutto il resto."

"Ah, in bocca al lupo con quello," disse Aiden. "Lo vuoi un consiglio? Aspetta fino che arrivi il giorno prima del suo ritorno al lavoro. La fine di questo weekend. Non ti perdonerà mai se gli rovini il venerdì."

"Grazie per il consiglio," disse Cade.

"Ehi, ma dove siete stati voi due? Il capitano vi sta cercando." Elijah apparve sulla soglia, un asciugamano sporco d'unto poggiato sulla spalla.

"Niente," disse Cade e Aiden all'unisono.

Elijah rivolse loro un'occhiata curiosa.

"A me non sembra così. Ad ogni modo, ho bisogno di uno di voi due per controllare uno dei camion," disse scuotendo il capo. "Qua sta andando tutto in malora."

Aiden diede di gomito a Cade. "Non sei... il tuo turno non comincia prima di domani, giusto?" gli chiese Aiden.

"Sì, beh, tecnicamente. Ma quelle reclute non riescono a distinguere il tappo della benzina dal loro sedere."

Aiden guardò Cade.

"Uhm, Elijah," fece Cade. "Posso parlarti per un istante?"

"Che diamine pensi che stiamo facendo? Mi aiuti o no?" gli chiese Elijah, esasperato.

Dio, questo di certo non è il momento adatto, pensò Cade. Su, tagliamo la testa al toro. Un colpo secco, deciso. E in pubblico.

"Giusto un minuto," disse Cade di fretta. "È da un po' che voglio dirtelo, solo che non sapevo come fare. Quindi, Lily..."

"Ma che diamine ci fate qui?" disse il capitano comparendo sulla soglia. "Inforniamo torte? Elijah, datti da fare, quel camion ci serviva in condizioni perfette già ieri."

"Sì, capitano," disse Elijah.

Lanciò a Cade un'occhiata interrogativa e girò i tacchi per andarsene. Cade riusciva a sentirlo mentre urlava in fondo al corridoio alla ricerca di qualcuno che lo aiutasse.

"Scusi, capitano," disse Aiden. Si toccò il cappello da baseball per salutarlo e si affrettò verso gli spogliatoi.

"Eh, tu, bella massaia, che aspetti?" chiese il capitano a Cade. "Qualcuno che ti legga la ricetta mentre cucini?"

"Uhm, mi scusi, capitano," disse Cade.

Il capitano accennò un sorriso.

Cade gli passò di fianco e corse verso il parcheggio e si infilò in macchina. Aveva il cuore che gli batteva a mille, ma doveva ammettere che, in fondo in fondo, era grato dell'interruzione.

Elijah era ovviamente distratto, ma ci sarebbero sempre state un'infinità di scuse perché non era mai il momento adatto.

"Dovrò dirglielo, prima o poi," disse sottovoce accendendo la macchina.

Accese la radio beccando una stazione che trasmetteva musica anni '90. Elijah uscì dalle porte del garage seguito da una delle nuove reclute.

Cade si nascose dietro al volante e Elijah che, con velata pazienza, provava a mostrare alla nuova recluta come si controllavano i camion. Vedere il suo migliore amico che dava istruzioni a quel ragazzo ricordò a Cade di come Elijah, negli anni, si fosse comportato con Lily.

*E di come si comporta ancora, ne sono sicuro*, pensò.

Ti sei cacciato in una situazione non facile, pensò.

Eseguì gli esercizi di respirazione, riempiendosi i polmoni fino a scoppiare e trattenendo il respiro per quattro secondi prima di cacciarlo fuori.

*Di tutte le donne del mondo, dovevi innamorarti proprio di lei.* Ma non aveva dubbi che ne valesse la pena, e sapeva di non sbagliarsi. Stava andando tutto nel verso giusto. *Ma Elijah lo accetterà?*

## 28

# LILY

Lily allungò la mano stando sul lettino e prese il cardigan poggiato sulla sedia. Aveva le dita dei piedi congelate, anche se indossava i calzini.

*Perché ti devono sempre far denudare e indossare queste stupide vestaglie di carta se poi gli ci vuole una vita prima di venire a visitarti?*

Quando l'infermiera aveva preparato Lily per farsi visitare dal proprio medico, le aveva rivolto un'occhiata dopo aver controllato la sua pressione arteriosa.

"Un po' alta," le disse.

"Quanto?"

"Centodiciotto su settanta."

"Beh, non è... non è, tipo, non è male, no?" chiese Lily.

"No, ma in base alla cartella hai sempre avuto la pressione bassa. Sei stata sotto stress, di recente?" le chiese l'infermiera scrivendo un appunto.

*Un eufemismo.* "Penso di sì," disse Lily.

"Ti stai prendendo cura di te stessa?" le chiese l'infermiera. "È importante, specie quando si cresce."

"Ci provo," disse Lily. Non riusciva a convincere nemmeno sé stessa.

"Beh, la dottoressa arriverà subito."

Lily rimase seduta con la schiena dritta fino a quando non sentì la porta che si chiudeva. Espirò e si guardò intorno. Ogni movimento del suo corpo faceva raggrinzire la vestaglia di carta.

Con il cardigan sulle cosce, cominciò a giocherellare con il telefono.

*Non farlo, Lily*, si disse, ma non poté farne a meno. Di nuovo, cercò "sintomi indolenzimento seno" e guardò l'Internet che le diceva che o era incinta, o stava morendo, o entrambe le cose.

*Che idiozia,* pensò leggendo le varie patologie collegate all'indolenzimento dei seni. Ti fa male il seno! *Il tuo ciclo sta per arrivare.*

Ma Lily non riusciva a smettere di pensare a sua madre. Era troppo piccola per ricordare le parti peggiori. Qualsiasi discorso sul cancro al seno e su sua madre erano sempre stati evitati in sua presenza.

Tuttavia, persino da bambina, Lily aveva cercato storie di donne con il cancro al seno e segni premonitori a cui prestare attenzione. E l'indolenzimento del seno era un sintomo comune.

*Sì, ma è anche un sintomo della gravidanza e della sindrome premestruale. Prendi la pillola e il seno non ti ha mai fatto così male subito prima del ciclo – quindi che altro può essere se non cancro al seno?*

Qualcuno bussò alla porta.

"Signorina Hammond?" La sua dottoressa apparve sulla soglia. Era bassa, tarchiata, e con spessi occhiali rotondi. "Ho sentito che le duole il seno."

L'infermiera entrò di corsa e andò a sedersi nella sedia nell'angolo. Sentire il suo dito che batteva gentile sul tablet fece innervosire Lily.

Che cosa sta scrivendo?

"Sì," disse Lily. "Lo so che non sembra chissà cosa, ma mia madre è morta di cancro al seno..."

"Se c'è qualcosa che la preoccupa, allora è giusto controllare," disse il dottore. "Si distenda."

Lily si distese sulla fredda carta bianca che ricopriva il lettino ed emise un leggero sussulto.

"È fredda, lo so. Mi dispiace," disse la dottoressa. La donna di mezz'età prese a palparle il seno, lo sguardo distante. Il suo tocco la fece trasalire.

"Fa male?" le chiese la dottoressa.

"Uhm, sì. Un po'," disse.

La dottoressa scosse il capo.

"Mi scusi, ma devo premere più a fondo per un esame completo. Il suo ginecologo ha eseguito un esame completo otto mesi fa, dico bene?"

"Sì, mi sembra di sì," disse Lily.

"E i risultati erano tutti nella norma?"

"Sì..." Lily fece una smorfia sentendo le mani della dottoressa che si muovevano con fare calcolato e doloroso sui suoi seni.

"Non sento niente di anormale," disse la dottoressa. "Ha delle cisti, ma sono benigne e normali per una donna della sua età. Le farò fare delle analisi del sangue così da escludere alcune possibilità."

"Analisi del sangue?"

"Ci vorranno solo un paio di minuti. Se ne occuperà l'infermiera, e io tornerò tra qualche minuto con i risultati." La dottoressa fece un cenno all'infermiera che, con fare certo, scrisse qualcos'altro nel suo tablet. "Qualche altra domanda?"

*Potrebbe sempre trattarsi di cancro? O di qualcosa di peggio? Mi dica cosa pensa che sia!*

"No," disse Lily sorridendo. "A posto così."

"Benissimo. Torno tra poco." La dottoressa uscì dalla stanza e l'infermiera approntò un ago.

"Solo una piccola puntura," le disse l'infermiera legandole un laccio emostatico attorno al braccio e cercando una vena.

"Quanto tempo ci vorrà?" le chiese Lily. Guardò la fialetta di vetro riempirsi di sangue scarlatto.

"Non hanno molto da fare al laboratorio, adesso. Non ci vorrà molto," le promise l'infermiera con un sorriso.

"Posso rivestirmi?"

"Perché non resta un altro po' con la vestaglia? In caso il dottore debba eseguire altri accertamenti dopo le analisi del sangue."

Lily sospirò e l'infermiera scomparve, armata con il suo sangue e diversi appunti. Rispose a diverse e-mail, lesse qualche lista di Buzzfeed cercando di distrarsi e buttò giù una marea di bozze di messaggi da inviare a Cade – che non inviò.

Quanto cavolo ci vuole?

Poi, proprio mentre pensava di poter morire di ipotermia invece di quale che fosse la cosa che aveva al seno, ecco che sentì bussare alla porta.

"Signorina Hammon?" disse la dottoressa entrando. "Ho i risultati delle analisi del sangue."

"Oh?"

*Sto morendo. Ho una qualche rara malattia del sangue e sto morendo.*

"Non ha il cancro al seno," disse la dottoressa. "Se le fanno male i seni è perché è incinta."

"Io... un momento, cosa?"

"Capisco che non è una gravidanza desiderata?" le chiese la dottoressa. "È nelle primissime fasi. Senza altri test, non posso essere più precisa, ma è di sicuro nel primo trimestre. Primo mese, con ogni probabilità."

"Sono incinta?" Lily aspettò di sentire il proprio cure che si schiantava al suolo, ma non accadde. Invece, si sentì invasa da una strana sensazione di leggerezza.

"Sì, è incinta. Ha qualcuno con cui gradirebbe parlare? Il suo ginecologo? Se no, posso raccomandargliene uno io..."

"Non può essere," disse Lily. "Prendo la pillola ogni giorno, non sgarro mai. La prendo sempre alla stessa ora, ogni volta che prendo le vitamine..."

"Signorina Hammon, capisco che questa non è una gravidanza desiderata. Ma le pillole anticoncezionali non funzionano al 100%. Anzi, rispetto ad altre opzioni, come ad esempio la spirale, non hanno delle percentuali di successo eccelse."

"Ma... non doveva accadere. Non ora," disse Lily coprendosi la bocca con le mani. Aveva il corpo in fiamme. Qualsiasi accenno di freddezza era ormai svanito del tutto.

"Le raccomando di prendere appuntamento col suo ginecologo quanto prima," disse la dottoressa. Le diede delle pacche gentili sulla mano. "Sono molte le opzioni a sua disposizione, specie nelle prime fasi della gravidanza. Non prenda decisioni affrettate. Il ginecologo che abbiamo nel suo file risiede a Providence, dico bene?"

"Sì..." disse Lily.

La sua voce sembrava così distante. *Come posso essere incinta? Cazzo, che cosa dirà Cade?*

"Le suggerisco caldamente di chiamarlo oggi stesso per fissare un appuntamento. Prima si fa visitare dal suo ginecologo, meglio è – non importa quale sarà la sua decisione ultima riguardo questa gravidanza."

"Sì..." disse Lily. "Grazie. Lo chiamo oggi."

In qualche modo, quando l'infermiera e la dottoressa ne

furono andate, riuscì a rimettersi i vestiti addosso. Abbassò lo sguardo sullo stomaco piatto.

Com'è possibile? Provò a pensare a come avrebbe potuto dirlo a Cade, ma non riusciva a trovare quello giusto. *E lui non l'ha ancora detto a Elijah. Dire a mio fratello che stiamo insieme, o quello che è, è una cosa. Ma dirgli che sono incinta?*

Non riusciva nemmeno a immaginarsi cosa sarebbe successo.

Attraversò la sala d'aspetto e notò una donna pronta a partorire. *Non sono pronta per tutto questo.*

Guidando verso casa, analizzò i vari potenziali modi che avrebbe potuto utilizzare per iniziare la conversazione con Cade, ma non le venne in mente nulla. Quando vide la sua Mustang parcheggiata nel vialetto, il cuore cominciò a palpitarle.

Fallo e basta. Diglielo e basta. Forza. Coraggio.

Ogni passo verso l'appartamento sembrò richiedere tutta la forza che aveva. Aprì la porta e vide la schiena di Cade in cucina. Era chino sui fornelli, circondato dal profumo del formaggio grigliato.

"Ehi!" le disse con un sorriso. "Com'è andato il tuo appuntamento."

"È andato bene," disse. Gettò la borsa sul divano e si posizionò sulla soglia della cucina. Guardò la sua schiena muscolosa mentre grigliava spesse fette di pane. *Non riesco a crederci che ho mandato tutto in malora.*

"Quindi, ho parlato con Aiden oggi," disse Cade. "Abbiamo risolto. Ed Elijah..."

"Hai parlato con Elijah?" lo interruppe lei.

"Beh, ha sorpreso me e Aiden mentre parlavamo..."

"Non pensi che avresti dovuto dirmelo prima di andare a parlare con i miei fratelli? Di noi?" gli chiese lei.

Cade si voltò lentamente e la guardò. "Pensavo fossimo d'accordo che..."

"Sì, eravamo d'accordo che dovevamo dirglielo, ma non che l'avresti fatto tu per conto tuo!"

Sapeva che si stava sfogando con lui, che lui non aveva colpe, ma non poté farci niente. Al momento l'unica cosa che voleva era guadagnare un po' di tempo. Reindirizzare la rabbia verso qualcun altro oltre a sé stessa.

"Ehi, ma qual è il problema?" chiese lui, confuso.

"Il problema è che tu devi sempre fare l'eroe, e che mi lasci sempre in disparte ad aspettare che tu mi dica che è tutto risolto!"

"Lily, calmati..."

"Non osare dirmi che devo calmarmi." La voce le tremava per la paura, ma sembrava fosse la furia. "Non puoi comportarti così.!"

Se ne andò come una furia in camera sua, prese il giubbotto e si infilò i piedi nei vecchi scarponi da montagna. Si diresse verso la porta sbattendo i piedi. Sentì gli occhi di lui che la guardavano.

"Dove vai?"

"Esco!" gridò. "Devo stare da sola."

"Ma ho preparato la cena..."

"E mangiatela da solo!" disse lei.

Uscì sbattendo la porta e raggiunse la macchina prima di scoppiare a piangere.

## 29

## CADE

Cade aspettò per tre ore, ma Lily non tornò. Non l'aveva mai vista così prima d'ora – che si arrabbiava e voleva litigare per un nonnulla.

*Ma che diavolo è successo durante quell'appuntamento?*

Quando gli aveva detto che aveva un appuntamento veloce, lui non aveva dato peso alla cosa. Ora, si rendeva conto che avrebbe dovuto investigare più a fondo. Non era da Lily tenergli nascoste le cose.

*È andata a parlare con Elijah?*

Quando Cade ormai perse le speranze, lasciò i panini freddi sul ripiano della cucina e scese di corsa le scale verso il parcheggio. Infilato sotto al tergicristallo, vide un bigliettino giallo su cui erano scarabocchiate alcune parole con una calligrafia familiare.

*Sono andata a Northgate. Avevo bisogno di aria fresca. Scusa, L.*

Cade sbattè la portiera e accartocciò il bigliettino.

*Ma che cavolo di problema ha?*

Il cellulare gli vibrò. Lily il suo l'aveva spento, ma forse finalmente era tornata in sé. Ma fu il nome di Elijah quello che apparve sullo schermo.

"Pronto?" Cade non sapeva cosa aspettarsi. *E se Lily fosse con lui? E se Elijah mi sta chiamando per dirmi che vuole ammazzarmi?*

"Ehi!" disse Elijah. Aveva una voce rilassata, felice. "Dove sei?"

"Uhm... stavo facendo benzina," disse Cade guardando la pompa di benzina del meccanico.

"Sei nei paraggi? Ti va di prendere un caffè insieme?"

"Certo," disse Cade. L'ultima cosa che voleva era prendersi un caffè ma, quantomeno, stare insieme ad altra gente l'avrebbe aiutato a non pensare a Lily. "Dove vuoi andare?"

Elijah si mise a ridere. "E dove? Al solito posto. Ho una voglia matta di eclairs."

"Uhm, okay. Ci vediamo lì tra dieci minuti?"

L'ultima cosa che voleva era di andare sul posto di lavoro di Lily insieme a Elijah, ma non aveva avuto nessuna scusa plausibile a portata di mano. Si immise sulla strada principale e guidò verso la pasticceria.

Elijah era già lì, appoggiato con nonchalance al furgone, con gli occhiali da soli mezzi calati sul naso. Era impossibile decifrare i suoi occhi.

"Una bestia, eh?" chiese Elijah a Cade mentre gli andava incontro.

"Cosa?"

"La Mustang," disse Elijah. Si tolse gli occhiali da sole. "È una vera bestia, eh? Chissà quanto consuma."

"Ah, già. No, non è poi così male," disse Cade.

"Andiamo. Ho bisogno di un po' di caffeina. E di zucchero."

Il campanello suonò e Cade incrociò lo sguardo di Jean-Michel, in piedi dietro al registratore di cassa.

"Lily non lavora oggi?" chiese Elijah, deluso.

"No," disse Jean-Michel, lentamente. Lanciò un'occhiata curiosa a Cade. "Lui non lo sa..."

"Va bene, va bene, prendiamo solo qualche cosa da asporto. Giusto?" lo interruppe Cade.

Elijah lo guardò. "Sei di fretta. Pensavo che potevamo mangiare qui..."

"Ah, gli innamorati, sempre di fretta," disse Jean-Michel. "Che cosa vi servo?"

"Innamorati?" gli chiese Elijah ridacchiando. "Mi spiace, ma Cade ed io siamo semplici amici. Uhm, mezza dozzina di eclairs, due da mangiare qui, e due caffè americani."

"Americani," disse Jean-Michel con un sospiro. "Nome terribile. Dovresti provare l'espresso. O il caffè francese," disse.

"Certo, perché no?" disse Elijah tirando fuori il portafoglio.

Cade si sentì in colpa mentre guardava Elijah che pagava. I segreti pesavano moltissimo. Ogni volta che passavano del tempo insieme, gli sembrava che il segreto che gli stava nascondendo si facesse sempre più pesante. Gli fu quasi impossibile evitare di sputare il rospo lì, su due piedi.

Ma ora? Con Lily che sta dando fuori di testa? È ovvio che non gli ha detto nulla. E allora di cosa si tratta? Ci sta ripensando?

L'ultima cosa che voleva era di prendere e dire tutto e Elijah proprio ora che Lily era tornata in sé e aveva capito che poteva ottenere di meglio.

*Che cosa se ne fa di uno come me, col cervello che nemmeno gli funziona?*

"Come dici?" disse Cade ritornando bruscamente alla realtà. Elijah guardava Jean-Michel incredulo.

"Dico a tuo amico che fai meglio a trattare la ragazza come si deve."

"E che diavolo vorrebbe dire?" gli chiese Elijah.

*Merda. Tutti questi piani, ed ecco che questo cazzo di francese arriva e gli dice tutto.*

Jean-Michel sgranò gli occhi. Solo ora si rendeva conto di quello che aveva fatto.

"Vuole dire niente," disse Jean-Michel. "Io prendo in giro."

Cade si girò verso Elijah.

"Vieni con me," gli disse.

"Ma le éclairs!" disse Jean-Michel.

Cade seguì Elijah fuori dal negozio. Il parcheggio era deserto. Le macchine sfrecciavano sulla strada. Poteva succedere qualsiasi cosa lì – letteralmente – e nessuno l'avrebbe visto.

"Vuoi dirmi a che cosa si riferiva quel tizio lì dentro?" gli chiese Elijah. Aveva le braccia conserte sul petto muscoloso.

*Ci siamo. Diglielo e basta. Diglielo.*

"Io, uhm, non so cosa sa Jean-Michel..."

"Non me ne frega un cazzo di quello che sa o non sa. Voglio che tu mi dica la verità."

"Elijah... Lily e io, è da un po' – beh, stiamo insieme."

"E che diavolo vuol dire."

Cade inspirò. *Almeno ancora non ha cominciato a prendermi a calci in culo.*

"È da un po' che cerco il modo per dirtelo," gli disse. "E, ti prego di credermi, non è stato nulla di pianificato..."

"Da quanto tempo è che va avanti questa cosa?"

"Qualche settimana..."

Elijah annuì. "E che significa che state insieme?"

"Noi..."

"Te la scopi?"

"Elijah, ti prego..."

"Ti scopi la mia sorellina?" Elijah abbassò le braccia e Cade vide i pugni chiusi.

"Non è così." *È esattamente così.* "Io... Cristo, Elijah, io provo davvero qualcosa per lei. Okay? La nostra è una relazione seria..."

"Cazzo, Cade! *L'unica* cosa che ti avevo detto di non fare! L'unica! E non riesci nemmeno a tenertelo nei pantaloni. È la mia cazzo di sorella!"

"Lo so! Lo so, e mi dispiace! Non volevo farti star male. Non voglio perderti, tu sei il mio migliore amico. Sei come mio fratello..."

"Sì! E Lily *dovrebbe* essere come tua sorella! O quantomeno lo era. Non riesco a crederci che mi stai facendo una cosa del genere..."

"A te?" chiese Cade, incredulo. "Questa... la nostra relazione non ha niente a che vedere con te."

Per la prima volta, Cade si reso conto che ciò era la verità. *Che importa se io e Lily ci amiamo? Che cosa gli cambia, a lui?*

"Lei era l'unica persona... ma che cazzo? Ma che problemi hai?" gridò Elijah. Si lanciò verso Cade, che in tutta rispondersi, per difendersi, abbassò le braccia e le spalle.

"Reagisci!" gli gridò Elijah in faccia. "Andiamo, stronzo, combatti!"

Cade cadde in ginocchio e accettò i pugni che gli piovvero sulla schiena. Quando Elijah lo colpì sull'orecchio, sentì un ronzio acuto e un dolore che lo scosse fin nel profondo.

"Ma che cazzo?" Cade alzò lo sguardo Aiden svoltò l'angolo di corsa. "Ehi! Ehi, voi due! Non so che diamine state facendo, ma è scoppiato un grosso incendio vicino a Northgate."

"Northgate?" Cade rimase senza fiato.

"Qualche idiota ha combinato un disastro con il barbecue," disse Aiden. "Continuerete con queste stronzate su Lily un'altra volta."

"Che ne sai che si tratta di lei?" gli chiese Elijah. "Merda, Aiden, se lo sapevi e..."

"Lily è a Northgate," disse Cade all'improvviso. Elijah e Aiden si girarono verso di lui.

"Cazzo," disse Elijah. "Andiamo." Allungò le mani verso Cade e lo tirò su.

"Com'è la situazione?" chiese Aiden a Cade mentre correvano insieme a Elijah verso il camion dei pompieri che Aiden aveva parcheggiato in fondo alla strada.

"Uh... fino a venti escursionisti intrappolati," disse. "E sta peggiorando di ora in ora. Non lo sapevo. Non la sapevo che lei fosse lì..."

"Non è colpa tua," disse Cade balzando sul camion.

*È mia. Qualunque cosa sia successa, è colpa mia se è là fuori. Non l'ho fermata. L'ho lasciata andare e basta.*

L'elicottero era pronto per partire. Assunsero i loro ruoli naturali, come se non importasse nient'altro. Cade si mise le cuffie e ascoltò i rapporti che venivano trasmessi.

"Sembra che quasi venticinque escursionisti siano intrappolati a Northgate..."

"Sei sicuro che sia lì?" chiese Elijah urlando per sovrastare il frastuono dell'elicottero.

"Sì," disse Cade. Abbassò lo sguardo e vide le fiamme che si facevano sempre più vicine.

Mi dispiace.

La voce del capitano rimbombò nelle loro orecchie. Cade guardò Elijah negli occhi. La rabbia ormai era sparita del tutto.

"Scusami," gli disse Elijah senza proferire suono.

Cade si limitò ad annuire. Non voleva le sue scuse, non voleva nemmeno che Elijah gli desse il suo benestare. Voleva solo sapere che Lily stava bene. L'elicottero aleggiò sopra la parte peggiore dell'incendio e Cade afferrò la corda.

Discendendo verso il calore, sentì l'adrenalina che gli pompava nelle vene. Tutto il dolore provocato dalle botte di Elijah ormai era svanito. Ora l'unica cosa che contava era trovare Lily, salvarla.

Quando i suoi stivali calpestarono le scricchiolanti foglie sul terreno, alzò lo sguardo e vide Elijah e Aiden sopra la propria testa.

*Questo non è il Montana,* si disse. *Respira.*

I tre avanzarono verso il fumo mentre la radio che aveva sul petto gracchiava. Ecco. *Ci siamo. La tua occasione per redimerti.*

Forse salvare Lily non avrebbe compensato quanto successo in Montana. Niente avrebbe mai potuto farlo. Ma era la cosa migliore che potesse fare.

Questa volta, con Elijah e Aiden al suo fianco, per una volta non si sentì da solo. Non era solo lui che lottava contro le fiamme: erano tutti e tre.

Sapere che loro la amavano quanto lui, che avrebbero fatto di tutto per lei, proprio come lui, gli fece provare un senso di sicurezza mai provato prima in vita sua.

*Pompieri, noi non scappiamo dalle fiamme. Noi ci corriamo dritti incontro, accettiamo le fiamme, il calore. Sappiamo che il fumo non ci accecherà per sempre. Lily, stiamo arrivando.*

30

# LILY

Lily si tolse dalle spalle lo zaino leggero che era solita tenere nel cofano della macchina. Era uno dei punti di ristoro che più le piacevano su questa montana. Annusò l'aria.

Un fuoco da campo? A Northgate?

C'era qualcosa che non andava. Gli unici punti fuoco autorizzati si trovavano giù a valle, ma era impossibile ignorare quell'odore. Si concentrò sul proprio respiro e si arrampicò sul vecchio tronco caduto che offriva la vista migliore – per quanto pericolosa – del paesaggio. Lily si aggrappò a un ramo robusto e si sporse sul precipizio. Sotto di sé, vide le fiamme e il fumo nero che si arrampicavano verso il cielo.

"O mio Dio," disse sottovoce.

*Merda, come ho fatto a non accorgermene? Sono veramente così sovrappensiero da non accorgermi di un cavolo di incendio?*

Tirò fuori il cellulare, per quanto sapeva che fosse inutile. Ormai erano due chilometri e più che non aveva campo. *Quante volte ho percorso questo sentiero?*

Lily si premette la mano sull'addome. Sebbene il suo stomaco fosse ancora piatto e teso, riusciva già a sentire la minuscola vita che stava crescendo dentro di lei.

*Muoviti. Muoviti!,* si ordinò. C'erano due opzioni. Scalare la facciata rocciosa sul versante opposto della montagna, oppure continuare a salire.

*La parete rocciosa non riusciva a scalarla nemmeno quando non eri incinta*, si ammonì. Lily, in tutta la sua vita, aveva conosciuto soltanto un escursionista in grado di riuscirci, ed era il tizio che le insegnava ad arrampicarsi in palestra.

*E fino a dove vuoi arrivare, se continui a salire?*, si chiese rimettendosi lo zaino sulle spalle.

"Che succede quando arrivo in cima?" si chiese ad alta voce cominciando a camminare lungo i tornanti.

Ebbe la tentazione di prendere una scorciatoia che tagliasse fin su in cima alla montagna, ma la vita che le stava crescendo nella pancia le disse di attenersi al sentiero principale. *L'ultima cosa di cui hai bisogno è di farti male.*

Accelerò il passo e cominciò a sentire il sudore freddo che le inzuppava la maglietta.

Forse, se arrivo abbastanza in alto, non ci sarà abbastanza vegetazione od ossigeno, e il fuoco morirà. Provò a ricordarsi tutte le cose che Cade e i suoi fratelli avevano dovuto memorizzare durante l'addestramento.

*Che cosa farebbe un vigile del fuoco in questa situazione?*, si chiese. *E sia: continuiamo a salire.*

Una parte di lei sapeva che stava solo guadagnando tempo. Ma continuare a camminare verso la cima le dava qualcosa a cui pensare – qualcosa oltre a Cade. Qualcosa al di là del loro bambino.

*Dove diavolo sono Cade e i miei fratelli? Sono qui vicino? Dio, e se Cade non ha letto il mio bigliettino?*

L'aveva scritto in fretta e furia, e non riusciva a ricordarsi quanto saldamente l'avesse infilato sotto al tergicristallo. Forse se n'era volato via. Forse qualche teppistello se l'era preso e portato via.

*Mi dispiace. Me lo rimangio. Non avrei mai dovuto litigare con lui*, pensò. *Continua a camminare. Sempre più in alto. Sempre più in alto.*

Una parte di lei sperava di poter incrociare altri escursionisti. Di trovare un barlume di speranza. Ma una parte ancora più grande di lei si odiava per sperare che qualcun altro si trovasse nella sua stessa situazione.

Si ricordò di come Elijah diceva sempre che, di solito, era il fumo che uccideva le persone, e non il fuoco. *Quindi sarebbe un modo migliore di andarsene?*

Lily si guardò indietro, ma sembrava che il fumo fosse ancora più denso. Ancora più vicino.

*Non ti girare*, si disse. Percorse una curvatura del sentiero e inciampò su una radice che spuntava dal terreno.

*Merda!* La caviglia cominciò subito a gonfiarsi. Si tirò su, si scrollò di dosso i sassolini e il terriccio e si costrinse a proseguire.

Che diavolo dovrei fare ora che non posso più nemmeno correre?

Percorse qualche altro metro prima di rendersi conto che stava facendo più danni che altro. Un tronco lungo il bordo del sentiero la attirò a sé.

*E quindi? Dovrei sedermi qui e aspettare di morire?*

Lily pensò di vedere le fiamme che aveva raggiunto il sentiero su cui si trovava, ma non ne era sicura. L'aria era così densa di fumo che non poteva essere certa di cosa stesse vedendo. Usò il giubbino per coprirsi la bocca e il naso e cominciò a tossire.

Aveva un bisogno disperato di ossigeno ma, ad ogni respiro, si ricordava che il bambino stava respirando la stessa aria. Cominciò a fare respiri brevissimi attraverso il naso e pregò che l'aria fosse abbastanza pulita.

Un crepitio riempì l'aria. Era impossibile negarlo. Le fiamme erano ben visibili, e correvano risalendo il sentiero a una velocità tale che le sarebbe stato impossibile sfuggirle anche se avesse avuto la caviglia a posto.

Lily si tolse lo zaino dalle spalle mentre le lacrime le colavano lungo il viso. Non sapeva se fossero causate dal fumo, dai rimpianti, dalla vita con Cade e con il loro bambino che vedeva ora cadere in pezzi, o da tutte e tre le cose.

Si tolse il giubbino e si sfilò la maglietta per usarla come bandana.

Il calore sale verso l'alto. E così deve fare anche il fumo. Lily si posizionò dietro il tronco di legno e si distese sul del fieno. Si avvolse la maglietta attorno alla faccia per improvvisare una maschera e si coprì con il giubbino verde chiaro. *Se mi stanno cercando, se c'è qualcuno che mi sta cercando, Dio, ti prego, fa' che mi vedano.*

"Mi dispiace," sussurrò all'aria piena di fumo.

Non sapeva quelle scuse fossero rivolte a Cade, al bambino o a sé stessa. Aveva a malapena avuto il tempo di elaborare la sua gravidanza.

*E guarda che hai combinato quando l'hai scoperto? Sei scappata via – come fai sempre.*

Aveva la testa piena di pensieri frammentari. Lily si ricordò di sua madre, di quando fosse buono quel toast al burro alle due di notte mentre aspettavano il suo papà. Vide Jean-Michel, uno perpetuo sbaffo di farina sulla faccia.

"L'amore non è mai semplice."

In lontananza, sentì un'altra voce. Si mescolavano tutte assieme, ma questa qui era confortante, profonda, sicura. *Cade*?

Lily si tirò su sui gomiti. Tossì violentemente nella maglietta ma, quando provò a toglierla, fu anche peggio.

"Lily!" la chiamò la voce da lontano.

"Cade," disse lei con voce rauca. Non riusciva a parlare più forte. "Cade!" riuscì finalmente a strillare facendo appello a tutta la propria forza interiore.

Sentì gli stivali pesanti che calpestavano il terreno. Il fumo nero e denso si sollevò e Lily pensò di intravedere una silhouette. Era gialla, come la punta di una fiamma. Non riusciva a capire se fosse reale o se la sua immaginazione fosse impazzita a causa del fumo.

*Mi hai trovata*, pensò. Ma, in quell'istante, la figura scomparve di nuovo.

*Te lo stai immaginando*, si disse. *Va tutto bene, lasciati andare.*

Lily si distese di nuovo a terra e fece del suo meglio per coprirsi con il giubbino.

*Sali sul tronco*, si disse. *Se viene qualcuno, devono poter essere in grado di vederti.*

Tirò fuori le ultime briciole di energia che le erano rimaste e si tirò sul tronco caduto. Nel profondo, pensò di sentire qualcosa che si muoveva. Non poteva essere un calcio, era troppo presto. Ma c'era.

*Sono qui*, sembrava dirle. *Non temere.*

Lily lasciò che i suoi occhi si chiudessero, si convinse che fosse per tenere lontano il fumo e le lacrime. Nell'oscurità, così come dicevano tutti, vide la sua vita che le scorreva davanti agli occhi.

Aveva nove anni e stava tornando da scuola assieme ai suoi fratelli e a cade. Riusciva a sentire il peso del portapranzo di plastica nella mano. Era di un anno più grande ed era in caserma. Il papà di Cade era come un mostro che barcollava verso di loro. Lasciò cadere l'aquilone e corse dentro la caserma come il suo papà le aveva detto di fare.

Un minuto doro, Cade corse dentro, il sangue che gli colava dal naso. "Stai sanguinando," gli disse lei e lo prese per mano.

Era alle superiori e si stava preparando per il ballo assieme alle sue amiche a cui erano anni che non pensava. Cade entrò con Elijah.

"Pensavo foste troppo grandi per le feste da principesse," disse Elijah e lei gli rivolse un'occhiataccia. Ma poi vide Cade, arrossì e abbassò lo sguardo.

"Siete tutte molto carine," disse Cade. Arrossì ulteriormente.

Tre anni, Tim l'aveva appena mollata, il momento più umiliante di tutta la sua vita. Aveva il viso rigato di lacrime e stava cercando le chiavi nella borsetta. Cade apparve dal nulla.

La fece salire sul suo furgone sporco e la portò nel proprio appartamento. Lei si infilò una delle sue magliette pulite. Sentire le sue labbra sulla propria pelle aveva fatto partire i fuochi d'artificio.

L'ultimo mese in pasticceria. A Jean-Michel brillavano gli occhi quando gli chiedeva del suo sexy vigile del fuoco. Lei voleva spifferargli tutto, spettegolare e indovinare e pianificare un matrimonio ridicolo quanto elaborato.

Era sul divano di Renee con un secchio di gelato. Lily si ammorbidì quando la sua amica tornò per restare dopo essere stata all'estero.

*Sono tutte queste le cose che mi mancheranno*, pensò mentre i suoi sogni cominciavano a mescolarsi con la realtà. Sono queste le persone che ho veramente amato.

Ma in cima alla lista c'era Cade. Continuava a tornarle alla mente.

*Mi dispiace che non lo saprai mai*, pensò immersa nell'oscurità.

Ma forse lo avrebbe saputo. Forse, in qualche modo, avrebbe scoperto cos'aveva perduto tra le fiamme. E forse sarebbe stato in grado di perdonarla.

Lily si lasciò andare. Era vero quello che si diceva. Non aveva paura. Il calore era piacevole, era come una coperta che la avvolgeva. E il fumo, mentre riempiva il suo corpo, le penetrò nelle ossa, e divenne leggera come non era mai stata. Non si era mai sentita così leggera in tutta la sua vita.

*Non avere paura*, disse la vocina al centro del suo corpo. *Ci sono io qui con te.*

## 31

# CADE

Risalendo lungo il sentiero, provò a ricordarsi cosa indossasse Lily.

*Pantaloni beige. Quei vecchi scarponi. E il giubbino. Il giubbino verde chiaro. Merda*, pensò. *Come faccio a trovare un giubbino verde in mezzo ai boschi dell'Oregon?*

Eppure, continuò. Sentiva Elijah e Aiden dietro di lui. Di quando in quando, si girava per controllarli. Ma non aveva dubbi sul fatto che loro volessero trovarla tanto quanto lui.

Incontrarono il primo gruppo di escursionisti e Cade vide la lotta interiore che infuriava in Aiden mentre li aiutava. Ogni istinto, infatti, gli diceva di continuare a camminare, di continuare a cercare Lily, ma sapeva di non poterlo fare.

"La trovo io," disse continuando a salire su per il versante della collina. "Ve lo prometto."

Quando fu a un terzo dalla cima, cominciarono ad affiorare i primi dubbi.

Forse ha deciso di andare da qualche altra parte. Forse è seduta in qualche cafè in centro, completamente ignara dell'incendio.

Ma Cade sapeva che quelle erano vane speranza. Sapeva che Lily era lì. E che era ancora viva.

Quando il fumo si fece così denso da non permettergli più di vedere niente, la sua radio cominciò a fare rumore. La squadra a valle aveva contato gli escursionisti radunati e pensavano di averli trovati tutti.

"Charles, mi ricevi?" sentì una voce attraverso la radio. Se la portò alle labbra, ma non disse nulla.

*Come potrebbero sapere se aveva ricevuto il messaggio o no?*

"Cade?"

La voce di Lily. Ne era sicuro. Persino con il fuoco che infuriava a pochi metri e il vento che si era alzato, sapeva che era lei. Ne era certo.

"Lily?" gridò. "Lily? Dove sei?"

Non sentì di nuovo la sua voce, ma la sua presenza lo costrinse a proseguire. Era già scappato una volta dal fuoco, vicino all'inizio del sentiero, quando le fiamme erano sbucate dal lato orientale della montagna.

Ma ora il fuoco lo tallonava da vicino. Si sollevava verso il cielo con la stessa velocità con lui camminava.

Cominciò a correre e per poco non inciampò in un tronco disteso vicino al perimetro.

"Merda," disse piegandosi in avanti per non cadere.

Le sue mani si poggiarono su qualcosa di morbido – qualcosa di vivo. Si tirò giù la bandana e vide Lily. Lei lo guardò come se lo stesse aspettando.

"Lo sapevo che saresti venuto," gli disse.

La sua voce era debole. Cade sentì una fitta al cuore. Lo sapeva che l'avrebbe trovata. L'aveva sempre saputo.

Lily si tirò su e lui la afferrò per le ascelle. Lei se lo strinse a sé con forza, e l'unica cosa che desiderava lui era di stringerla a sé con forza, così da non farla più scivolare via. Ma ora non c'era tempo.

"Dobbiamo andare," disse con fare brusco. "Vieni."

Tirò fuori la coperta antifiamma dallo zaino e la condusse verso una piccola radura vicino al bordo della montagna. Lei cominciò a tossire e a piangere e si distese a terra di fianco a lui. "Andrà tutto bene," le disse. "Te lo prometto. Dobbiamo solo aspettare."

Cade tenne saldamente la coperta sopra le loro teste. Il fuoco continuava a infuriare su di loro. Lily gridava, e le sue grida si mescolavano alle fiamme furenti all'esterno. Per un istante, Cade pensò che forse non sarebbe bastato. Sentì il calore penetrarsi nelle braccia e nelle mani, attraverso l'uniforme e la coperta, ma resistette.

"Moriremo?" gli chiese Lily.

Lui la guardò negli occhi. L'unica cosa che riusciva a vedere era la fiducia che lei riponeva in lui.

"No. Non permetterò che ti accada qualcosa," disse. Cade sentì fiamme ancora più potenti che si avvicinavano.

Si sporse in avanti e la baciò. Il corpo di Lily rispose, ma lui la costrinse ad abbassarsi e la coprì con il proprio. La coperta lo copriva del tutto, tranne che per uno stivale, che spuntava fuori.

Cade digrignò i denti e sentì il bruciore attorno alla caviglia. Sotto si lui, i respiri di Lily si erano fatti velocissimi. Il terreno e le rocce che li circondavano si erano scaldati al punto da essere diventati insostenibili – e lui indossava l'uniforme che lo proteggeva.

Poteva solo immaginare cosa stesse provando Lily.

Eppure, doveva ammettere che questa ragazza era furba. Aveva trovato un punto relativamente alto e sgombro. Se si fosse riparata un po' più in basso, sarebbe stata immersa in mezzo alla vegetazione. Esattamente quello di cui ha bisogno un fuoco famelico.

"Resisti," le sussurrò nell'orecchio. "Ci siamo quasi."

Sentì il respiro di Lily farsi sempre più disperato. Non era solo il peso del proprio corpo o il calore emanato dal terreno. Il fuoco aveva eliminato quasi tutto l'ossigeno dall'aria circostante.

"Respiri brevi," le sussurrò nell'orecchio.

Lili cominciò a fare respiri più brevi, più controllati, cercando di respirare solo quanto necessario. Cade sperava potesse fare qualcos'altro, ma l'unica cosa che potevano fare in quel momento era aspettare. Sentì la coda finale dell'incendio che passava sopra di loro e proseguiva su per la collina. Non lontano da dove si trovavano loro, cominciò a smorzarsi.

"Cade," sussurrò Lily.

"Risparmia il fiato."

"Nel caso... in cui... sappi solo che ti amo," disse. Lily si girò strusciando la guancia sul terreno e lo guardò come meglio poté.

"Anche io ti amo," le disse lui.

Era la prima volta che glielo diceva, ed era profondamente differente da quando l'aveva ammesso di colpo ad Aiden.

Se i segreti erano pesanti, questo qui era di gran lunga il più pesante. I segreti più pesanti sono quelli che uno non sa nemmeno di portarsi sulle spalle. Quelli inaspettati.

Gli sembrò di restare lì sotto a quella coperta per un'eternità.

Ma Cade voleva molto altro. Nemmeno dieci vite insieme a lei sarebbero state mai abbastanza.

La sua radio gracchiò risuonando nella loro piccola bolla di salvezza.

"Charles, dove diavolo sei? Mi ricevi? Dannazione, Cade." La voce di Elijah irruppe nel loro riparo, e Cade sentì Lily che tremava ridacchiando sotto di sé.

Cade si mise in ginocchio e scostò la coperta.

"Ti ricevo," disse. "Ho trovato Lily."

"Oh, grazie al cielo."

"Sta bene?" chiese Aiden intromettendosi. Il protocollo era andato a farsi benedire.

Cade la guardò e sollevò un sopracciglio. Lily annuì. Aveva tutto il viso sporco di terra.

"Sta bene," disse.

"Dove vi trovate?"

"Uhm... vicino alla cima," disse Cade. "Terreno roccioso, punto panoramico."

"Hai le coordinate?" chiese Elijah.

Cade infilò le mani nello zaino e gridò loro le coordinate.

"Ricevuto, dieci-quattro," disse Elijah.

Riagganciò la radio e si guardò intorno. Il terreno era scuro e fumante. Intorno a loro, c'erano alberi in fiamme, ma l'incendio ormai stava morendo.

"Non ci credo," disse Lily. "Pensavo... ero sicura... Dio, sono così stupida. Mi spiace, mi spiace che..."

"Non dire che ti dispiace," disse Cade stringendola a sé. "Siamo vivi. È l'unica cosa che conta."

Il labbro di Lily cominciò a tremare e le lacrime le colarono lungo le guance. Aprì la bocca, ma l'unica cosa che venne fuori fu un sussulto.

Cade se la strinse a sé e le accarezzò i capelli.

*Ci è mancato così poco. Eppure ce l'abbiamo fatta. E chi se ne frega di tutta la scenata di prima?*

Sembrava tutto così meschino. Non riusciva a credere che avesse passato tutte quelle settimane, tutti quegli anni, a ossessionarsi con qualcosa che non importava affatto.

"Lily? Lo so che probabilmente non è come te lo immaginavi..."

"Cosa?"

Durante gli ultimi giorni, aveva fantasticato più volte su questo momento, ma non era niente di più – una semplice fantasia. Cade aveva pensato di portarla sulla costa, in una piccola caverna a Florence o su Haystack Rock, ad Astoria.

Avrebbe avuto un meraviglioso anello di diamanti, forse quello di sua madre, e un intero discorso preparato in precedenza che avrebbe recitato in modo perfetto. Ma ora? Ora non era nemmeno sicuro di potersi mettere in ginocchio.

"Lily, lo so che la nostra non è una relazione esattamente tradizionale. Ma non riesco a immaginarmi la mia vita senza di te. E non voglio nemmeno provarci."

"Cade?" gli chiese lei, confusa.

"Quello che sto cercando di dirti, beh, di chiederti, è se..." Cade si mise in ginocchio e ignorò la fitta di dolore che gli morse la caviglia. "Mi vuoi sposare? Voglio dire, lo so che non ho un anello, non in questo momento. Ma ne comprerò uno, e..."

"Sì."

"Cosa?"

"Sposarti è la cosa che più desidero al mondo," disse lei.

Il viso di lei fu attraversato da quel sorriso luminoso che lui era tutta la vita che conosceva. Era la cosa più bella che avesse mai visto in vita sua.

"Veramente!"

"Ma certo!" Gli avvolse le braccia attorno al collo e gli diede un bacio sulla guancia.

"Ma, Cade?" gli chiese lei guardandolo negli occhi.

In lontananza, riuscì a sentire il rumore dell'elicottero. Ormai erano a un passo dalla salvezza.

"Sì...?"

"C'è una, uhm... devo dirti una cosa?"

Si sentì il cuore pesante. *Non di nuovo. Non ora che siamo felici.*

"Non ti preoccupare, non è niente di brutto. Quantomeno io non penso che lo sia," gli disse lei.

"Okay." Inspirò. "Cosa..."

L'elicottero sbucò da dietro il crinale assorbendo completamente le loro voci. Cade si schermò gli occhi e guardò la cabina di pilotaggio. Elijah e Aiden gli sorrisero mentre la scaletta veniva calata. Cade fece cenno a Lily di dirigersi verso l'elicottero.

"Di qualunque cosa si tratti," le gridò nell'orecchio mentre si arrampicava dietro di lei, "la risolveremo. Non ti preoccupare."

Lei si girò, lo guardò e sorrise. E lui sapeva che era vero. Quando si trattava di Lily, niente era impossibile. Gli ci erano voluti anni per capirlo ma, ora che lo sapeva, non avrebbe permesso a niente e nessuno di intromettersi.

Lily entrò nell'elicottero e Cade guardò i suoi fratelli che la abbracciavano forte. Nessuno di loro disse nulla quando lei prese Cade sottobraccio e gli poggiò la mano sulla spalla. Mentre l'elicottero discendeva verso la pianura, Cade le strizzò con forza la mano.

*Ecco. Tutto ciò che ho sempre desiderato. Tutto ciò di cui ho avuto sempre bisogno.*

## 32

# LILY

Lily si mise comoda sul divano, la caviglia poggiata sul tavolo. Allungò il collo e guardò Cade mentre si dava da fare in cucina.

"Che prepari?" gli chiese.

"Il chili del pompiere," disse. "Un sacco di proteine. Ti aiuteranno a guarire."

"Tu mi vizi troppo," disse infilandosi un altro popcorn al caramello in bocca.

"Ti ho quasi perduta," disse lui girandosi con la spatola in mano. "Quindi significa che ora posso viziarti quanto mi pare e piace."

"Gli ultimi due giorni sono stati piuttosto folli, eh?" chiese lei.

Lily si guardò la caviglia gonfia. Non era niente in confronto alle bruciature su quella di Cade, ma lui si comportava come se lei avesse quasi perso un piede.

*Ma devo ammettere che è molto, molto piacevole.*

Per fortuna, nessuno di loro due aveva dovuto passare la notte in ospedale. I danni provocati dal fumo erano stati sorprendentemente lievissimi.

"È stata fortunata," le aveva detto il dottore dimettendola. "Le cose sarebbero potute andare molto male. Abbiamo un escursionista qui, ha ustioni di terzo grado su metà del corpo."

"Mio Dio," aveva detto Lily guardando Cade.

Ma ora, solamente quarantott'ore dopo, l'intera faccenda sembra essere accaduta una vita fa. Ora si sentivano più uniti che mai. Quando Lily aveva sentito il corpo di Cade sul proprio, che la proteggeva, ecco che le sue ultime difese erano crollate. Ora le sarebbe stato impossibile lasciarlo andare – o allontanarsi da lui.

"Lasciamolo sobbollire per un po'," disse Cade. Si lasciò cadere di fianco a lei sul divano. "Pane di mais per antipasto?" le chiese. "E tè freddo."

Lily ne prese una fetta e la morse. Quella bontà burrosa rivaleggiava quasi con le creazioni di Jean-Michel.

"O mio Dio. Dove hai imparato a farlo così?"

"In caserma," disse lui facendo spallucce. "Il segreto è metterci una tonnellata di burro, zucchero di canna..."

Lei sollevò una mano. "Ti prego. Il mio girovita non ha bisogno di saperle, certe cose. A proposito..."

"Non dirmi che diventerai una di quelle donne che stanno sempre attente a quello che mangiano," le disse lui. "Sei bellissima, sempre e comunque. Ora mangia quel pane, ché il tuo fidanzato ha sgobbato per due ore per prepararlo."

Lily arrossì. "Sono seria. Devo dirti una cosa."

Cade mise giù il pezzo di pane e la guardò. "La stessa cosa che volevi dirmi lì in mezzo alle fiamme?"

Lily annuì. "Io, uhm... ho dato fuori di testa per colpa di quello che è successo durante il mio appuntamento. Ero andata a vedere il mio dottore."

Cade poggiò il piatto sul tavolino da caffè. "Stai bene?"

"Sì! Sto bene," disse lei ridendo. "Stiamo bene tutti e due."

"Cosa?"

Lily sospirò. "Prima speravo che i dottori non se lo lasciassero scappare davanti a te quando eravamo in ospedale, ma ora vorrei tanto che lo avessero fatto. Sono..." Bevve un sorso di tè freddo e lo risputò.

"Che c'è che non va?" le chiese lui. "È cattivo?"

"La teina," disse lei debolmente."

"Cosa?"

"C'è un sacco di teina nel tè freddo, no?"

"Uhm, penso di sì... voglio dire, una quantità normale.

"Non so se posso berla."

Tutti gli articoli che aveva scorso distrattamente nel corso della sua vita le tornarono subito alla mente. Niente molluschi crudi, niente carne cruda – di nessun genere – niente caffeina, e assolutamente niente alcol.

*Un po' di teina avrebbe fatto male al bambino?*

"Lily, non prenderla sul personale, ma ti stai comportando in modo veramente bizzarro. Ti ho vista non so quante volte scolarti dei bicchieroni di tè freddo in un colpo solo."

"Ehi," disse lei dandogli una spinta.

"Andiamo. Dimmi che cosa succede. Sai, fu tuo padre a insegnarmi a preparare quel tè."

Lily sospirò. "Sai la cosa che ho detto che avevo bisogno di dirti?"

"Sì," disse lui. "Abbastanza drammatico. Almeno fino a quando l'elicottero non ti ha sovrastata."

"*Okay*. Non arrabbiarti."

Il viso di Cade si scurì, ma non disse nulla. Ora o mai più.

"Sono andata dal dottore perché mi ero accorta che avevo i seni indolenziti. Giusto una precauzione, niente di che. Mia mamma," disse. "Il cancro al seno... è un sintomo comune."

Cade si irrigidì di colpo.

"No, no! Non sto dicendo che ho il cancro," disse lei. "Dio, sto incasinando tutto. Sono andata dal dottore e ho scoperto che sono incinta." Fece spallucce e lo guardò. "Eccotelo qua, il mio segreto."

Cade spalancò la bocca. Lily cominciò a contare i secondi che passavano.

*Quando darà fuori di testa? Forse ho commesso un errore. Sposarsi è una cosa, ma un bambino? Di già? Dio, un mese e mezzo fa in pratica eravamo due sconosciuti.*

"Lo so che forse non sei pronto..." cominciò a dire lei, ma Cade la strinse a sé.

Il suo bacio le tolse il fiato. Sentì lo stomaco che le palpitava e, per un momento, non sapeva se la causa fosse lui, quello che avevano creato, o una dolce combinazione di entrambe le cose. Lui la lasciò andare e lei si mise a ridere.

"Io pensavo ti saresti arrabbiato!"

"Per una versione in miniatura di te? E come potrei essere arrabbiato per una cosa del genere?"

Lily si morse il labbro e lo guardò. Dopo essere uscita dall'ospedale, ci aveva rimuginato su per un intero giorno.

Sbarazzarsene non era mai stata un'opzione, e questo lei lo sapeva. Ma quando quella piccola vita che stava crescendo dentro di lei era stata minacciata dalle fiamme, dentro di lei era come sbocciato qualcosa. Nel giro di un secondo, era entrata in modalità protettiva.

*Alla maggior parte delle donne sono necessari mesi. Ma forse io non sono come la maggior parte delle donne. Non lo sono mai stata.*

"È un po' troppo presto per saperlo," disse. "Chi lo sa? Forse è una versione in miniatura di te. Onestamente, sono andata completamente fuori di testa. E ancora non mi sono ripresa del tutto."

"Te l'ho detto. Risolveremo qualunque problema, fino a quando mi vorrai con te." Cade allungò la mano e le scostò una ciocca di capelli dal viso. "Ed ero serio, quando ti ho detto quelle cose durante l'incendio. Farai meglio a sposarmi. Ho già preso un appuntamento con il gioielliere. Penso proprio che preferisci entrare e scegliertelo da sola l'anello, no? Piuttosto che sia io a portartelo."

Lei arrossì e si guardò la caviglia. "Cade..."

"Questo, qui? Questo è per sempre?" le disse lui. "E che importa se il bambino arriverà un po' prima del previsto?"

"Prima? Intendi dire con diversi anni di anticipo?"

"Crescendo, non ce l'ho mai avuta una famiglia," disse Cade. "Ora eccoti qui, ed ecco la nostra famiglia." Le poggiò la mano sullo stomaco. "La famiglia perfetta."

"E che mi dici di Elijah?" gli chiese lei.

Lui si mise a ridere. "Sorprendentemente facile da convincere."

"Veramente?"

"Sì... non ho avuto modo di dirtelo, ma abbiamo il benestare di entrambi."

"Penso che, in fondo in fondo, tu abbia sempre fatto parte della famiglia," disse lei. "E non avrebbe importato, sai, se Aiden o Elijah fossero stati contrari alla nostra relazione. Ma, se devo essere onesta, sono contenta che approvino."

"Ora devo solo dirgli che mi faranno entrambi da testimoni," disse Cade.

Lily rise. "E da quanto ho visto alla partita di kickball, la mia damigella d'onore forse sarà la fidanzata di Aiden."

Cade sollevò un sopracciglio. "Pensi veramente che..."

"Chi lo sa?" disse lei con un sorriso. "E, in fondo, a chi importa? Ora, in questo momento, siamo solo noi. Noi tre."

"Noi tre," ripeté Cade. "Mi piace come suona. Un luogo dove dirigere tutto il mio amore."

Lily cominciò a piangere. Distolse lo sguardo e provò discretamente ad asciugarsi le lacrime.

"Diamo la colpa agli ormoni?" le chiese lui. "Perché se è così, allora sfogati pure. Hai solo qualche altro mese a tua disposizione, futura signor Hammond."

Lei rise e gli si accoccolò contro. "A me va bene. Ma lo prometti?" gli chiese. Lo guardò negli occhi. "Per sempre?"

"Per sempre," disse lui. Cade le diede un bacio sulla fronte. "Te lo prometto."

## 33

# CADE

Cade si alzò mentre Lily portava la pasta in tavola, ma lei lo fece risedere immediatamente.

"Hai cucinato!" gli disse. "Il minimo che posso fare è servire in tavola."

Cade poggiò le posate che aveva in mano e le tolse il piatto dalle mani.

"Siediti. Riposa," disse. "Ordini del dottore, ricordi?"

Lily sospirò.

"Va bene," disse. "Ma farmi servire e riverire non è proprio da me. Non devo stare allettata, lo sai?"

Per i primi cinque mesi era stato difficile capire che fosse incinta, ma, nelle ultime settimane, il pancione le era cresciuto tutto insieme. Era carino vedere come aveva imparato a muoversi con tanta agilità.

"Quando avviserai Jean-Michel?" le chiese servendole una porzione di pasta. "Lo sai che non devi lavorare."

Lei gli lanciò un'occhiata.

"Io *voglio* lavorare," disse lei. "Finché posso. Finalmente mi ha promossa, non devo fare solo i dolci, e non voglio rinunciare proprio ora."

Si sporse in avanti per afferrare la bottiglia di sidro frizzante, e Cade le guardò i seni. Erano diventati grossi e pesanti durante l'ultimo mese, e la camicetta faticava a restare chiusa.

Cade si schiarì la gola. "Tu, uhm, forse dovresti cominciare a indossare quella camice pre-maman che ti ha comprato Renee..."

Lei abbassò lo sguardo e arrossì. "Scusa," disse. "Mi ci sto ancora abituando, a queste due."

"Ehi, mica mi lamento," disse. "Mi piacciono."

"Come no," disse lei alzando gli occhi al cielo. "Sono un vero spettacolo, ne sono certa."

"Sei sempre sexy da morire," disse. Cade la afferrò per il braccio e la tirò a sé.

Lily si mise a ridere. "Non è che puoi sempre cominciare dal dolce," disse.

"Ecco, assaggia," disse. Infilò un cucchiaino d'argento nella salsa alla marinara e la imboccò.

"È buono," disse lei leccandosi le labbra. "T'hanno insegnato come si deve in caserma."

Lui fece spallucce. "Non è del gougère, o come diavolo si chiama quel coso che fate in negozio, ma andrà bene."

"Sentì un po'..." gli disse tenendo in mano una busta. "Vuoi farlo?"

Cade guardò la busta che la dottoressa aveva dato loro in mattinata. All'inizio, erano stati entrambi certi di voler sapere il sesso del bambino – ma poi, a ben pensarci, nessuno di loro voleva rovinarsi la sorpresa.

"Che ne dite se facciamo così?" aveva detto la dottoressa. "Ve lo chiudo in una busta. Sta' a voi scegliere se aprirla o no. Un sacco di persone, al giorno d'oggi, organizzano delle feste per rivelare il sesso del bambino, no? Con torte e quant'altro. Potete dare la busta al pasticcere, se vi va, e ci penserà lui a prepararvi una torta con l'interno rosa o azzurro."

"È... una cosa strana," aveva detto Cade, ma Lily gli aveva dato una gomitata.

"Penso che voglia dire che non è una cosa che fa per noi, ma è una bella idea," aveva detto Lily.

La dottoressa aveva sollevato le mani. "Io non giudico nessuno. Condivido solo le informazioni in mio possesso."

"Non lo so," disse Cade ora. Guardò la busta al di là del tavolo. "Non puoi usare il tuo intuito di madre, o quello che è? Non puoi dirmelo e basta?"

Lily sorrise. "La mia intuizione è andata a farsi benedire per colpa di tutti questi ormoni. Non lo so, Renee dice che ho la pancia bassa e che quindi è un maschietto. Ma io non penso sia un maschietto."

"Quindi pensi sia una femminuccia?"

"Non lo so!" disse ridendo. "Voglio dire, penso che serva proprio a questo questa busta."

"Facciamolo e basta."

"Ne sei sicuro?"

Non lo era, ma non pensava di poter reggere per altri quattro mesi senza saperlo. Come avrebbero fatto a comprare i vestiti? A decorare la stanza del bambino? A cominciare in modo realistico a pensare ai nomi? Ne avevano già venti per entrambi i sessi.

"Ne sono sicuro," disse.

"Fallo tu," disse spingendo la busta verso di lui. "Troppo stressante per me."

"Lo facciamo insieme." Cade spostò la sedia per avvicinarsi a lei. aprì la busta e Lily vi infilò la mano dentro.

"Una bambina," dissero all'unisono.

"Lo sapevo," disse Cade. "L'intuito di un padre! Te l'ho detto che sarebbe stata una versione in miniatura di te!"

Gli occhi di Lily si riempirono di lacrime. "Avremo una bambina," disse. "Non ci credo. Voglio dire, sì, ci credo, ma..."

Cade la abbracciò e la baciò. Sentì il corpo di lei sciogliersi nel suo abbraccio.

"Perché non possiamo cominciare dal dolce?" le chiese con voce profonda.

Si alzò e la sollevò Lily squittì. "Fermo! Peso troppo!"

"Non essere ridicola," disse lui. "Sei leggera come una piuma."

La portò in camera e sentì i suoi seni pesanti che gli premevano contro il petto e il membro duro che premeva per uscire dai jeans.

## 34

## LILY

Aprì gli occhi mentre lui la depose con gentilezza sul letto. Lily non ci si era ancora abituata – tocchi gentili avevano preso il posto della solita passione selvaggia.

Ora facevano l'amore in modo diverso. Era pur sempre bellissimo. Cade le aprì la camicetta denudandole i seni.

"È ufficiale," disse ridendo. "Questa camicetta non va bene."

Lily sorrise e inclinò la testa verso di lui. Lui la baciò con passione, sentì la sua lingua sulla propria, e poi avvertì come un peso in mezzo alle gambe, qualcosa che non aveva mai sentito prima d'ora.

"Che c'è," le sussurrò lui.

Lei scosse il capo. "Non così," disse.

"Allora..."

"Prendimi da dietro."

Si distese su un fianco e lui si posizionò dietro di lei. Non appena le dita di Cade le sfiorarono i seni, subito i suoi capezzoli si inturgidirono. Si sentì come sciogliere. Lo desiderava sempre, l'aveva sempre desiderato, ma questi giorni lo desiderava come mai prima d'ora.

Lily lo voleva, ne aveva bisogno. Sempre. In ogni momento. Cade le scostò il reggiseno di pizzo e le liberò un capezzolo mentre le baciava e le succhiava il collo. La sua mano vagò sotto la sua gonna, e Lily sentì il clangore della sua cintura che si apriva.

Sentì il suo membro duro e caldo in mezzo alle cosce. Subito spalancò le ginocchia. Sentì la sua mano che le accarezzava la clitoride, la punta del suo pene poggiata in mezzo alle gambe.

"Quanto lo vuoi?" le sussurrò lei all'orecchio.

"Più di ogni altra cosa," disse mordendosi il labbro.

Sussultò sentendo che la penetrava, sentendo il suo dito indice che disegnava dei movimenti circolari sulla sua clitoride ingrossata. Cade le mordicchiò la spalla e lei gridò. Lily cominciò a palparsi i seni.

Erano selvaggi, estranei, come se fossero quelli di qualcun altro. L'idea la fece eccitare ancora di più. Sentì i propri umori che bagnavano il cazzo di Cade che gli strizzava i capezzoli. Chiuse gli occhi con forza.

L'orgasmo la investì senza nessun avvertimento.

"Cade," disse di colpo. "Sto venendo..."

Si sentì scossa fin del profondo. Lo sentì che le veniva dentro, ed ecco che venne investita da un altro orgasmo. Le strinse i fianchi e la tenne stretta a sé. Lei gli avvolse le mani con le proprie, la sensibilità era troppa. La pressione salda sulla sua clitoride la portò al di là del baratro, in una estasi piena di pace.

Cade si ritrasse e Lily sentì i loro fluidi che le colavano lungo le cosce. Lily sospirò e si girò verso di lui, la mano sul pancione per aiutarsi a spostare il peso.

"È stato incredibile," disse lui. Senza fiato, la strinse a sé.

Era diverso ora. Lily gli poggiò la testa sul braccio. Contro di lui premeva anche il pancione, non solo i seni. Ma era comodo, familiare. Non avrebbe mai potuto immaginarsi che si sarebbero ritrovati così. Ma ogni giorno ringraziava le proprie stelle per averle donato così tanta fortuna.

"Promettimi una cosa," disse lei guardandolo negli occhi.

"Qualunque cosa."

"Promettimi che tutto questo non cambierà mai? Io e te – quello che abbiamo – a prescindere da tutto?"

"Io e te? Quello non cambierà mai," disse piegandosi in avanti per baciarla. "Promesso."

"Per sempre?"

"Per sempre. Anche con le nuove aggiunte," disse massaggiandole dolcemente il pancione, "le cose non faranno che migliorare. Saremo più forti. Ma nel profondo? Quello resterà sempre uguale."

"Come fai a saperlo?"

"Lo so e basta. Ci avevo visto giusto che era una bambina, no?"

"Beh, sì, penso," disse lei. Riusciva a sentire il suo battito cardiaco. Le riempì la testa con ritmo intossicante.

"Certe cose uno le sa e basta. Non credi?"

"Sì..." rispose lei. Lily ci pensò, pensò a loro, al loro passato, a tutto quello che avevano vissuto. In qualche modo, l'aveva sempre saputo.

"Ehi," disse. Gli poggiò una mano sul petto e lo guardò. "Lo vuoi sapere un segreto?"

Lui la guardò inarcando un sopracciglio. "Pensavo di saperli tutti, i tuoi segreti."

"Tutti tranne uno," disse. "Io, uhm... in un certo senso ti ho fatto credere che non fossi vergine quando noi... sai..."

"Aspetta. Cosa?"

Lei sogghignò. "Io e il mio ragazzo del college? Non l'abbiamo mai fatto. Ecco perché mi ha mollata."

"Quindi... un momento. Mi stai dicendo che la tua prima volta è stata con me? E poi... quando sono andato in Montana..."

"La prima e l'unica," disse lei.

"O mio Dio. Ma perché non me l'hai detto? Perché non me l'hai detto tre anni fa? Non avrei mai... voglio dire..."

Gli mise un dito sulle labbra.

"Non pensavo avesse importanza," disse lei. "Era quello che volevo. E sono felice che alla fine sia successo tutto quello che è successo."

Lui scosse il capo e la guardò, pieno di stupore.

"Sei una meraviglia," disse.

Lei si mise a ridere. "Okay, ora basta," disse lei. "Il mio segreto finale, l'ultimo. I segreti non sono permessi se uno vuole vivere per sempre felice e contento, no?"

"No, probabilmente no," disse lui. "Ma io sono tutt'altro che un esperto di fiabe."

"Non è vero. Sei l'eroe, no? Che ha salvato la damigella in pericolo."

"Forse," rispose lui ridendo. "Penso che possiamo vederla in questo modo."

Lei si unì alla sua risata e lo strinse a sé. Era felice.

# NOTE

## 10. Lily

1.
2. In italiano nel testo.
3. In italiano nel testo.
4. In italiano nel testo.
5. In italiano nel testo.
6. In italiano nel testo.

# LIBRI DI JESSA JAMES

### Cattivi Ragazzi Miliardari
La sua segretaria vergine

Fammi tremare

Brutalmente Sbattuta

Papino

Cattivi Ragazzi Miliardari - La serie completa

### Il Patto delle Vergini
Il Professore e la Vergine

La Sua Tata Vergine

La Sua Sporca Vergine

### Club V
Lasciati andare

Lasciati domare

Lasciati scoprire

———

Fidanzati per finta

Implorami

Come amare un cowboy

Come tenersi un cowboy

Una vacanza per sempre

Pessimo atteggiamento

Pessima reputazione

Ancora un altro bacio

Chiodo scaccia Chiodo

# ALSO BY JESSE JAMES (ENGLISH)

**Bad Boy Billionaires**

Lip Service

Rock Me

Lumber Jacked

Baby Daddy

Billionaire Box Set 1-4

**The Virgin Pact**

The Teacher and the Virgin

His Virgin Nanny

His Dirty Virgin

**Club V**

Unravel

Undone

Uncover

**Cowboy Romance**

How To Love A Cowboy

How To Hold A Cowboy

Beg Me

Valentine Ever After

Covet/Crave

Kiss Me Again

Handy

Bad Behavior

Bad Reputation

Dr. Hottie

Hot as Hell

# L'AUTORE

Jessa James è cresciuta negli Stati Uniti, sulla costa orientale, ma è sempre stata affetta da una grande voglia di viaggiare.

Ha vissuto in sei stati, ha svolto tanti lavori ma è sempre tornata dal suo primo vero amore – la scrittura. Lavora a tempo pieno come scrittrice, mangia troppa cioccolata fondente, ha una dipendenza da caffè freddo e patatine Cheetos, e non ne ha mai abbastanza di maschi Alpha e sexy che sanno esattamente cosa vogliono – e non hanno paura di dirlo. Uomini dominanti, Alpha da amore a prima vista, sono i protagonisti delle storie che ama leggere (e scrivere).

Iscriviti QUI per la Newsletter di Jessa:
https://bit.ly/2xIsS7Q

www.ingramcontent.com/pod-product-compliance
Lightning Source LLC
LaVergne TN
LVHW011814060526
838200LV00053B/3783